我们的小城

龚静染 著

重庆出版集团 重庆出版社

图书在版编目(CIP)数据

我们的小城 / 龚静染著. —重庆:重庆出版社,2017.8
ISBN 978-7-229-12381-9

Ⅰ.①我… Ⅱ.①龚… Ⅲ.①散文集—中国—当代 Ⅳ.①I267

中国版本图书馆CIP数据核字(2017)第226219号

我们的小城
WOMEN DE XIAOCHENG
龚静染 著

责任编辑:吴向阳 张立武
责任校对:杨 婧
封面绘图:季福政
封面设计:李笑冰

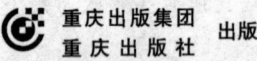
重庆出版集团
重庆出版社 出版

重庆市南岸区南滨路162号1幢 邮编:400061 http://www.cqph.com
自贡兴华印务有限公司印刷
重庆出版集团图书发行有限公司发行
邮购电话:023-61520646
全国新华书店经销

开本:889mm×1194mm 1/32 印张:8.25 插页:4 字数:178千
2017年10月第1版 2017年10月第1次印刷
ISBN 978-7-229-12381-9
定价:42.00元

如有印装质量问题,请向本集团图书发行有限公司调换:023-61520678

版权所有 侵权必究

向木匠学习

龚静染

小时候，我最大的梦想就是当一名木匠。

那时我家院子里有个年轻木匠，每天他都在那里干活，早上我去上学他就开始忙，下午回家他仍然在那里锯木板、凿榫头、刨木条，成堆的刨花都快把他的腿肚子给埋住了。但他好像不知劳累，手臂伸张，一下一下不停地推着木条，刨花如相机里的胶片一样流出来，带着独特的木香。师傅看我不走，就说，来，帮我牵线。我便牵着墨斗的一端，他一弹，墨线落到了木头上，像是对我的奖赏。但他说，歪了，重来，我便有些紧张，想下回一定得弹正才行。

后来我才知道，当木匠不易，要当木匠也要生逢其时。但通过木匠活，我好像懂得了一些道理，要把一件家具打好，跟把其他那些貌似复杂的东西做好没有什么区别，砍、锯、刨、凿、钻，写文章用的就是这些方法。

编校完本书，我就相当于干了一回木匠活。这本书大概从七八年前开始写的，一篇一篇地写，随意而为，都是些散件，在打大衣柜的时候，有点边角余料，就顺便打根板凳、条椅什么的。那几年我连续写了几部书，中间也写了不少的单篇短文，大多都收罗在了这本书了。现在一看，杂而不乱，关键是用的心思、费的力气也不少,自成一类,所以就有了这本书,当然家具打得好不好还要读者说了算。

过去,我父亲练字三十余年,曾想用红豆木做张好的书桌,但由于树种比较珍稀很难找到,就一直没有实现这个愿望。不过这件事给了我一个启发,凡欲成事就得下点专门的功夫。我从2004年开始进入田野考察和文史档案的查阅中,至今也有十多年时间,这是一段漫长的寻找过程。在此之前我的写作是没有什么方向的,也就是说那时我还没有可以用来打家具的好木料,尽管面前是一片文学的森林,但那只是遥望而已。所以,那些年我的工作就是要走进森林去寻找好木头,现在想来没有白费,下了些笨功夫,有了一点收获。

当然,有了木头怎么下料也很讲究,是木匠就得会改料,能够做到物尽其用就是好木匠。本书中的文章虽然体例、叙事方式不尽相同,但都是亲手打制,每一刨、每一凿都自有心得,从手艺或者写作学的角度来看,"小城叙事"已经在文本中有所呈现,我一直尝试着在这根大木头上面取料,这是有价值写作的一个方向,当然也是非常个人化的情感与经验的汇聚。过去,常听人说某某的箱子做得精致耐用,某某的大花床打得结实漂亮,我认为好木匠就是那些既有一把蛮力气,又有巧思妙想的人,写作是可以向木匠学习的。

明朝有个著名的"木匠皇帝",他可以不要社稷江山,而醉心于斧斤之间,"每营造得意,即膳饮可忘,寒暑罔觉"。也许明朝的文明就会产生这样奇葩的皇帝,但人家那种精神还是不可尽废。写作亦如此，我时时检讨自己的文字时，常常想起明熹宗，想他要不是个皇帝就好了，而他要是名作家会怎样呢？在我的写作过程中，也常有酣畅之处，但"得意"还不敢说，每一篇文章都如一件独立的家具，倘若有可用、可看、可把玩的意思，已经相当不错了，那也是三种不同的境界呢。

关于那个木匠，我还得说说。小时候我看他做木工活可以看到痴迷的程度，甚至还动过心想去拜师当他的徒弟，从小我就对手艺人有种敬意，我想这一定跟他有关系。在这本书中，本来应该有个篇章来讲讲他的，那是我童年时一段难忘的记忆，可惜就没有写到他，现在把他放到序里来讲总算是个补救。

还记得当年夏夜的院子里，成群的小虫子围着一只昏黄的灯泡不停旋转，墙头上挂着一个小收音机，正放着《洪湖赤卫队》之类的流行歌曲，那个年轻的木匠赤裸着上身在那里干活，他不舍昼夜地工作着，汗水顺着他的背脊往下淌，刨花不断地从他的推子中飞出来。我想，劳作固然辛苦，但其中绝对有创造之乐，甚至在那一刻，我相信我是爱着那一片片光洁的刨花的。其实，当我在重新回顾这本书时，感受是相同的，我也是爱着那些从电脑里跳出的一行行文字的，因为它们也像刨花一样绚烂，带着某种劳动的美感。

2017年9月4日于成都

目录 – contents

向木匠学习（自序）	1
两条河	1
花　盐	9
理发匠轶事	19
我的小学	25
忧伤的车站	34
画肉票的人	42
关　姨	48
我去了外面的世界	55
乡食记	69
又见榕树	78
神秘的嘉州	82
岷峨风物忆	89
流寓时期的小城	99
三江厨酿美	108

乱世书写者	118
云　豹	135
失踪记	155
轻　舟	189

两条河

故乡有两条河，茫溪和拥斯江。每次我要说故乡的时候，总要从这两条河说起。它们一个从北往南走，一个自西向东流，交汇的地方叫四望关，当年我的家就在那里。

这两条河在我的记忆中是一个奇特的意象，它们就像是春天里倒下的一棵巨树，摊在川南的那一块宽阔的土地上，而那些河里的鱼是树上发出的枝丫。当然，它们更像是坐标上的纵横轴，让那些零碎的记忆有了准确的方位。如果把四望关作为一个原点，那么其他的都可以沿着两条江延展开来，东西南北一目了然。如果它是一张地图，并且这张地图无限地放大，它将在潮湿、灰蒙的空间中还原成我的故乡，但时间一定是定格在了一个叫童年的地方。

家乡小城紧靠着岷江，小城有一块叫竹根滩的洲坝，岷江到此被一分为二，靠着王爷庙与西坝之间的叫大河，靠着四望关那边的叫小河。那时候，岷江尽管奔腾过境，给我们的印象却像是在城外好远的地方，而城内的生活是在两条小河之间，这就是拥斯江和茫溪。它们将小城紧紧缠绕，一如两条柔软的背带，将小城兜在怀抱之中。

以四望关为界，左边是茫溪，右边是拥斯江，两条河像两块颜色不同的布料，它们在河面拼接合缝，中间留下了一条线，漩涡就沿着这条线咕噜咕噜地钻出来,变大,然后消失。那时候,站在这个地方就能抬头远眺,峨山隐隐约约浮现在云端,岸上常常有人画画,素描、水粉、油画,好像要把它们取走。

茫溪又叫"拥斯茫水",这是老名,因流入拥斯江而汇入岷江之意,现在早已不用,只有在清代的方志舆图中才能看到。附近有一个渡口,叫东沮津,大致就在现在的四望关一带。东沮津跟王勃的"风烟望五津"这句诗有关联,但那五个渡口早已名存实亡,而东沮津还在,站在岸头仍能唤起一点苍茫感。茫溪河温顺而静谧,拥斯江野性而喧嚣。

因为水质清澈,茫溪是个天然浴场。那时候,夏天里在这条河里游泳的人很多,水边的孩子好像没有不会游泳的,几岁的小孩也会下河,而关键是在呛过几口水后,他们居然能够无师自通。小城的人将游泳称为扳澡,院子里有人喊"扳澡啰",整个院子就开始蠢蠢欲动,不一会儿就会钻出一群大人小孩往河边跑。一到夏天,就到了"扳澡"的季节,男女老少都跳进了河里,那是一条欢快的河流,同闪亮的鱼群一样,人们自由自在,把所有的烦恼统统冲走。

过去,有人将茫溪纳入小城的十大美景之中,列于诸如"菩提朝峨""太和古渡""月照桫椤""白鹤归林"等之首。又有地方文人们编有"八景"诗,虽然有些不免牵强附会,但其中有几句诗同茫溪有关系,如"四望青龙吞夜月""菩提山上睹飞帆",可见茫溪的美并非想象。当年,南怀瑾先生在五通桥一带盘桓,曾作有一诗:"几回行过茫溪岸,无数星河影落川。不是一场春梦醒，烟波何处看归船。"这些句子都为茫溪增添了不少人文记忆。

茫溪是一条很美的小河，河道弯弯，岸边巨榕簇簇。它的早晨特别值得一说，天色微明，幽幽的河面有一层薄薄的轻雾，鸟雀的翅声还有些缱绻，一船不发，时间仿佛静止。在榕树的掩映之下，河里的生灵在梦中沉潜，只有浣衣女子的捶衣声会不小心搅动它们的前世今生。小的时候，我每天早晨上学都是沿着茫溪河岸走，没有大人带，独自啃着个馒头，只有屁股上的小书包在颠出声响。所以直到今天，茫溪的清晨都有一股清冽留在记忆里。

拥斯江要比茫溪河宽得多，大概是它的两倍，"八景"诗又云："竹根江边呼晚渡"，说的就是这里。河大了，气势也不一样，洪水时节它是野马，无人能驾驭它，沿岸的庄稼地被冲毁，河水带走了一年的粮食。但到了枯水的时候河床显露出来，拥斯江里面全是卵石，那些卵石是从很远的地方来的，不知道经历了多少年的冲刷，才那么圆圆滚滚、安安静静。这一点不像茫溪河，茫溪的河底是淤泥，里面的水藻和蚌壳多，小时候在水边捉虾米，经常被锋利的蚌壳划破脚。

在拥斯江里行走的都是大船，停下来也可作趸船，是运载大宗货物的船。小城的盐远近闻名，沿岸有几十个大大小小的盐码头，每日船帆往来不息。船头有篷，可以伸缩，一间小屋般大小，里面可以住人。实际上船上住的大多就是一家人，他们睡在上面，吃在上面，在船舷边备有一个小桶专门用来取水，取江里的水来吃。这些船晚上一般就停泊在四望关附近，一只挨着一只，密密地排着。黄昏的时候，撑杆林立，夕阳从长长的船队上方慢慢落下去，一丝惆怅悠悠升起。

小时候，拥斯江是我们爱去捉"打屁虫"的地方。"打屁虫"其实有个好听的名字：椿象。但人们偏爱它的俗名，它一般就寄居在鹅卵石下面，每年江水一退，趁着起雾的天气，就是捉"打屁虫"的好时候。那时我们手里拿着空玻璃瓶，挽着裤腿，在河滩上寻找猎物，常常是轻轻一翻鹅卵石，就能看到几只虫子爬在上面，得来全不费工夫。但是，"打屁虫"遇敌后马上会释放出一种很难闻的臭味，这也是它被称为"打屁虫"的原因。不过将它入油锅一炸，再放点盐，吃起来却是香得不得了。七十年代的时候，小城的街上专门有人卖，一分钱买几颗"打屁虫"，但喊的时候已经叫"五香虫"了。

河里的鱼类很丰富，杂鱼丛生。白天里沿河都有钓鱼的人，钓艺好的人经常可以为家里添上一道美味。茫溪河里有一种叫白条的鱼，这种鱼常常是一群一群地在岸边穿梭，容易钓，因为它贪吃。有时候你觉得它们很精灵，影子晃一下，它们立马消失得无影无踪；但它们一看见食物就要贪嘴，一颗饭粒就能把它们钓起来，所以它们往往成为钓者的囊中物。岸边随处都是钓鱼的好地方，潮汛前后更是钓桃花鱼的最佳时期，所以常有惊呼之声引人侧首，不是钓上了一条大鱼，就是鱼在空中一闪，重又掉进了水里。

河汛来临是打鱼的好季节。捕鱼的方式有很多，诸如撒网、撒罾、炸鱼、拦鱼等，最独特的是一种叫"晃钓"的钓法，让钓者和观者都觉得过瘾。夏季河水湍急、浑浊，这种钓鱼方式就派上了用场。鱼钩不用挂任何饵料，只是前面有块锡坠，钓鱼的人使劲将之扔远，然后不停拉竿收线，鱼钩在水里迅速地晃来晃去，鱼儿昏头昏脑地就撞在了钩上。这种钓法总是能钓到大鱼。那时候，河里就有人钓到过长江鲟，有几十斤重，据说之前还从来没有钓到过这么大的鱼。这个消息一下子就传开了，小城里的人都想去瞧稀奇，上门的人快把门都要敲破了。于是就有人想了一个主意，叫人画了一张图贴在墙上，上面详细写着鱼的特征和重量等，大家只好在墙上望了望，也算解了馋。

河边的孩子爱钓鱼，他们从大人那里找来一截鱼线，用鹅毛杆剪成钓浮，再去砍根小竹当鱼竿，鱼饵倒很简单，蚯蚓、沙虫足用。但孩子没耐心，钓不来大鱼，便常常用竹编的撮箕在岸边去筛小鱼，小鱼常常躲在鲞草的下面，一撩开就能撮到一群。但它们小得跟根针似的，用玻璃瓶装起来，放在窗台上，那些"针"就会闪闪发亮。稍微大一点的鱼就摆上了餐桌，把附近的猫狗也招惹来了，踢都踢不走，鱼刺被它们舔得干干净净。记得我家住的大院子里有个姓杨的长辈，特别喜欢钓鱼，他在屋前弄了一个土台，专门用来养蚯蚓。土台里的土肥得发黑，轻轻一铲，就是一坨蚯蚓，足供他钓上一天的鱼。他钓回来的鱼经常要自己享受一番，用清油炸小鱼，炸得黄酥酥的，香得满院子的人偷偷吞口水。

到河边去抓河蟹，那也是有意思的事情。河蟹常常钻在石缝里躲着，看见猎物才挥动大爪子，但一般是一动不动。判断有没有河蟹很简单，只要岸边水面上有地方连续起水泡，下面就肯定

我/们/的/小/城

有名堂。一般来讲，水泡小，是虾米；水泡大，就是河蟹了。钓河蟹有些特别，不用鱼钩，常常是用细线拴一个虾米或者鱼肉放在石缝口，河蟹一看猎物来了，自然就张开大钳子准备饱餐一顿，但它没有想到这回上了当，轻轻一拉，就被提上了岸。它吊在空中的样子，有点可怜和委屈。

那时候，河上随时可见打鱼船，那是小城一景。小渔船像叶片，只够站一个人，船夫用一根长长的撑竿撑船，也可左右两边划，如果说江景真是被织出来的，他们就是在涟漪中飞梭走线。船头站着"鱼老鸹"，也就是捉鱼的鱼鹰，这是当地人对这个黑不溜秋的家伙的俗称。"鱼老鸹"是异禽，样子长得奇特，所以才拿它同皂荚树上的老鸹一比。但"鱼老鸹"那倒钩一样的嘴壳子很是耐人寻味，它衔着一条被主人奖赏的鱼，并不急于吞下肚里，而是闭着半只绿宝石一样的眼睛，像是不食人间烟火的哲学家。

过去，据说四望关与竹根滩之间有一道木桩桥，叫灯笼桥，造型如无数个灯笼相连。但此桥不甚牢固，每年都要被大水冲垮，水退后再重修，年年如此，想来是有点劳民伤财。灯笼桥现在是看不到了，幸好当年丰子恺路过此地，就画了一幅，寥寥几笔却很传神，让历史记忆有了依据。现在的桥是浮桥，用四十三只木制小舟连串而成，也极为好看，我没有看见过几个比它更好看的桥。你说吧，它静静地摆在那里，不是直直的一条，而是在江面有一点弧形，桥体随水起伏荡漾，犹若蛇曲，也如月弯。现在想来，浮桥要是歪斜一点都可能破坏了那种美感，但河水是那样自然地摆放它，仿佛是用淡笔在江上轻轻画了道眉毛。

两条河

关于这座桥还有很多有趣的故事。桥横在江中,为了让过往的船只顺利通过,就在桥的中间开有一个七八米宽的活动口子,上下船只一来就把口子像瓶塞一样打开。过船时,过桥的行人就只能耐心等在两端,等船过了,才重新把桥逗接上,用铁链拴牢。所以,远远看见河上要来船了,如果要抢时间,人们便得赶紧跑,抢在船过桥前过河。当然,这是平常光景,要是潮汛来临,桥就要一溜拖到平静的茫溪河湾里,几个月之后才又重新回到原来的位置,而江中空缺了浮桥横亘的那段时间,小城就像没了魂儿一样。

那时候,浮桥是小城的交通枢纽,连接桥滩两岸的就靠这道小桥。桥岸的一边叫江声码头,每日人来人往,络绎不绝,那些石梯上都已经磨出了不浅的凹痕,积下了厚厚的千脚泥。小时候,我和母亲常常要走过江声码头,记得冬天时天要黑得早些,码头上的灯杆上就亮起了灯,但江上的雾把它们裹得模模糊糊昏昏沉沉。我就看到了我和母亲的影子,在码头的石梯上前后左右移动,并不断地长大、缩小、分开、重叠,仿佛在依偎着那些伤感的时光。

关于这两条江的零碎记忆,早已同我的童年生活联系到了一起,而从这两条河说起,我好像才能在任何时候抵达故乡。但是,这一切都变了,如今的两条河污染严重、水运衰落,河上很难看到一条船,更看不到扳澡的人,河边也再无人洗衣淘菜,沿河一片炎凉景象。我常常问,这就是我童年时的那两条河吗?这样的变化是如何来的?以后的结果又会怎样?有一年,我在茫溪

我/们/的/小/城

河边见到一个摄影家，他曾经为很多名山大川摄过影，得过不少大奖。我们就在河边喝茶闲聊，突然我就有些不安起来，我看着他的相机有种非常陌生的感觉。是的，我怀疑他的摄影风格可能会过度美化现实，而就在我们坐的地方，有阵阵的化工气味飘来，目睹的一切仿佛都在无声地反对他举起镜头。

记得很多年前的一个晚上，我同一个朋友在茫溪河边散步，突然想起去打水漂，这是我们童年时经常玩的游戏。其实，天很黑，我们根本就看不见水漂，河面上也是黑沉沉的，细微的尖啸声在划破着什么。我知道，每一块石片从手中飞出的一瞬间，要么撞入水底，要么飞向空中，就算是在水面连续跳跃的那一块，也会在我们看不见的地方突然停下。打了一阵水漂之后，我们又继续沿着河边走，但我的手中好像一直还捏着块石片，却无法把它扔向那条童年的河流。

花　盐

家乡五通桥是个产盐的地方，是岷江边有名的盐码头。

桥盐最盛的时候是在清朝咸丰年间，清人杜廉的诗中说的是"架影高低筒络绎，车声辘轳井相连"。在我小的时候，小城里还有一些高高的盐井架，远远近近地矗立在山水之间，是一道独特的景观。记得关山月早期的画里面有一些关于五通桥盐场的，那是他在抗战时期流寓五通桥时所作，画面上井架密布、气势磅礴，但那都是旧时风光了。其实，我们的那个时代，已是古法制盐的晚期，井架逐步被淘汰，到八十年代初期是一架都看不到了，现在要看老盐井真是件困难的事情。

说来我的童年还算幸运，当时正是盐业生产逐步向机器化变化的年代，既能看到老井取卤，也能看到真空制盐，是个新旧交替的时代。那时候，五通桥盐厂是小城里最大的企业，它有很多个车间，分布在东南西北方圆几十里的范围内，靠盐谋生者不下万人。记得最大的是第八车间，完全采用现代制盐技术，我每天上学都要经过那里，这个厂生产的盐像雪山一样堆在那里，我心里就想，人每顿只能吃一点点盐，这座盐山就是让小城里的人吃一百年恐怕都吃不完。后来才知道，近如华西坝，远如湖北、贵州的人都在吃这座盐山，每天岷江边的船都在不停地向外运盐。

那时候，盐厂八车间在一个山坡上，虽然生产技术已趋先进，但在运输上仍然是新旧并存的，既有人力板车拉盐，也有皮带运输机，它们都要穿过大马路运到岷江边，所以我们每天经过的路上就能看到两种不同的景观。原始的板车拉盐有意思，颇值得一说。那是在一个长长的斜坡上，大概也有个两三百米距离，上百辆的板车上装着沉沉的盐包子，挨个从上往下放；拉车的都是赤身的壮汉，他们其实不是在拉，而是用双肘压着上翘的木杠，双脚快速翻动，但整个身子像张纸一样弹到空中，又用力落下来。这个景象非常震撼，一辆接着一辆的板车"嗖嗖"地往下冲，直到河边码头，中间没有间断。其实，这是一项极其危险的劳动，稍有不慎就会人仰马翻，后果不堪设想。那时，我常常在一旁看得目瞪口呆，惊出一身冷汗，但那座盐山就是这样被一车一车地运走的。

　　说到这种古老的运盐方式，我又会想起一个人来。小时候，我家住的院子里有户人家，他家的外公是搬盐工。搬盐工比拉板车的工人干的活还原始、还艰苦，哪怕是在寒冬腊月，他们都是赤着上身扛盐。当时他已近六十岁，但身板结实，红光满面，一头银发，想来年轻时一定是个英武的男人。他每次到我们院子里来看他的外孙，总要坐在院坝里剥花生、吃酒，给我们讲他的故事。我记得他说他还能扛百来斤重的盐包子，一口气背它十来趟，两腿不会打闪。这个人说起话来声音洪亮，干那么重的体力活完全不像是在受折磨，脸上也无愁苦之色。直到现在我都还会偶尔想起他，觉得他像个老英雄，身在社会底层却活得那样气宇轩昂，真是了不起。

过去，五通桥地界上盐井密布，民国三年统计的盐井数量是五千多口，多得不可思议，但到了我们那个年代已所剩无几。但其中有一口井特别值得一讲，那是在城郊一个叫杨柳湾的地方，附近有个朝峨寺，门匾上有"瞻云望峨"四个字，这个庙子的大和尚叫演怀，冯玉祥将军就送了他一幅字：是大和尚更应该爱国。这是在抗战时期，冯玉祥跑到盐区来搞献金活动，就在那一年，在这个庙子的附近发现了一口井，比当时玉门油田的油井还深，是大实业家范旭东的永利公司西迁到这里时打的，所以是口爱国井。其实，它看上去并无特别之处，仍然是立着一个高高的井架，依然是碗那么大的井口，实在想不出下面有什么奥妙。但这口井不简单，它证明了这个小城能够打深井，出黑卤，产更多更好的盐，这对抗战来说是个巨大的支援，当时的军供民食靠的是川盐。

童年时，爱到盐井去玩。后来我看过不少文人墨客路经此地时的日记、游记、诗文等，他们对这一带的盐业景观极感兴趣，非常好奇。可以想象，一艘船在岷江上走，沿岸是土地、树木、岩壁、农舍，但突然在你的眼前出现了高高低低、层层叠叠的井架，那种震撼难以形容，清人吴省钦过江时就曾写下过"盐井冬留策，渔家雾著蓑"的诗句，那确是一番好景致。要是近看，则更为壮观，最精彩的是井筒落到千米之下，然后又被天车咕噜咕噜绞起来的一瞬间，卤水呼地喷出。可惜的是，这样的场景现在是看不到了，五通桥是一口旧井都没有保留下来，后来每次我回到小城的时候，走到杨柳湾，总会去望一望，对着那个已经不在

我/们/的/小/城

的井架发一发呆。

其实，我们小的时候小城里到处还能看到输送卤水的笕管，笕管就像是小城身体上的经络一样。笕管是用大斑竹做的，里面凿通，外面用麻线缠，再涂上桐油，卤水就在里面流向四面八方，当然，它们最后的归宿是运到灶房熬制盐。笕管是小城的一道道景观，随势起伏，连绵几十里。那时的小孩子们喜欢在笕管上走，笕管本身是竹子做的，要是遇上个悬空的地方，比如桥呀沟呀之处，踩在上面闪悠闪悠的，大概乐趣也在这里。但这种事情不能让修理笕管的工匠看见了，他们身上背着几把锋利的刀具，每天的工作就是四处巡查，发现有破损或渗漏就会及时补救，当然也就不能允许有人捣乱。

关于笕管还有个有趣的事情，过去在五通桥，当有小孩在路边随地撒尿时，就常常听见有人在旁边喊："笕管子爆啰！笕管子爆啰！"这一喊不得了，众人就会围而观之，取笑他。其实，在我的记忆，笕管是经常爆的，咸咸的卤水喷涌而出，流淌一地，其实那就是一地的盐。而这也是几十年前的景物了，现在的小城里没有笕管，输送卤水用的是巨大的钢管，新型工业化生产已经取代了那一道道奇特的景观。

昔时，小城的盐是乡人讨生的本钱，就像田里的庄稼汉一样，有对粮食一样的情感。长大后，我到过一些因为某种资源而兴起的城市，如煤城、钢城、铜城等，我对这样的城市常常有种奇特的感受，它们好像被一个东西扭结着，怎么解都解不开。五通桥是一座因盐聚市、因盐设邑的盐城，小城里的每一个人可能

花 盐

都与盐有千丝万缕的关系，而这样的关系可能是从你一出生就被连在一起的。我小时候读的幼儿园是盐务稽核支所旧址，我读的中学的前身就是盐商办的通材中学。当然在我的同学中，有不少都是盐业子弟，他们父母不是在盐厂工作，就是祖上有过盐业营生，做过盐巴买卖，就像在一池湖水里，总有一个沉渣、气泡、涟漪、浮萍与你有关。

记得小时候，我有一个很要好的同学，他家住在一幢别致的小楼上，我经常到那幢小楼上去玩耍。那幢楼有些特别，因为它很神秘，在它的二楼上的一间屋子永远关着，尘埃铺地。我的同学就告诉我，那间屋子里有很多稀奇古怪的东西，从他住的房间的窗台边可以侧着身子钻过去。果然，我们就钻过去了，屋子里面有几个大柜子，装的全是从资本家那里抄来的东西，照片、衣物、信件等等，当时我翻着它们的时候既刺激又害怕。这个事情过了很多年，那些东西也不知道去了何方，大概是十几年前吧，这幢楼就被拆掉了。有意思的是，前两年我遇到个叫赵永嗣的老人从美国回来，他告诉我那幢小楼可不简单，是过去有名的大业盐号，经理叫沈筱卿，是江淮一带的人，喜欢唱须生，娶了女武生徐惠宝，最擅长的戏是《薛仁贵探山》……更神奇的是，沈筱卿这个人我居然早就见过，他就在我写的《桥滩记》一书的封面上，中等个子，大背头，身穿长袍，显得有些瘦削，手持一根拐杖，站在前排与一帮京剧玩友合影。

这不是太巧合了吗？是的，这个封面图是从上百张图片里挑选出来的，没有想到过那栋小楼为我布下了一个玄机，让人不可

我/们/的/小/城

思议。其实，这只是说明在五通桥这个小城生活，你无时无刻不在与盐发生着关系，历史的、现实的、情感的、记忆的，犹如往事之雪，纷纷扬扬地落满在小城的每一个角落。

我是从 2005 年开始关注家乡的盐业历史的，为了收集整理口述史，这十多年来见过了不少跟盐有关的老人，我写的故事中有很多都是他们告诉我的，那些沉甸甸的记忆，泛着青铜一样的光泽。其实，就在我找寻的过程中，也有不少故事值得一讲。2010 年冬天，我突然接到一个电话，是生活在北京五十多年的老乡朱峻嵩先生打来的，后来我两次到北京，他骑着一辆单车就来宾馆了，又带我去吃德胜门附近的一家"牛华串串香"。朱先生有浓浓的乡情，那段时间里，他不仅告诉我很多五通桥过去的故事，而且还帮我找到了漫画家方成和丁佑君的哥哥丁好德，这两人是跟五通桥历史有关联的，后来我就把他们的故事写到了书里面。历史就是这样一点一点捡起来的，更重要的是，家乡就像一只土碗，盛着那浓得化不开的盐卤，无法稀释。

值得一说的是，在那些年中很多我见过的老人都先后去世了，都是八九十岁的老人了，这是个脆弱的时间段。作为一个民间观史者，我倾心于每一个历史碎片的迷人之处，但这并不是现实生活的全部，也不是我写作的全部，那么是什么东西如此持久地在吸引着我呢？多年前，我在看奥尔罕·帕慕克的《伊斯坦布尔》时突然就找到了共鸣，书中那种弥漫着潮湿的、冰冷的童年记忆总让我想起自己的过去。帕慕克认为还有个跟自己一模一样的孩子仍然留在伊斯坦布尔，有如幽灵分身，这或许也是我要表达的。所以我想，从前的我一直还留在那个爱恨交织的小城，与其说我是在寻找着那些失落的时光，还不如说是在寻找那个走散的自己。

当然，还有故事本身在一直吸引着我。人生真是太奇特了，活了一辈子，最后可能只是一个故事而已。所以故事是有分量的，故事也是不能随便辜负的，那里面是血和肉，是连着血和肉的欲望和情感。我从小崇拜说书人，我甚至认为没有说书人的历史不精彩，把故事从时间的大抽屉里取出来，然后给别人如数家珍地讲述它们，那是一大快乐。但在那些年中，常常的情况是我遇到的故事是支离破碎的，仅仅是一堆还没有吹散的灰烬，里面偶尔跳出了一两粒火星而已。那些故事带着火星的气味。

我认识两个老人，他们是弟兄俩，哥哥叫柯愈铨，弟弟叫柯愈稷，他们是我见到的民国时期最后的盐商。我最先见到的是柯愈铨，那是在 2006 年，他当时 85 岁，在牛华溪的一个养老院里。柯愈铨早年入过黄埔，前些年五通桥还有个黄埔同学会，里面都是遗老遗少，自然不乏有意思的人物。柯愈铨跟我讲到过税警总团第一团的事情，这个团是孙立人唯一没有带走去参加远征军的部队，它留下这个团继续在五通桥当税警，其余的都上了战场。这个团的团长叫朱毅夫，与柯愈铨相熟，此人 1949 年后在新疆坐了二十年牢，命运坎坷，回来后一直住在五通桥，我觉得应该去见见他。但可惜我去晚了一步，他刚刚去世不久，这是个不小的遗憾。

但柯愈铨后来给我介绍了他的弟弟柯愈稷，这也是个有意思的人。柯愈稷我见过他两次，一次是2006年，一次是2012年，这六年中柯愈铨去世了。而柯愈稷的变化也非常大，后面那次他已经92岁，老得有点认不出来了。柯愈稷曾在乐山盐场（五通桥牛华溪）担任厂商办事处业务股长，自己也经营复乾灶，有"四海""公顺"等四口井，算是一个比较富裕的盐商。但我最后一次见他的时候，晚境比较凄凉，衣服破烂，耳聋眼花，坐在一座老宅子门口，有种要被灰暗淹没的气息。可是，当年他是个多么绚烂的人啊，年轻的时候喜欢唱戏，组织过"花溪国剧社"，成都"春熙大舞台"的头牌旦角花想容每到五通桥来演出，都是柯愈稷为她配戏。

人生际遇本不足轻叹，只是下笔的冲动又在幽暗中不经意地撩拨你。我是在这座小城里长大的，盐是小城的命，在我童年的时候，这个小城就已经为我的人生铺下了一层底色，正如所有的乡人都多少沾了盐的边一样。在我的记忆中常常会浮现出这样的景象：古老的天车就耸立在小城的上空，抬头就能望见；卤水在随处可见的笕管里流淌，它们像城里四通八达的血管一样；江边的码头上非常繁忙，那些沉重的盐包子压得大船喘不过气来，但它们仍然将被源源不断地运向远方……

2014年，我以家乡的花盐街为背景写了一本长篇小说《浮华如盐》。花盐街是小城在"川盐济楚"时期留下来的，全中国可能就只有这样一条街，非常独特。所谓花盐，其实是盐的一种生产工艺，贾思勰在《齐民要术》中就提到了这个工艺："取水二斗，以盐一斗投水中，令消尽；又以盐投之，水咸极，则盐不复消

花 盐

融。易器淘治沙汰之，澄去垢土，泻清汁于净器中……好日无风尘时，日中曝令成盐，浮即接取，便是花盐。"这是最早制花盐的方法，这样的花盐看上去"厚薄光泽似钟乳"，但产量稀少，仅为富家食用。到了清代，制花盐逐渐形成规模化，有了专门的花盐作坊——盐提，当时五通桥就出现了这样一条街，专门运销花盐。"千猪百羊万石米，当不了桥滩一早起"，说的就是当年花盐街的盛景。

我在小说中是这样描写这条街的：

> 花盐兴起之后，桥镇上的盐商纷纷开始把盐灶作了调整，办起了大大小小生产花盐的盐提，湖北人喜欢吃花盐，他们就专门对付湖北人的嘴，谁愿意把每年几百万担盐的生意丢了。不仅如此，为了运销便利，盐商在临河的地方开设花盐盐仓，在河坎上修建花盐码头，产供销都集中到了沿河一带，几年之后，这一带逐渐变成了条街。
>
> 越来越多的盐商挤到这条街上来经营，坐商和运商都争先恐后地在街上落脚。渐渐地房屋开始夹道，四五丈宽的街道上人声熙攘，车水马龙，一片繁荣景象。几年之后，街道越变越长，东到东岳庙，西到梅子坝，中间还弯了几道拐，在地图上看，像根盲肠似的在山与河的皱褶里弯弯曲曲，到了一两里多地的光景，当地人便把这条街叫做花盐街。

我/们/的/小/城

现在每次我回到小城,常常要去花盐街走一走。但可惜如今的花盐街破破烂烂,非常衰败,早不见桥盐似雪的景象。我就想,也许这个盐城是沉睡了,同它那个兴盛的时代一同沉睡了,只有在小说虚构的世界中才能看到它们,我得用文字把它们喊醒:那些有名有姓的商号、钱庄、货栈又恢复了原样,那些鲜活的人物纷纷走了出来,行商的、囤盐的、跑帮的、下力的各色人等在故事的交错中与我擦肩而过。哦,我就有些明白了,历史这个东西或许就是由飞逝和恍惚两个词组成的,那些雪白的盐,它们在大地下生长,在人世间融化,留下的只不过是浮华的图景而已。

理发匠轶事

童年时,我家住的那个大杂院里有个姓陈的理发匠,他的手艺不错,院子里的孩子大多是他给理的头。

当年理发店都是国营的,那时也有挑摊的剃头匠,只在乡坝头窜。陈师傅工作的理发店就在大杂院附近,叫什么名字已经忘了,但理发师傅是清一色的男人,里面还有个佝腰驼背的老头子,但我每次去剪头都会躲着他。为什么要躲呢?这个人胡子拉碴,脏兮兮的,像旧社会吃过鸦片的人,那时我特别怕他,怕他的倒霉气传染到我的头发上了。

其实,理发店里很明亮,四面是镜子,好像人不是因为理了头,而是被镜子一照就亮堂的似的。当时,镜子边一般还挂了条光亮的牛皮带,那是理发匠用来磨刮须刀的。每当剪完头,轮到刮胡子或者修腮边的杂毛的时候,就看见理发匠们拔出刮须刀,在上面擦几下。那刀锋利无比,在眼前晃来晃去,我的颈子就像被绳子勒了一下,紧张得都有些痉挛。但每次刀刮完后,陈师傅就乐呵呵地搓我的耳朵,说哎哟,耳朵掉到地上了!

理发店里面永远充满了一股肥皂水的味道。小炉子里熬着一盆浓酽的肥皂,咕噜咕噜地泛着泡,那些泡泡涂在两腮和嘴巴上,马上变成了白雪胡子,像是在安徒生的童话里。我们院子里的那堆小孩子总爱趴在理发店的窗台上看陈师傅理头,刚才的那

我/们/的/小/城

一幕是好看的。

　　陈师傅不仅会理头,还爱折腾其他的事。这人特别有意思,没什么文化,大老粗一个,但却是地地道道的玩家,现在想来有点像王世襄,至少是我们向阳院里的王世襄,他虽然没有读过书,可玩得尽兴,不比王世襄差。

　　陈师傅喜欢养鸽子,这得好好说一说,大概是头发与羽毛也有些相似之处吧。那时,我们院子的小孩多,孩子一多就闹,但我敢说大杂院里只有房顶才是安宁的,但自从陈师傅养上了鸽子,房顶也不安宁了。过去,房顶上人们最多是晒晒布鞋,晾些汤圆粉子,现在就成了鸽子的天地,大杂院就更热闹了,晚上咕咕叫,把猫也惹来了,追来撵去,羽毛乱飞,只是一根都不会落到梦里。

　　鸽子在天上飞、转圈,翅膀振动如雨,这都能看得上瘾。鸽子养大了,到很远的地方去放飞又是一大乐趣,听大人讲,鸽子在路上识别方向要本事,飞错了地方就回不来了,但要想养出只好鸽子,就得这样去试。养鸽人每年都有几天要经历煎熬,鸽子要投宿,这极易被人诱捕。好鸽子不吃生人的食物,也不落窝,它的心里只有一个家,所以揪心等待鸽子回家不亚于等待游子荣归故里。

　　记得有一次,陈师傅的一只鸽子半月都没有回来,他想肯定飞丢了,但就在他几乎快忘记它的时候,那只鸽子却回来了。那是一个早晨,院子里的人还在睡梦中,但陈师傅清晰地听到了鸽子的叫声,他的每一只鸽子的声音他都听得出来。陈师傅立马翻身而起，在房顶上见到了那只鸽子，那情景想必是让人喜极欲泣。不仅如此，回来的鸽子中居然多了一只，嘿，这就怪了。原来多出的鸽子是在路上裹回来的，人家正在热恋当中，看不出那家伙还是个情种。这事可把陈师傅乐坏了，他把鸽笼搭得像个阁楼似的，仿佛里面要住进王子和公主。

当然，养鸽子也少不了揪心的事。鸽子在天上飞时经常会碰到鹞子，鹞子专打鸽子，聪明的鸽子会使劲往上飞，因为鹞子飞不了多高，追不上只好悻悻而去。但胆小的鸽子一吓就往下钻，鹞子等的就是这样的鸽子，它翅膀一收，张嘴就叼。每每看到这种场景，陈师傅就心痛，当然我也有点小小的咬牙切齿，想用弹绷去打鹞子，用最大的劲把那颗坚硬的石子送到鹞子的嘴里。

养鸽子是细活，每到母鸽孵蛋之始，陈师傅就忙碌起来，他有四个儿女，但儿女们都不怎么管，只管自己玩得开心。有一天，陈家的鸽子要孵了，全院子的人走路都轻手轻脚的，生怕坏了他家的好事。但不知是哪个捣蛋鬼，往屋顶上扔了一块石头，鸽子一惊，扑地全飞了起来。当时我心想坏了，要是孵出了个歪瓜裂枣，陈师傅可饶不了你。此时陈师傅还算镇定，小心翼翼地照顾着鸽子，直到血肉模糊的小鸽子破壳而出，才松了口大气。

但紧张的劳动才刚刚开始。新生的鸽子并不好养，陈师傅得每天把脑袋钻进鸽笼观察鸽子的动静，他怕小鸽子被压坏了、踩伤了，也担心其他鸽子跟它抢食；鸽子稍大，羽毛渐丰，又得让鸽群带着它飞，且不能落单，这些都是精细的活儿。那时候，养鸽子需要苞谷和糠米，可陈师傅就爱这些宠物，省吃俭用也要养

我们的小城

一大堆鸽子，看着它们在屋顶上起起落落，他是真快活。但我后来就想是不是陈师傅错了，他不该这么快活呀，因为他忘了饥饿的儿女们，忘了他身处的贫穷时代，他在一个不能快活也没有理由快活的时代快活了。

陈师傅也喜欢打鱼，同他有共同爱好的是我父亲。那时候，向阳院离河边不到一百米距离，两面环河，睡觉都听得见水声，男人好像没有理由不去打鱼。那个年代的人对逮鱼捉虾乐此不疲，我父亲每次从山区回来，哪怕是冬天也要下水。

记得有一年夏天，他们两人约好去打鱼，下午的时候就先去撒诱饵，喂好了窝子。晚上的时候，他们一行三人就背上渔网出发了，其中还有我哥，当时他不到十岁，负责背竹笆篓。但走在途中就开始打雷，闪电张牙舞爪要吃人，陈师傅就不敢走了。但父亲说既然出来了，就不要回去，其实他是舍不得撒的那把苞谷，所以强拉着陈师傅往前走。但雨越下越大，没有停下的意思，最后变成了狂风暴雨，陈师傅直打哆嗦，中途就跑了，但我父亲的胆子大，不怕，继续干。

其实父亲懂得雨天正是摸鱼之时，估计他的"任性"跟五七年被打成"右派"有关。第二天早上起来，我看见家里的洗澡盆里装了一条好大的鱼，好多人跑到我家来看鱼，鱼大得竹笆篓根本装不住，是父亲用网把鱼裹住才抱回家的，那鱼估计在茫溪河里都少见，连专门的渔夫都很难打到。陈师傅有些不服气，要是他坚持下来，打起那条鱼的可能就是他了。所以他又去河里搬罾，但一天下来也只搬起了几只小虾小鱼，脸上难免失落。晚上的时候，母亲就悄悄对我说，给陈师傅家端一碗去吧。

后来父亲同陈师傅在一起下棋，他们不提鱼的事，但父亲得输两盘才算厚道。其实，那时候因为我家是"右派"，人家都避而远之，能够不嫌弃还与我家相友善是非常难得的事。那个年代下象棋是男人们的乐趣，电杆下、道路边，炮二平五，不比打牙祭差。但在我的印象中，他们没有一起喝过酒，要是现在，凭他们的关系怎么也得喝上几杯。记得有一次我父亲从山区回来，他们一碰见，陈师傅就说，老龚，杀一盘？他们当然要杀一盘，一包大前门，半日时光，我们就在旁边观战。

那时，陈师傅的老婆跟我母亲都在百货公司工作，她们在一起站柜台，轮流上班，晚上还经常值夜班，所以母亲经常让她照看我们兄弟俩。后来我母亲"右派平反"后调到了批发部记账，也就不在柜台上了，但她们的关系一直不错，经常在屋门口摆龙门阵。有一年，我父亲买回来一台收音机，她们就常常在一起边打毛线、边听收音机。那时正时兴听长篇小说连播，像《第二次握手》《牛虻》等小说就正在热播，她们把毛衣一边拆一边织，津津有味地讲着小说里的人物，感人处，还陪着故事抹一把泪。

也就在那几年，陈师傅突然不理发了，开始到附近一家旅社去烧锅炉。这件事我一直没有闹明白，一个好好的理发匠，怎么就不理发了呢？还好，锅炉供应澡堂子的热水，冬天的时候我去泡澡，在一塘浑水里"搓甲甲"。那些脱得光光的男人们很舒坦地泡在里面，起来的时候，他们拖着木屐，甩着两颗卵子，走得踢踏作响。陈师傅的工作就是给锅炉铲煤，保证热水供应，这个工作简单乏味，没有理发有意思。他成天围着围腰，戴着袖套，抱着个大瓷盅，瓷盅的内壁黑黢黢的像锅底，不过这个中年男人的内心倒也豁达，不理发了，烧锅炉也不低人一等。

更重要的是，工作的改变并没有改变陈师傅的爱好，他照常喂他的鸽子，下班也去河里搬罾，只是理发的手艺只有用到他的儿女身上了。我便常常看到他找出剪子剃刀，打上一盆热水为他的儿子理发，他每次理发的时候都在坝子里，院子里的孩子们便来围观。他的手法依然是娴熟的，要是去摆个摊也许还能挣不少钱，每次理完的时候，他总是牵着围布抖几抖，头发丝亮晶晶地飘散在了空中。

陈师傅的儿女中没有人继承他的手艺，长大后顶班的顶班，进厂的进厂，就没有一个人学理发。大概是十五年前吧，就听说他去世了，那时大杂院已经拆掉建了新房，只剩下一棵槐树还在，那棵树正好过去就在我家门前，母亲常常在上面晾衣服，树干上还有铁丝勒过的痕迹。而现在它就像一个坐标一样留在了那里，代表着有一群人曾经在那里生活过，这其中包括我，包括陈师傅，当然也包括我那被剪掉了的童年的头发。

我的小学

小城有座山,叫菩提山,山上树林成荫,雀鸟纷飞。

我的小学就在菩提山脚下,五年的小学生活就依偎着这座小山。那时候,山上的乐趣很多,打弹绷,刨红苕,钻山洞,摘柑橘,捡民兵打靶留下的弹壳,偷农民家的土狗……现在想来真是绿色童年,在大自然面前,那座小山才是我真正的老师。

就说一件趣事吧。记得有一年,学校带领我们到背后的山坡上去种蓖麻,据说这种植物可以造飞机上用的航空油。那时候谁也没有坐过飞机,飞机飞过小城的时候,全城的人都会仰着头看,所以种植蓖麻也为我们的童年种下了一点想入非非。当时我们用钎掘坑,又到山下抬水,累了一天终于见到了几棵秧歪歪倒倒地立了起来,但我有点怀疑这样是否就能够长出油来。

其实,那时在老师的眼里我就是一棵歪歪倒倒的蓖麻。

在小学里,记忆最深的是我的班主任雷老师。她是个中年女人,皮肤白白净净,喜欢穿件米色开衫,毛衣上绣着精致的菊花图案。但她比较瘦,瘦而白净,这就让人有些生畏。在我所有的小学老师中,雷老师给我的印象是最独特的,她有洁癖,追求完美,讨厌瑕疵,因此我们班的玻璃永远是全校最明亮的,流动红旗挂在我们班的门楣上便会永不流动,没有人能够再将它夺走。所以,现在想来这件事都有些不可思议,而我就是在这样的先进集体中长大的,感受着荣耀,也感受着灰暗,因为我就是那个很可能出现的瑕疵,也是那个随时要被抹去的瑕疵。

雷老师的课堂没有学生敢捣乱,哪怕走神也是不允许的。奇怪的是她好像知道谁跑出了她的视线,因为就在你发呆的一刻,她已经准确无误地走到了你的身边,像剪断蜘蛛的丝线一样,让你从半空中直接跌到地上。那时我们小学的中间有个小操场,当值日生的那天,我常常要穿过操场去领课本或试卷,但每次在很远的地方都能够听到她略显尖厉的声音,然后传来整齐划一的读书声。可以想象,每个学生都会挺直着胸,目不斜视,这样的情景在那个年代的宣传画上就能够看到——那种饱满的、单一的、没有怀疑的面容,总是千篇一律。但在她的教育下,我们班的成绩确实比其他班要好,也让其他班的学生羡慕不已。我还记得这样一个情景:她坐在讲台旁,在放学前用细竹竿指着字抽查学生,错了要挨打,身上的懒虫子常常被她抖落一地。

大概每个老师都喜欢学习好又听话的学生,但我不在此列,这件事情现在想来都很悲惨。其实,我也想让雷老师看我的时候眼光柔和一点,说话的语调轻细一点,向毛主席保证,我也想当一棵积极向上的蓖麻。记得有个女同学,勤奋好学,她的作文常常被当作范文念,她也格外受到雷老师的喜爱。有一次,雷老师布置了道作文题叫《新的一年》,她作文一开头就写道:"白雪送冬去,燕子迎春来,新的一年来到了……"当时我就想,她怎么写得这么好,那些白雪呀燕子呀怎么就飞不到我的作文里呢?

在很多年后有一次同学聚会上,有个同学说想不到我成了作家。是呀，我怎么就成了作家了呢？想来想去，总结出了一点：我喜欢幻想，无边无际地幻想，因为在那个荣誉的集体中，只有幻想才是属于我自己的，作家就是那些一辈子都爱做白日梦的家伙。其实，我喜欢上作文跟一个年轻的实习老师有关，那个老师只教了我们半学期，记得她每天放学前给我们读半小时小说，如李准的《黄河东流去》。小说里的故事特别吸引我，我听得津津有味，其中一节是讲黄河决口的惊心动魄，而那里正是我的父辈生活的地方，那时我的爷爷、奶奶还一直生活在那里。所以我每天都好像等着那半小时，感觉自己被故事里的情节紧紧粘着。后来实习老师走了，那半小时也没有了，但我就觉得自己会写作文了。

　　七十年代基本处在一个无书可读的年代，学校没有图书室，小城的图书馆里的书少得可怜，只有几本翻得破破烂烂的马列著作。幸好家里有几本父亲留下的书，其中有两本印象很深，一本是苏联作家柯切托夫的《叶尔绍夫兄弟》，一本是臧克家编选的《五四新诗选》。这两本书都是五十年代出版的，书早已发黄，前面几页也掉了。《叶尔绍夫兄弟》是一本描写苏联工厂生活的故事，它是我读到的第一部外国小说。《五四新诗选》则不一样，上面有当时很多课本上看不到的诗作，如徐志摩、冯至、戴望舒、何其芳、艾青等人的诗歌，当时都是"大毒草"，但对我的影响很大。

　　《三国演义》和《水浒传》是我最喜欢读的书，那时候同学间常常传阅连环画，一共有好几十本，最后一集是《五丈原》，上面的人物故事我可以说背得滚瓜烂熟。但我有一本老的《三国演

我/们/的/小/城

义》小说，不知是谁给我的，记得那时母亲经常要晚上值班，家里只剩下我一个人，大冷天的，家里烧了个火炉，我就一个人守在火炉旁读那些江湖好汉的故事。我想那一炉火燃烧着的正是我的梦想。拉格洛芙的《骑鹅旅行记》也是那时读的，我甚至认为自己在一段时间里都变成了那个小人儿尼尔斯。后来我儿子读小学的时候，我就给他买了《骑鹅旅行记》这本书，书是在旧书摊上买的，因为它正好是我小时候读的那个版本，封面是浅蓝色调图案，上下两册，它是我小时候最好的文学枕头。

其实小时候我并不喜欢读书，因为比读书有趣的事情太多了。小城临近河，我们的生活跟这条河是连在一起的，那时候，小学离拥斯江不过两三百米，中间是个旷地，学校打铃，河边都能听到。河水对我的诱惑太大了，一到夏天我常常跟其他孩子一起下河，经常连中午时间都不会放过，吃完饭就想跳到水中去玩耍。一般是打第一道铃的时候，我们就马上穿上裤子开跑，第一道铃与第二道铃相距十分钟，一口气跑到学校正好跨进教室。但是，我有时居然就没有听到第一道铃。当时学校不允许下河洗澡，怕淹死人，所以老师常常会检查学生是否偷偷下了河。他们有个很灵的办法，就是让学生把手臂伸出来，用指甲在上面轻轻划一下，只要有白色痕迹，那就得挨罚。

其实对于这样的小惩罚我是习以为常，它并不能阻止我贪玩的天性，我想成为好学生，但可惜好学生的标准好像离我太远，所以有件灰暗的事我一定得讲一讲。记得是在一个星期天，我同另外一个同学在其他人不知道的情况下去为一位老师家搬柴，我想得到老师的一点表扬，并借此改变老师对我的不良看法。但事实是没有一点改变，由于父母的"右派"身份，我在小学五年级最后一学期才戴上了红领巾，我的小学生活真的是"暗无天日"。很多年当中，我心里的这块疙瘩一直没有解开。现在想来，我似乎能够理解那位老师了，在那样的时代这并不全是老师的错。生于六十年代末，成长在七十年代，我们的童年是在"文革"中度过的，接受的全部是阶级斗争的教育，那可能是一代人的不幸。不过，作为一个孩子，除了每学期的成绩单是个例外，小学的生活仍然是美好的，充满了快乐的时光，那种单纯的快乐就像一块糖，可以一直放在回忆的抽屉里。

那时我们最喜欢上的是音乐课，最不喜欢的是政治课，因为政治老师是个五大三粗的跛子，而音乐老师明眸皓齿，声音甜美。每到上课前，同学们争相去抬琴，音乐老师教我们唱各种各样的革命歌曲，如《小小竹排》《唱支山歌给党听》《北京有个金太阳》《打靶归来》《洪湖水浪打浪》之类，唱得斗志昂扬。在童音袅袅中，我好像特别容易走神，唱着唱着，时间就像肥皂泡一样飘走了。对了，记得我还去参加过一次歌咏比赛，站在一群漂亮的女生中间，穿着白衬衣，脸上的粉红彤彤的，下来还舍不得把它擦了。

看电影也是快乐的事。那时小学的旁边不远就是电影院，学校偶尔也会发电影票组织学生去看电影，进行革命教育，像《地道战》《南征北战》《白毛女》《沙家浜》《小兵张嘎》等就是那时看的。《南征北战》里面有个"张军长"，我印象极深，后来才知

我/们/的/小/城

道电影里"张军长"乘坦克突围被俘的情节取材于国民党四十一军军长胡临聪,他就是这个小城的人,也有跟我们一样的童年。印象深的还有《决裂》,里面有一句台词是挖苦知识分子的,说的是一个老师在课堂上讲"马尾巴的功能",而下面的工农学生就不满了,站出来贴大字报。当时年幼无知,只觉得那夸张的腔调特别好玩,常常在同学间用来取乐,这部电影我看了好多次,就为了学那句"马尾巴的功能"。当时最喜欢看的电影是《闪闪的红星》,因为里面有可爱的潘冬子,长得胖乎乎的,是全国人民的幸福宝贝。

去郊区送肥是我们那时才会有的,现在的孩子可能很难理解这样的事情。那时,从家中的灶里刨出一撮箕炭渣,拉着我哥做的板板车走在去人民公社的路上,轴承滚子在马油路上哗啦哗啦响,心里充满了自豪感。但在回来的路上,我们就有点管不住自己,看到树上结满了柑橘,肚子就叽里咕噜地叫了。再一看,四周正好无人,就偷偷爬到了树上,结果有一次狗叫了,农民拿着扁担锄头来追,弄得狼狈不堪,让光荣的集体蒙上了阴影,按雷老师的说法就是一颗螺丝打坏一锅汤,但,这也是快乐的事情呢。

物质匮乏年代的孩子也有贫穷的快乐,所以像猪拐骨、杏子米、烟盒之类就成为了我们绝好的玩具,我经常同同学在学校的走廊上玩这些游戏。我的拿手项目是打玻璃球,可以在十米之内准确击中另一个玻璃球,弹无虚发,可惜学校没有这方面的比赛,要不我准能抱几张奖状回家。那时我也喜欢打篮球,当时小学的篮球场在围墙外，破破烂烂，只剩下个孤零零的铁圈吊在那里，平时也没有篮球可打。小学里只有几个简陋的乒乓台，那是唯一的体育设施。乒乓台是用水泥砌的，风吹雨淋，表面坑坑洼洼。但我们课间的乐趣就在上面，抢着去占乒乓台，哪怕是十分钟也要打上几拍。有时候放学了还意犹未尽，用书包中间一隔，索性拿着没有胶面的"光板"大干上一场，直到满头大汗才回家。

说到这里，也顺便说说我那个有点意思的算术老师。廖老师当时比较年轻，平头，身板挺直，喜欢穿一件的确良布料的军装。我家院子里有个阿姨在照相馆工作，我对那些像魔术一样变出来的底片充满了好奇心，经常去那里玩，巧的是我在无意中就看见了他的一张照片。照片也是穿军装照的，那个年代流行这个，穿军装照相比现在穿西装照还时髦。但廖老师可能是太英武了，就有些不像老师，他更像《智取威虎山》中的杨子荣。这种感觉怪怪的，每每这样想的时候，一粒粉笔头飞将而至，眼前突冒金星，才知道上课走神了。廖老师除了爱扔粉笔之外，还喜欢把红色的"×"画得龙飞凤舞，可以想象，我提着那张横尸遍野的考试卷子回家是什么样的心情。

那时我们要学珠算，天天要背个小算盘去上学，一路上抖得嚓嚓作响。上学路上免不了与同学疯玩，常常把算盘摔得珠子遍地滚。待捡起来重新装起来，总要少那么几颗，缺牙漏嘴的，可能这就是我从来没有把数字搞清楚过的原因吧。幸好现在不再用算盘了，这也说明有些知识是多余的，迟早要丢进废纸筒，不学也罢，当然这也可能是胡说八道，但我知道那些深奥的口诀，到

我/们/的/小/城

现在除了知道"三下五去二",其余的真的都还给了廖老师。

过去,小学的旁边有个很大的广场,比一个足球场还大,那也是我们的乐园。我们的体育课经常在广场里上,不上体育课的时候我也常常翻过围墙到广场上去玩耍,那么大的地方足够我们撒野,也才能装下我们那个无边无际的童年。但广场也是个是非之地,那时的人们像发了疯一样,隔三差五地在广场上举行游行、集会、批斗活动,他们敲着锣、打着鼓,举着标语,喊着口号。

广场上批斗过一个人,是我们学校一个同学的父亲。他站在主席台上挨批斗,灰头土脸,秃头前的那一绺头发掉了下来,正好搭在了他那双惊恐万分的眼睛上。而下面的人民群众还在不断呼"打倒"口号,然后他便被几个人粗鲁地拽下了台,扔进一辆解放牌汽车上街游行去了。这样的场景我见过很多次,但这次给我的印象特别深,因为他的女儿是我们学校里经常被表扬的好学生。她父亲在革委会当官的时候,她穿着好看的衬衣和裙子,经常在台上表演节目。但她父亲倒了台后,再没有人理她了,同学见了她都在背后指指点点,说她父亲是"造反派"头头。一个好孩子突然就变成了坏孩子,这样的变化坚硬得如一地硌脚的砾石。

关于这个广场,我再补充一点。1976年初秋的一天,毛主席逝世了,学校外的广场上开着追悼会,成千上万的人站在广场上,四周是持枪的民兵看守,花圈包围了广场。那天中午,学校说不准出校门,每人发一个面包,天阴沉沉的,我们就躲在教室里啃着面包,这个记忆特别深刻。开完追悼会的第二天,所有的花圈架成了座小山。小学的旁边燃起了熊熊大火,花圈足足烧了几天,小城里弥漫着一股焦味,广场上的青草全部变成了焦土,很多年都没有再长出来。

八十年代后,广场完全变了,上面全成了建筑,盖上了各种各样的房屋,过去那一片偌大的广场再也不复存在。可惜我没有看到它是如何变化而来的,因为那时我已经离开了这个小城,去了另外一个地方。那一段空白好像是为我的人生刻意留下的。

到了九十年代,小学更名叫"实验小学",它原来叫群英小学,不知道改名的目的是不是认为"群英"二字已经过时。前些年,我回过一次小学,才发现学校已经全部变了,修了新的教学楼,过去那幢两层小楼的房子被取而代之。顺便提一下,我当年是个调皮鬼,曾不小心从楼梯上摔了下来,磕掉了半颗牙齿。但我记忆中的群英小学已经不在了,当年的老师一个都不在了,连磕掉我牙齿的楼梯都不在了,每想到此总有些伤感。是的,只有在不经意的一瞬间我才可能想起过去:那座山,那所像鸟巢一样的小学,那个想飞却没有飞起来的童年……

忧伤的车站

小时候，我对车站有种很深的情结，因为父母两地分居，我跟着母亲生活，父亲常常是一年半载才回一次家，所以我总是盼望父亲回来，而车站就是能见到父亲的地方，他好像总是从车站里现身，才能走进我的童年记忆里。

那时没有电话，唯一的联络方式就是写信，父亲每次要回来前都会写封信，告诉我们他回来的日期。但实际上时间很不准确，因为信上说的时间都比较含糊，常常的情形是说好月底回来的，却拖到了月初，而说好是月初的，却到了月底才见到人。这也怪不得父亲，因为要看请假是否顺利，是否有顺路的货车或拖拉机——当时父亲工作的地方在一个非常偏僻的山沟里，要先出山沟，再到县城去转车才能回家。

那时候，父亲要回来的消息总会让我一家都兴奋不已。母亲总是接到信后反复念给我们听，可能是好消息总是那么的少。父亲一回来，每次都会背着一大背篼东西，比如腌鱼、腌兔、梨、柑子之类。鱼是水库里摸的，兔子是山里打的，梨和柑子是山区的树上摘的，一切都是自然的馈赠，但在那个物资匮乏的年代多少显得有些奢侈。当然，父亲的回来远远不是物资的短暂满足，亲情才是一堆温暖的炭火。父亲的回来是我们一家人的节日，但节日是短暂的，短得好像没有开始就要结束，所以这样的日子会让人陷入一段向往、忧虑和更长时间的想念之中。我敢说，在我的童年生活中没有其他的节日值得记忆，只有父亲回家才是真正的节日。

记得当时父亲回到五通桥的时间一般是在下午，这还得一大早出发，路途要花五六个小时的时间，这是顺利的情况；要是不顺利的话可能更长，所以每次我在车站去等父亲的时候，常常一直要等到最后一班车到站，这时天已黄昏，小城的车站里已空空荡荡，只有一个老太婆在那里扫着地，灰尘中飞舞着一些已撕碎的车票……

这种感受很多年后我又体会过一次。那是我儿子刚上小学一年级的时候，他被送到郊外的一所私立小学，每星期接一次。那次我去学校接他，但由于堵车去得很晚，天都快黑了，当我到了学校就看见儿子正在电话亭里打电话。我的手机响了，是儿子打给我的，但我没有接，我只是远远地看着他。他踮着脚又拨了第二次，我还是没有接。这时我看到他走出电话亭，一个人站在那里发愣……我就想起我的童年，在那个破破烂烂的车站里等父亲的情景，是的，儿子那一刻的孤单击中了我。但他只是一刻的孤单，而在我的童年生活中，孤单占据了很长很长的时间，那个车站就像是个开关，轻轻一扭，就能把我的快乐放出来，但它常常都是关着的，紧紧地关着，无法轻易将它打开。

小时候，等待父亲是一种煎熬，在车站里我唯一能做的就是从一进一出的两个大门之间来回走动——我怕父亲下车后从另一道门中走了，就像放在手里的香气一样，你抓不住它就会飘走。

我/们/的/小/城

其实这是我的担忧,这样的事情从来就没有发生过,因为车站很小,每来一辆车我都会跑去仔细寻找,直到最后一名乘客下车。而实际上,车站的小喇叭也会发出刺耳的声音,报告到站和发站汽车的班次。那时,我就在嘈杂的车站里来回走动,像个流落街头的孩子。我在地上捡着售票员扔掉的票根,然后把它们折成三角从月台上打飞出去;我认得车站里晃来晃去的小偷,他们在伸手摸包前会转过头来狠狠地盯我一眼;我也认得那些五大三粗的司机,汽车的前面挂着一块纸牌,上面写着要去的地方……这些场景已无新鲜感,我等得太久、太困,只有倒头在候车间的木椅上沉沉睡去,才能马上见到父亲。

在我的同龄人中,很难有人有我这样的经历,因为他们的父亲是家中的父亲,而我的父亲是车站里的父亲。在这个小城里,我家没有一个亲戚,父母都是外地人,母亲早年因为参加工作来到了这里,而父母都在1957年被打成了"右派",我们一家人就是不折不扣的"黑家庭",而这个"黑家庭"还被无情地分为了两半。

可能际遇的险恶让我们更懂得相依为命,我的家就像一艘不堪一击的船,风浪之中的每个人都需要紧紧依偎。很小的时候,母亲就会背着我和牵着我哥到车站去等父亲,后来我们大些了,就是我和哥去等,再后来哥去了开封,便是我一个人去等了,即便那时我才九岁。我觉得,童年是需要父亲的,但在我的童年中父爱是稀缺的,就像爱吃糖的孩子没有糖吃一样,他长大后一定对糖充满了奇特的感受,或者贪婪、或者憎恨、或者疯狂。偏执都是从极度的缺乏开始的。在我的记忆里，车站就是一个饥饿的胃，它不断地蠕动，等待着食物，但食物却迟迟不来，这时蠕动会更加变本加厉，渐渐成为了一种钻心的绞痛。

那时候，特别是临近春节时，父亲的背篓里装着年货，那是他在山里准备了好久的东西，我们一家人都盼望着他回家团聚。车站里来去的人更多更混杂，搅动着一股股热气，天依然是灰蒙蒙的，我就在车站的人群中穿梭，寻找着父亲的身影。后来在我长大成人后，这样的记忆只在米兰·昆德拉的《玩笑》或者库切的《青春》的某些片段中重新感受到过，而那一定是压抑、窒息、孤独的感受，但它却像钉子一样钉在了我的记忆里。

有一年冬天，父亲又写信回来，说他很快就会回家，这样的消息就像冰冷的房间里生起了一炉温暖的火。但失望却在一次次地打击着我，我整整去车站等了父亲十天，都没有见得他的影子，每次看见我怏怏地走回家，母亲总会深深地叹息一声，然后慢慢地坐在凳子上擦眼泪。那时，我对父亲有种很特殊的感情，由于长时间没有见到，想见又有些胆怯。每次父亲回家后，我就闻到了他身上那种混合着烟味和汗味的北方男人气息，我会紧靠着父亲，把鼻子钻进他的衣服里去闻，使劲闻，那简直就是世界上最好闻的气味。其实那一刻我什么都忘记了，只觉得有种被袒护的感觉，那是儿子有了父爱之后的满足。

但那次我都快绝望了，我甚至怀疑父亲可能不回来了，因为这种事情曾经就发生过几次，都是单位上又临时发生了什么事情就走不了了。那一天早上，我去上学，我已经觉得父亲肯定不会

我/们/的/小/城

回来了,但走在马路上的时候,突然听到有人叫我的名字。我一看,居然是父亲,他坐在街道对面的一个石栏杆上。原来是头天下午就该到的,班车却坏在了路上,等修好后第二天早上才赶到了五通桥。当时的情形是我并没有理父亲,欢庆的场面并没有出现,我低着头继续往前走。父亲又喊我一声,我还是装作没有听到,但眼里的泪水大颗大颗地掉了下来,我突然感到好委屈,鼻子好酸;我越走越快,心里好难受,都要哭出声来了。就在这一刻,父亲一把从后面把我抱了起来,并高高地将我举起,那一瞬间,我看见他的眼睛里也有泪花在打转。

等待让家里有了短暂的喜悦,父亲回来后总会使家里的一切焕然一新。钝了的菜刀他要磨,漏了的锅他要去补,铺盖床罩他要背到河边去洗,而灶一定是要重新膛一次的,他会专门到山上去挖来红泥,把灶壁膛得光光生生,火烧得亮亮堂堂。等忙完这些,父亲还会砍上一大堆柴,整整齐齐地码在屋墙下,那些柴火能烧上大半年。每次父亲回家,有件事是必然要做的,那就是一家人在一起包一顿饺子,一般的情况是母亲调馅,父亲和面,我擀面皮,而哥哥则捏饺子。煮饺子是我小时候最喜欢看的,只见开水翻滚,包好的饺子很快就飞进了热气腾腾的锅里,不一会儿水面便挤着一个个小脑袋,它们摇摇晃晃,叽叽喳喳,像群闹春的雏燕。

但这样的场面很快就会过去,因为父亲又要回山区去了,下一次回家最少是半年甚至一年后。送行是我童年最伤感的记忆,临走的前一天,父亲会专门对我们两兄弟训次话,其实无非就是要好好学习，多做家务事，不要让妈妈生气等等，但我心里总是很难过，像得了重感冒一样难受。那时候，我家的房子就只有一间，中间用篾笆隔断，那一晚，我就听见父母两人一直在小声说话，他们会说到很晚很晚，直到我迷迷糊糊地睡着而他们都还在说。

第二天一大早，我还在睡梦中，母亲就会叫醒我，我们一家人都要去车站送父亲，这样的告别几乎就像沉重的仪式一样。父亲上车后会马上把车窗打开，我们就会拥到车窗的一边，抓紧时间再跟他多说上几句话。但父亲说，你们走吧。我们哪里会走，都不肯走。父亲就又说，回去吧，我会写信回来的。我紧紧抱着母亲，把脸躲到了她的身后。

父亲十几岁就跟着部队从南阳出来，但他走了一转后就想回家，他是因为走错了方向而留到了四川，他的命运也是我们一家人的命运。这时，就听见母亲说，等儿子再送送你吧，我到车站门外等他们。实际上母亲是太难受了，要到外面去哭。母亲一出去，我就把头埋得低低的，不敢看父亲，等汽车一发动，往灰蒙蒙的空中喷出一股刺鼻的气体，我就再也忍不住了，"哇"的一声哭了出来，我看见父亲从车窗里伸出手，使劲挥，仿佛要把我们满脸的泪水抹去。

一家人又散了，分别是如此冰冷彻骨，远去的汽车碾碎了我童年的忧伤。

2005年父亲去世的时候，我在他的箱子里找到了一本他的日记本，这本日记让我看到了父亲的内心世界。其中有一天的日记

我/们/的/小/城

是写我爷爷给他寄去了信和照片,他是这样写的:"性芳(我母亲)来了信,父亲也来了信,我真有说不出的快乐。十四年未见过的父亲现在看到了,他已经是一个老头了。在我离开家乡的时候,他还是一个壮年人,根本还看不出老年人的形象来,但现在他真的老了。"其实,父亲对爷爷的那种感受,我对父亲也有过。那是在我二十多岁闯荡天下的时候,有一天回家突然就觉得父亲老了,跟这封信上的心情没有区别。我曾想:父亲会不会也像我小时候一样去等待他的父亲,他的心中是否也有一个可以等待归来的车站?

还有件事是我终生难忘的,这也是发生在车站的事情。记得是我七八岁的时候,那一年母亲得病住院,通知父亲回家,但父亲没有回来,因为单位不放人,当时正是"斗私批修"搞得最厉害的一年,何况一个"右派分子"有什么资格不抓紧政治学习。但我就天天都去车站看,总觉得父亲一定会回来,可直到母亲出院他也没有回来。过了一段时间,父亲突然回到小城,原来是他想方设法到乐山去出差从而转道回来的,实际上就是回来看母亲。他从山区背了些鸡蛋回来,当时母亲的身体还非常孱弱。因为是借工作之便,父亲只在家里待了两天就得走,第三天一大早,我们一家照例去送他,但中午放学回家,我突然却发现床上躺着一个人,感到很惊讶,我踮着脚去看,发现是父亲睡在床上。父亲整整躺了一天,我不敢去打扰他,以为他病了,后来才知道是父亲上车的时候钱包被小偷摸了,那钱他就是赔上一年的工资都不够。

忧伤的车站

　　这可能是我憎恨车站的开始，我对车站那种天真美好的想象彻底破灭。是的，我曾错误地将父亲认为是车站的一部分了，但父亲不属于车站，我同父亲只有血脉中的相约。但命运将我同他的今世之缘放在了车站这样的地方，这是多么荒唐的事情。我常常想，车站常常被作为文学中的一个象征，也是人生命运中的某种隐喻，难道它就是专为等待而设置？是的，我一直都在等待我的父亲，这不只是等待父爱的照耀，也是在等待被赋予生命的那个答案。所以，可能就是在我白发苍苍的时候，我都会去等待父亲，而这样的等待一定是在那个忧伤的车站。

画肉票的人

我小时候特别想吃肉,整天饥肠辘辘。那时没有肉吃,买肉凭肉票,一个月只有一张二指宽的肉票,经不起一顿敞开吃。有一回,我们院子里死了个人,来了很多亲戚办丧事,到了吃饭的时候,花圈下摆了几张桌子,桌上端来了一碗肉,那些人虽然很悲伤,但肉香迅速消解了沉闷和压抑,至少他们在吃的时候已经不那么悲伤了。而这时香气已经从桌子上传开了,香气在院子的上空飘,那顽固而恣肆的香气迅速钻进了院子每一个人的鼻子里,并让他们的胃、喉咙和牙齿叽里咕噜地响了起来。当时我就想,要是家里也有个不紧要的亲戚死了才好。

院子里孩子大多跟我一样饿,哪家吃肉了就到人家门口磨蹭,等着人家赏两片肉吃。我馋得不得了,可母亲爱面子,逢人就自豪地说,我儿子从不守嘴。但有一回,伙食团里卖鲜肉包子,包子像元宝一样金光闪闪,当然这是错觉,乘人不注意,我就从甑子里偷了个。后果可想而知,这天就听见谁喊了一声,"吃笋子炒肉啰!吃笋子炒肉啰!"院子里的小孩全围在我家门口打牙祭看大戏,他们按捺着兴奋,鼻涕吸得一嗒一嗒的。母亲不停地骂,狠狠地用篾条抽我,那些篾条的纹路像印章一样,分厘不差地印在了我的屁股上。

那时候,排队买肉是件大事。所以当一名肉铺里的刀儿匠是非常荣光的,虽然人家只管着肉,但比掌管我们那个小城都神气,我敢说那时候割一块地给你,还不如割一块肉给你。因为肉票太金贵,母亲就会反复叮嘱,说买肉一定要买肥肉,要指着膘厚的地方割,瘦精精的地方千万不能要。常常的情景是,我挤在肉铺的木栏前,钱和票刚一递进去就迅速塞回来一坨肉。"我要肥肉!"但我的声音就不像来割肥肉的,更不像吃过肥肉的。刀儿匠长得五大三粗,睬了我一眼:"肉票上又没有写肥和瘦。"但我不能要瘦肉,回去要挨骂。我将胳膊努力伸进了窗口,把肉悬在空中:"我要肥肉!"刀儿匠头也没有回,"你想要?全国人民都想要!"全国人民是谁我不知道,我只知道我回家肯定挨骂,是的,我比一头猪还委屈。

有一天,我放学回家,就听见院子里的几个大娘大伯在那里议论。他们说镇上抓到了一个人,那个人可有本事了,居然会画肉票,画得一模一样,而且用画的肉票买了好多肉。听到这件事的时候,我就感到了一阵饥饿,就像那次院子里死了人一样。正好这时母亲在做饭,她让我去打酱油,走在路上的时候我还在想那个画肉票的人,边想边崇拜人家,但一崇拜,肚子就更饿了,我端起酱油瓶子猛喝了口,好让肚子不那么难受。

不久春节就临近了,家里就接到父亲的信,那时他在一个山沟里修水库。父亲在信中说大年二十五就能回来,这一年单位要多放几天假。这无疑是个喜讯,因为我就可以提前闻到那令人欢喜的年味了。父亲一回来就会背回不少腊肉香肠之类的年货,那一背篼年货可以晾满屋檐下的那根晒衣竿。在阳光映照下,我会

我/们/的/小/城

仰着头望那排吊在半空中的腊肉,那是个美妙的时光,我敢说比现在"舌尖上的什么"美妙得多。

父亲自从1957年打成"右派"后就没有返城,后来就去了水库,等于又到了另一个农场。这一干就是很多年,本来修一个水库也就是七八年时间,当等他们修好一个水库后,父亲又调去修另外一个水库了。修水库都是野外作业,非常辛苦,平时的供给靠自己种养,那些常年在山沟沟里的男人们就凑钱来共同养一头大肥猪,等到春节的时候杀猪分肉。所以我家的那一竿子腊肉就要靠父亲他们养的那头肥猪。

关于那头猪,我得说上几句。那个年代私自养猪是不允许的,这不就是"资本主义的小尾巴"吗?但山高皇帝远,何况是那头猪跟其他猪养在一个猪圈里,一般人也看不出猫腻来。既然养了,就得好好养,但猪养得肥不肥跟炊事员有很大的关系,炊事员也有份,他会把苕藤、南瓜、米汤先喂饱那头猪,所以在猪圈里看到那头肥头大耳的家伙,一定就是他们自己养来过年的了。对了,那个炊事员是个成都知青,能歌善舞,本来他是应该去宣传队的,但他整死不去,他知道当炊事员的好处,自从掌了勺子,附近公社里的姑娘们都在争先恐后为他纳鞋底。

父亲回家的那天,我和哥两人去车站去等他,从中午等到太阳快要下山的时候才看见汽车开进了车站。但这样的等待是值得的,父亲的背篼很沉,里面装满了腊肉,做那些腊肉时父亲一般会用山上的松枝熏上一晚上,直到把它们熏成黄亮亮、油浸浸的样子。这时,我看到父亲迅速翻到车顶上去,他微秃的头在半空中格外醒目。背篼要从车顶上拿下来也得费些劲，这时我们两弟兄就派上用场了。但这次的情况却发生了点变化，接过背篼的时候，我感到东西轻了很多，背篼里空荡荡的。一路上我一直都在为背篼纳闷，它怎么变轻了？是不是半路上遭了偷盗？想着想着，我就哭了起来。

到了家，父亲揭开背篼，里面只有两条干鱼和一把火铲和火钳，腊肉、香肠连影子都没有看到。原来那条大肥猪在临近宰杀的前几天，炊事员跑去同公社里的姑娘谈情说爱去了，奇怪的是那天猪圈的木栏就断了，猪居然滚进了粪坑里，等人们发现时，已经漂在大粪上像只吹胀了的气球。滚了粪坑的猪肉没法吃，连那些打石头的民工都不吃，说吃了肚子痛。幸好父亲想了另外的办法，冒着寒冷从水库里摸了两条鱼，用盐腌后做了干鱼。可能是总觉背篼太轻，就去附近村上请铁匠打了把火铲和火钳。

春节没有腊肉吃，这年自然过得很落寞。过去，那些挂在竹竿上的腊肉足足可以吃到农历的三月份，等豌豆新出的时候，把腊肉切成碎粒混在一起蒸；吃了新鲜的九米饭（川南称糯米为"九米"），这年也才算告了个段落。这年春节，父亲把家里的灶重新膛了一遍，又砍了一大堆柴火，他用新打的火铲和火钳试了又试，灶火更旺了。但我一点心情也没有，把自己关在屋子里，咬着笔杆做那些像噩梦一样的算术题。

过了春节不久，父亲又回水库去了，学校也已经开学。那天，我正背着书包去上学，就听见远远的街上闹哄哄的，高音喇叭传来了刺耳的声音，原来小城里又要搞游斗了。不一会儿，街

我/们/的/小/城

上迅速就挤满了人,几辆解放牌大卡车上押着犯人缓缓开过来了,中间突然听见有个人在说,"快去看呀,那个画肉票的人在车上!"

听见这句话,我的胃里感到了一阵痉挛。后来,也就是那队游街的车开走之后,我听见人们在纷纷议论那个画肉票的犯人,说他会画画,能画主席像,跟人民币上的一模一样,画肉票是小菜一碟。当然,他用画的肉票买了肉,腌成腊肉后用箩筐装上藏在了屋顶上,每天他都有肉吃。我的天,每天他都关着窗户躲在屋子里吃肉!后面的议论就更神奇了,说搜查他家的时候并没有发现任何蛛丝马迹,查案的人都纳闷,难道那些以假乱真的肉票不是他干的?就在公安们有些沮丧的时候,一只老鼠从房顶上刷地跑了过去,问题就在这里,机敏的公安迅速就反应了过来。是的,他们忘了搜查屋顶,当然,一搜就水落石出了。为什么老鼠会引起人们的注意呢?因为那是只肥老鼠,那个年代是没有肥老鼠的,老鼠都瘦得能飞。当然这也可能是人们添油加醋的说法,但不管怎么样,想偷吃腊肉的老鼠帮助公安人员破了案,人赃俱获。

那天晚上,我就做了个梦,梦见了只肥硕的老鼠,不过它已经死了,像只气球一样漂在大粪上。这只老鼠实在可恶,死了还那么肥。这时,我又梦见父亲从水库上回来了,背篓里装满了腌好的腊肉,这回他背的背筐好大,比以前的大两倍,天哪,那里面的腊肉不是一头猪的,而是两头猪的肉。当然,这么多的肉如果晾在外面不仅让我的头要仰得更高一点,也肯定会遭人嫉恨,一个"右派"分子家里居然有那么多肉吃必然会惹来是非，所以父亲就说，把它们藏起来吧。但藏在哪里呢？父母两人就神神秘秘地商量了一夜，最后想到了个办法，就是把肉藏在屋顶板上面……梦做到这里，就听到母亲喊我起床上学了。我当时的心情好失落，因为梦里的东西全消失了。被打断的那个情景本来是那样的热烈喜庆，接下来就会是父亲搭上了梯子，他站在梯子上，母亲扶着，我和哥哥在下面不断给父亲递肉，我递给哥，哥又递给爸爸，一块一块地递，就像把那些肉送往幸福的天堂。

其实，当五花大绑的犯人游行到我面前的时候，我曾想好好看看那个画肉票的人。我特别想看看他那神奇的双手，因为那双手可以画出我最想吃的东西，但可惜他的手被反绞在了背后根本看不到；他一定是灰头土脸的，罪犯都是这样，这样的场景我见得太多了，但我还是想仔细看看他的真实长相。游行汽车开过来的瞬间，我看见他的颈子上挂着个巨大的牌子，两个身强力壮的武警把他的脖子使劲往下按，就像要把他那颗光秃秃的脑袋推向万劫不复的深渊……而这时，我夹在车下涌动的人群中，被一种巨大的亢奋挟裹着，已经忘记了所有的恐惧和饥饿。

关　姨

关姨是苏州人，小时候我不知道苏州在什么地方，只知道她的口音听起来怪怪的，不懂那是吴侬软语，但每次听到这种声音，就知道关姨来我家了。

关姨跟我母亲是难友，"反右"的时候，她们同在乐山肖坝农场劳动改造。后来关姨被发配到百里外一个偏远的镇上守粮仓，而她的子女分散在好几个地方，所以每年她都要回来探亲一两回，但她不往她的子女那里走，就住在我家里。

关姨一到我家，她的几个儿子也就出现了，都是二十来岁的人，戴军帽，穿蓝色的劳动装，在当时就是时髦青年的形象。他们一来，把屋子挤得满满的，凳子不够，就坐在床上，横着躺着，有说有笑。母亲便忙着去买菜割肉，我也被吩咐上街买盐打酱油，母亲平时都是把钱捏得紧紧的，但此时好像很大方，舍得把一个月的肉票全部用完，甘愿在接下来的日子里吃萝卜白菜。我知道，关姨一来，母亲心里就高兴，她们有摆不完的话。

买回了肉和菜，母亲便开始忙碌，一到中午，桌子上就摆上了回锅肉、腊肉和一盆番茄鸡蛋汤，有时桌上还有几颗炒花生，要是碰上柜子里还有父亲留下的半瓶白酒，那真是丰盛得不得了，家里热热闹闹，像是在过节。

家里来客是高兴的事，而每次关姨到我家更是不同。有一

关　姨

次，我放学回家，还没有进门，就听见了关姨的声音，她的声音奇特、响亮。一看到我，关姨就喊道："二娃，快过来，让我好好看看！"关姨个头不高，一把把我抱过去，亲热得要命。关姨每次都会带一包水果糖来，抓一把就往我的包里塞，但母亲给我使眼色，我不敢多揣，等关姨一走，母亲就把那些糖锁到柜子里了，每次只给两颗，说省着吃。那个柜子被锁得严严实实的，趁母亲不在，我会偷偷把鼻子贴在柜子的缝隙上，拼命地吸着里面可能会飘出的一丝香气。

那时，关姨的几个儿子一来，他们总会拿出一个吹的或者捏的小玩艺儿让我高兴。但很快他们就不会理会我了，各自讲他们的话，谈笑风生。可能是年龄相距太大的原因，但看到他们青春洋溢的样子也让我羡慕，希望自己早点长大，也能像他们一样自由自在。那时候，我就在旁边观察他们，但后来我就发现关姨的几个儿子长相不一样，他们看起来不像是亲兄弟，一点也不像，后来母亲才告诉我他们都是抱养的，并非关姨亲生。

关姨的丈夫姓孙，江浙人，南下干部，曾经当过政府官员。关姨夫妇没有生育子女，就一连收养了几个儿子。但那些儿子们长大后形态各异，高的高，矮的矮，横七竖八，他们之间居然从长相上找不到多少共同点。所以关姨的儿子来到我家的时候，我总产生些奇怪的感觉，好像他们并不是一家人，是临时拼凑在一起的。这个感觉后来得到了印证，他们不仅不像，而且这个家庭还背负了一笔孽债。这件事情的起因跟那个时代有关，老孙在"文革"中受到冲击，没有熬过来就死了，而他的死，就跟他的几

49

我/们/的/小/城

个儿子有关,因为他们联手做了一件忤逆的事情,回家"造了老孙的反",把他戴上高帽拉上街游了斗。

有道是人与人斗其乐无穷,儿子斗老子的事,实在是天下"至乐"。但关姨面对这样的事情怎么也想不通,她伤心、难过,心如刀绞。显然,老孙的死跟他几个儿子的"革命行动"是有很大的关系,这是真正冲毁他内心堤坝的致命一击。但关姨又是极度矛盾的,她舍弃不了那份亲情,把儿子们养育成人不容易,陪伴他们成长的艰辛历历在目,所以她无数次地原谅了他们。而每次都带着复杂的心情回到小城,她有母性的驱使,更有痛苦的记忆,但关姨的内心其实一直在等待儿子们的真诚忏悔。当然我家便成为了一个特殊的据点,来守望世间大善的降临,来等待化恨为爱的一刻,只是这样的等待隔着天堂与地狱的距离。

那时候,抽烟的女人很少,在小城那种小地方,简直就是件不可思议的事情。每次等母亲忙完了饭菜,过了中午,她们两个人就坐在屋子里摆龙门阵,关姨开始拿出她的烟,一支一支地抽,我常常奇怪地望着她,想她怎么会抽烟呢,在我的意识里,抽烟的女人只在电影里才看得到,都是"坏女人",旧社会的"残渣余孽"。她们谈话的时候,母亲常常把我叫出去,好像不愿我听到她们的谈话内容,有时候,我玩了一阵回来,就看见关姨在用手巾擦泪,有时我母亲也在擦,像是说到了伤心处。在我家里,关姨不停地抽烟,烟雾缭绕。烟雾仿佛融化了什么,弥合了什么,但烟雾里什么也没有,只有永远的虚无。

关姨的儿子们那时都已经散落在社会上了,各自的境遇也不尽相同。她有个儿子是个瘦高子,脸上长满了雀斑,我对他的印象很深。每次关姨一到,她的几个儿子就从地下冒了出来,而这个儿子关姨见到他就要骂,边哭边骂,边骂边哭,可能是他把他父亲斗得最狠,也可能他最忤逆不孝。他低着头,跪在关姨的面前痛哭流涕,关姨就暂时原谅了他,但下回来,她又要骂、哭,这样的情景我看到过好几回。后来我在竹根滩河边上见到过这个儿子,他正同几个社会上的人在河边喝茶,翘着二郎腿。我就想起了他跪着的样子,但此时他的脸上充满了玩世不恭、轻佻和迷茫。他的脸是那个荒唐时代中常见的脸,这样的脸要么会亢奋疯狂,要么会空虚无奈,在不同的情境中就会判若两人。

母亲曾经告诉我说,关姨对她这个儿子是又爱又恨,在他小的时候,有一次半夜生病差点死了。当时她和关姨都在郊外的肖坝农场,肖坝离乐山城里的医院有好几里路,不通车,路也崎岖,外面还下着大雨,但没有办法,病情又急,母亲就和关姨轮流背着这个儿子往医院赶,等到医院全身都湿透了;当时医生一看,就诊断说是急性阑尾炎,来晚一步就有生命危险。母亲每次讲起这件事都会掉泪,她说关姨对这个儿子的感情最深,骨肉相连,不过如此。

关姨的这个儿子后来也吃了不少的苦头,当知青回来后找不到工作,只有靠打零工过活。那时做零工也要有关系,所以三天两头无事可做,很容易就跟社会上的人混到了一起,打架斗殴,还进过几回派出所。那时候,四望关也是个很乱的地方,码头上经常有欺行霸市的恶人,我每次都会想起他如果在关键时候能够

我/们/的/小/城

飞身出现，帮我教训教训那几个小流氓。但这样一想，就后悔起来，因为我母亲骂他是个忤逆不孝的人，这样的人不可靠。

关姨还有个儿子，个头不高，但比他这个兄弟会混，当时已经在乐山的一家工厂里上班，有份正式工作。不仅如此，还正同锦江宾馆的一个服务员谈恋爱，那个女孩子长得水灵灵的，曾经带到我家里来过两回。我一直不解，这个戴着撮箕帽、脖子上挂着围巾、外表看起来很潇洒的大哥哥怎么会把自己的养父抓起来斗，如此荒唐的事情很难与他那浪漫的爱情放在一起。

很多年前我看过一部法国的电影《艰难的选择》，讲的是大革命时期几个一起长大的青年人的故事，其中一个美貌女子同一个激进的革命党青年恋爱，最后是在看到他的疯狂与残忍后毅然背叛了他，而同一个保守党青年走到了一起，她之所以这样选择，是她看到了在所谓"正义"的革命中最为残酷的血腥杀戮，所以她选择站在了善良与自由的一边。想到关姨的那个儿子，我就老是会想起这部电影。

后来，我又曾想起过关姨的这个儿子。他同那个漂亮的女孩子结婚了没有？他们会平安快乐吗？会在漫长的时光中彻底忘记过去的罪恶吗？当然，在那个特殊的时代，他们不可能找到救赎之路，因为他们没有信仰，也无从获得信仰，而他们所做的一切都是被时代裹挟。关姨被打成"右派"，丈夫挨斗，子女流落街头，这是他们的不幸。但他们不甘忍受这样的不幸，因为他们的出身是可疑的，父母受冲击让他们深受其害，他们不甘当"黑五类的狗崽子"，就拼命证明自己的根正苗红，于是便迅速变成了一群疯狂的野兽，用革命手段来洗刷家庭给他们带来的污点。

那时候，关姨一个人生活在一个更为偏远的小镇上，无依无靠，已经远离了斗争的风暴，她什么都没有了，丈夫死了，儿子们六亲不认，她唯一的朋友就是我母亲。每次到我家，她也带来了泪水，她的泪水与我母亲的泪水流在一起，成为了我童年时无法趟过的泥泞小路。

很多年以后，我家搬到了另一个县城，我再也没有见过关姨，甚至我再也没有想到过关姨。到了1998年，也就是我母亲去世前的那段时间，我才突然又想起了她，因为我觉得有必要让母亲生前的朋友再见上一面。但消息很快传了回来，关姨已于我母亲去世之前几年就去世了。我把这个消息告诉母亲时，母亲哭了，她说在她们那批打成"右派"的人中，关姨是最惨的，她们是患难与共的朋友，她们曾用微弱的心灯去照亮彼此灰暗的生命。

母亲还告诉了我一个更为震惊的事，关姨早年非常不幸，由于家贫，曾被卖进了南京的窑子里，她没有生育跟她的那段生涯有关。非常奇怪的是，看张艺谋的电影《金陵十三钗》和读苏童的小说《妻妾成群》的时候，我想起过关姨，但我怎么也不相信他们塑造的妓女形象是真实的，命运中最残酷的东西被抹去了。1949年后，关姨跟着一批进步学生到了四川参加工作，她隐瞒了那段历史，跟老孙的婚姻是组织的安排，她那段不幸经历一直不为人知，她只在后来告诉了我母亲。

母亲给我讲这个故事的时候，是她患重病在医院住院期间，她可能是觉得有必要给我讲一讲过去的事情了，这中间就有关于关姨的故事。那是在一次经过了剧烈的疼痛之后，母亲的脸苍白而平静，但她说完后努力去枕头下拿手巾擦眼泪，她还是不能平静。这样的故事绝不是在不经意间说出的，我相信在母亲的记忆里，这个故事是她一定会告诉我的，只是选择在了我为她的病痛心力交瘁的时候。

听完母亲的讲述，我感到了巨大的悲哀，就在母亲的生命行将结束的日子里，这样的故事除了凄凉辛酸外，我还有一种愤怒。在医院十三层高楼上的那个小窗子口，曾经有不少不堪痛苦的病人飞身而出，以此来了断自己的生命，而我就站在那里陷入了沉思：我想起了关姨给我的糖，她的声音，她抱我的样子，她的笑，她抽的烟，还有她撕心裂肺的恸哭……

人间如一场大梦，亦如一片深渊。

我去了外面的世界

小时候，我认为世界上最大的地方就是我家背后的那座小山。站在山顶望得见整个小城，望得见我家门前的那条河，流到看不见的地方去。我无数次地站在那里眺望外面的世界，并想象着那个近乎于虚无的巨大存在。

其实，那时我还不知道外面的世界是什么样的，我去得最远的地方是百里外的一个小山沟，那是父亲工作的地方。每年暑假我就坐着公共汽车去那里，这得坐上大半天的车，车上弥漫着一股难闻的汽油与呕吐物的混浊味道，然后在一路的颠簸之中来到一个荒凉的地方，那里除了几幢孤零零的房子什么也没有。在我的心里，那不是个新的世界，而是贫穷的山村，一个牛粪熏天和蚊虫叮咬的乡下。

但这就是我的童年唯一能够去的地方。那时候我特别喜欢看一部叫《火车司机的儿子》的朝鲜电影，里面有个小英雄，他做了些什么已经想不起来了，但那列火车我永远记得，它时不时会从记忆中冲刺而出。可能每一个孩子对火车都充满了幻想，这样的情结一直延续到现在，它像个惊心动魄的意象隐藏在大脑深处，每当有火车的场景，我总会产生一种激动，那种冲动会把我的童年席卷而过。在这部电影中有个镜头：列车轰隆隆飞驰，汽笛长鸣，那个少年把小脑袋伸出车窗，任风吹着头发和衣服，那

我/们/的/小/城

真是个神采飞扬的情景，而这就是我对这部电影的全部理解。我渴望有一天火车也能把我带到远方，但这一天会来吗？

这天真的就来了。一天，母亲收到了父亲的一封信，说要带我们回一趟河南老家。准确地说，从那一天起，我就开始想外面的世界了，当然我也就要坐上火车了。那一年是1976年春节，我九岁，我同父亲、哥哥一起坐上火车去了遥远的开封。

这是影响我一生的一件事，我甚至认为那一次远行让我骄傲无比，觉得自己不再属于那个我熟悉的小城。是的，当我又一次站在小城背后那座小山上的时候，我突然觉得它小了，我要再踮着脚才能看得更远一些。而我向远处望去的时候，我确切地知道那个曾经虚空的远方是真实存在的，是具象的，而它们随时都可以从我的记忆里跳出来。

我祖籍河南南阳，但那个地方我至今没有去过，据说离南阳城不远有条龚河，我的祖辈就在那里繁衍生息，又据说这支龚姓是从山西洪洞大槐树迁移到的那里，当然那是更久远的事了。那时候，父亲的家庭还算殷实，有地有磨坊，爷爷在当地乡下是比较开明的乡绅，他的三个子女一起在南阳城里读书，由我奶奶陪着，所以我的父辈这一代都受过比较良好的教育。后来姑姑上了大学，毕业后留在开封的一所中学当老师，叔叔在长春读地质学院，到山东工作了一辈子，直到在济南去世，唯独我父亲跟着部队去了四川。

父亲为什么会到四川？这个问题我一直没有闹明白，我曾经在很多地方听别人说我父亲的身份是南下干部，但他好像从来就没有享受过南下干部的待遇，这中间一定有特殊的历史原因。我曾经这样想过，父亲到四川可能也有一种对外面的世界的向往，作为一个热血青年他不大可能不受时代的影响。但他是传统耕读家庭长大的，纷乱的世界又让他晕头转向，他还没有能力接纳那个扑面而来的世界。

父亲进川后最早是在成都军管会，具体做什么工作不太清楚。但父亲那时年龄小，没有过多久就开始想家，继而想回家。当时成都刚刚解放，到处还是兵荒马乱的，他没有向谁报告，穿着那身遗留的军服就走了，他的出走没有任何政治目的，只是想回家。但这一走，就是父亲一生的命运，因为他在出成都之后就走错了方向。在途中的时候他又饥又困，自己身上又没有钱，而天色已晚。正在走投无路的时候，就遇到了去仁寿县上任的第一任新县长焦华南。焦华南看他身材高大，又有文化，就拍着他的肩膀说，跟我走吧。父亲就跟着他去了，为什么会跟他走呢？因为这个人是新乡人，河南老乡。

在 1949 年的时候，对很多青年人都是一个抉择，父亲在南阳读书时的校友王庆麟跟着国民党部队去了台湾，这就是后来非常有名的诗人痖弦。而父亲跟着共产党的部队从南阳出来后就再也没有回去过，这期间他经历了五七年被打成"右派"，被下放到山沟里去修水库，而到 1976 年决定回乡的时候，父亲已经四十多岁了，人到中年。

回乡探亲本是人间最普通的事，但二十多年后才得以返乡，父亲应该对"少小离家老大回，乡音无改鬓毛衰"这句诗的体味最深。回老家，这句被遗忘多年的话突然被提起，那种兴奋和辛酸是同在的。

也就在这年的秋天，母亲已经在做我们回老家的准备了。但在那个时候，要回趟千里外的老家并不容易，首先是路费，一个大人带着两个小孩，来回的花费不少。当时我可以买半票，但我哥已经十三岁，个头刚刚超过了线，按规定得买全票。所以在检票的时候，父亲就会拉他的衣服，意思是让他缩着身子蒙混过关，但有好几次都让检票的人上下打量，差点被人家揪了出来。还好，每次都有惊无险。

当时我的爷爷奶奶都还健在，为了不至于太寒酸，总得穿件新衣服回老家。但当时我家的经济条件比较困难，没有余钱去添置衣服，怎么办呢？母亲想来想去，最后是把她年轻时的衣服给我和我哥分别改缝了一件上衣。但哥那件改得太短小，手颈都露了一截在外面，而我那件则改得太大，袖口挽了两挽。试衣的时候，母亲好像很满意，她在上下打量我们的时候说，啧啧，到底是毛料做的，一点都没有变！其实，颜色早已褪了很多，而且一直放在箱子里，有股浓烈的樟脑球味道，但那是她年轻时穿过的衣服，舍不得丢，她的眼神里好像还留着对青春的眷念。

就为了准备路费，母亲开始拼命攒钱。从入冬以后，我们家就开始节衣缩食，每天都是吃白萝卜，炒着吃，煮着吃，头顿没有吃完的，第二顿弄成烫饭，有点豆瓣佐餐就不错了，反正是见不到一点油星子，整整几个月都是如此，直到闻到萝卜的味道都想吐。以前每个星期还能打个牙祭，但现在全免了，整天瘘肠寡肚的。但我妈说，都忍着点，到了老家你们就可以吃肉了。但在那时我还不知道老家是什么样子的呢，而我母亲也从来没有去过河南，为了省钱，直到她去世也没有跟父亲一起回过赵婆家，她这个四川媳妇就一生没有去过河南。

父亲也在准备回老家的物品。那时父亲在山沟里修建水库，没有电话，平时只能靠写信联络，而信件要到附近的一个乡场上去拿，水库上的人要等到赶场的时候才能去取信。信件一般是放在箩筐里，跟盐巴、清油罐子放在一起，扁担上还顺带挂着两块猪肉，收到的信往往都变成皱皱巴巴的了。因为是回老家过春节，父亲特地腌了一些腊肉香肠，还准备了一塑料桶白酒，那酒是他们自己酿的高粱酒，口感糙，父亲在里面倒了一点蜂糖，这样喝起来比较顺口。这就是全部的回乡之物了，当然，那也是倾家能够拿得出的好东西了。

临走前，母亲又去兑换了几十斤全国粮票，这种粮票在当时的作用是不可思议的，没有全国粮票就等于没有出川的口粮，国营饭馆连块馒头都不敢卖给你。母亲为慎重起见，把粮票同钱一起缝到了父亲的棉袄里面。在路上的时候，要取用钱和粮票，父亲会找个厕所去解开那个布袋，生怕被人窥见，情形甚为小心谨慎。

那时，我读的小学已经放寒假，母亲就要求我不准出门，天天在家里加紧做寒假作业，只等着父亲回到五通桥把我们接上出发。就在父亲回来后，发生了意想不到的事：母亲突然改变了主意，不要我哥去开封了。这是怎么回事呢？原来哥哥在之前惹大

我/们/的/小/城

事了,他在学校打架,用锯皮刀把人家的手上给戳了一刀。

这件事情的严重程度可想而知。学校要开除我哥,他跑在外面躲了一天,也不知道晚上是怎么过的,反正他不敢回家,回家我母亲非得把他打死不可。后来,母亲不仅去给人家赔礼不说,还买了几十个鸡蛋和一包白糖去看望那个被戳伤的孩子。但实际的情况是,那个孩子比我哥的个头高,平时爱欺负人,那次是他想强让我哥买零食给他吃,我哥没有钱,他就骂我父母是"右派"分子。两人就打了起来,但我哥打不赢他,情急之下,就摸出用锯皮磨成的小刀戳了他一刀。事情就这么简单,但对一个"右派"家庭的儿子来说却不简单,它的性质超越了单纯的打架。

后来事情虽然过去了,但那一段时间无论我哥他怎样老实,都让母亲看不顺眼。母亲时不时要打我哥,他犯的那个错误是不可饶恕的,因为在母亲的心中,这样的错误可以让他去坐牢。母亲已经战战兢兢地活了半辈子,经不起这样的折腾,她时时刻刻都怕自己的儿子惹事,但我哥好像从来没有听话过,不断地给她找事,这让她生气、愤怒,她彻夜咳嗽、喘息都在为这个孽障儿子头痛不已。

父亲回来那天晚上,我们就听见母亲给父亲说,不要我哥去开封了。母亲的言辞激烈,她没有原谅我哥,而这样的处罚也是担心他再出去闯祸。我哥也听见了,我听见他翻身过去,把头埋在了被窝里。

事情就这样定了,哥不能走了,父亲只带我一人去开封。

那两天我哥的心情沮丧到了极点，但他又有什么办法呢。他一定后悔去戳人家一刀，任凭人家怎么骂，他都应该忍受，只有忍受他才能换得这一次难得的机会。但这样的逻辑又让他想不通，难道被人欺负了还要忍声吞气？"右派"分子的儿子就要低人一等？

　　待临走前的那一天晚上，父母两人会说很久的话，他们又谈起了我哥的事。母亲仍然对他的种种调皮捣蛋咬牙切齿，她不想原谅我哥，可能在她的意识里，只要原谅他一次，就会带来可怕的灾难似的。长夜漫漫，窗外刮着呜呜的寒风，他们的谈话时断时续，这中间父亲沉默了好一阵，他们好像不再讲话了，睡在我另一头的哥把头死死地埋在被窝里。这样的夜是如此让人不安，不安的寒风吹着漆黑的夜。父母好像已经睡了，夜更加深沉，但不知过了多久，父亲突然对母亲说了一句，算了，还是带他去吧。

　　很多年后，我哥给我讲这件事的时候，一般是在偶尔的回忆中，大家把往事放在谈笑之间，一切都风轻云淡了。但我知道，就这件事而言，他仍然不是那么轻松。确实，是父亲的决定改变了我哥的命运。

　　我想我哥会在一段时间内，一定很恨我母亲。但在送走我们父子仨的时候，我突然觉得母亲很可怜，一个女人为了我们回趟老家辛勤操劳，而现在我们飞走了，只留下个空巢，她要一个人孤孤单单地过春节，她把家里仅有的钱都让父亲带走了，她还要继续吃萝卜，她的心里不知是什么滋味。那天在车站里，母亲站在车下，我们把头伸出车窗，她两眼通红，嘴上却在不停地说，

我/们/的/小/城

一定要听话,一定要听话啊。母亲这一辈子都要我们听话。我想在这时,我、父亲、哥,三人可能都同时在想:她也应该跟我们一起回河南老家的啊,母亲只是为了省下那么一点钱,就放弃了这个机会,而这次以后,我们再未回老家团聚过。

在一阵灰尘飞扬后,汽车开出了站,而我一生中第一次远行开始了。去开封的路线是这样走的,先坐车去夹江,然后坐货车去成都,再换车去郑州,然后再转车到开封。

我第一次见到火车是在夹江,但我见到的不是绿皮火车,而是被封闭的罐车。当时可能是为了赶上车,父亲只有带着我们去翻上那种没有装货的过路列车,还记得当时我根本翻不上去,是哥先爬上去,父亲在下面推我才上了车厢。我们就这样慌慌张张、狼狈不堪地上了车,火车要开的时候车门咚的一声关掉,我只能通过车厢的缝隙看外面,就只有一丝缝,根本看不清外面的事物。这不是我想要的火车,同我在电影里见到的火车差距太大了,但这就是我坐到的第一列火车。

车厢里什么也没有,空空荡荡的,所有的人都蜷缩在车厢的四周,看上去像是些偷渡客。这种货车开得慢如蜗牛,走走停停,好像每一个小站都要停,把人磨得晕沉沉的,而里面的人也是上上下下,像是赶拖拉机似的。几个小时后,火车终于停了下来,有人站了起来,说成都到了。我记得到成都的时候,我们是直接从车厢上跳下去的,然后经过了一段轨道上的砾石才从站台的前面出了站,根本就没有经过检票口。现在我一直不太明白当时的这段经历,究竟是我们没有买上票偷偷上的车，还是车站上有人收了钱放人去坐黑车？反正那一次的情形离我最初的想象相差甚远，但就是这样，我懵懵懂懂地开始了去外面世界的头一站。

到成都后我们住了一晚。成都是我见到的第一个大城市，过去我经常听我母亲讲起它，说她年轻的时候经常去那里。母亲的工作单位是百货公司，在当时那是一份有些时髦的工作，在没有私有经济的年代，人们的生活就得围绕着这个地方。母亲当过单位的团支部书记，经常外出开会，所以她有机会去成都烫头，买好料子做衣服，戴瓦斯针表。我看到过母亲那时的照片，年轻，漂亮，穿着讲究，小的时候她给我讲过她在成都的一些经历，那都是她颇为浪漫的小资生活的回忆。

成都给我的第一印象很奇特，整个城市弥漫着一股烤红薯的气息，其次是满大街的人力车，叮叮当当地响。其实，当时的成都并不像个大城市，小街小巷很多，跟小城里的市井生活并无两样。我们住在一个小街上的旅社里，那是父亲带着我们找了好几家后才定下的，可能是价格便宜，但条件很差，一通大屋子，没有床，睡的是马架椅子，第二天起来浑身酸痛。

我们在成都待了两天，主要是等票，票不好买，第三天上车的时候也只买到了站票。这一站可不得了，一直站到了宝鸡才找到了座位，通往外面世界的路在折磨和考验着我们。也就是从宝鸡开始，我看到很多头上戴白帕的陕西人上了车，感到非常好奇。而车到西安的时候给我的震撼是最大的，天上下起了大雪，古城墙上落满了雪花，连垛口都被雪填平了，四下白皑皑一片，

我/们/的/小/城

只有城楼的飞檐在勾勒着古城的容貌,景象壮观之极。记得就在那个被大雪笼罩的城墙从车窗外突然撞入视线的时候,瞬间让我惊讶得说不出话来,后来我曾想,我不仅见到有生以来最大的一场雪,还见到了一个时空深处的大雪之都,那个遥远的唐朝不是先从文字中读到的,而是以这样一种独特的方式走近了我。

车到郑州这天,我们已为行程弄得疲惫不堪。出车站检票的时候,父亲照例去拉我哥的衣服,让他缩着身子过。但就在这个过程中,就看见前面吵了起来,只见女检票员对一个高大身材的年轻人大声吼叫,让他拿票出来检查。那个人肩膀上前后搭着个行李包,穿着件棉大衣,还戴了一顶军帽,像是个军人。他翻来翻去都没有找到票,就与女检票员发生了争执,可能是说票丢了。但检票员不理会,抓着他衣服不放行,而那个男人边说边挣开想往外走。后面的人也在推着往前挪,而女检票员气急败坏,死死拽着那个男人,两人就像要打起来。这时,就看见女检票员一下跳起来,一把就将他的军帽抓了下来,所有的人都被这一幕惊呆了。

走出车站的时候,我们还心有余悸,就听见哥喊道,快看!我们顺着他指的方向看去,只见车站外面的墙上被刷了黑色大标语,写的是打倒"王、张、江、姚"。我在小城里也见惯了大字报,在电影院不远的地方就有一个专门贴大字报的地方,我们经常去看,常常看得心惊胆战,回去后就给大人传消息。这时父亲一看,有些不知所措,他本能地赶紧招呼我们,不准出去乱说!其实那时候政治形势已大变,不是什么新鲜事,但一直在山

64

区待着的父亲,他不了解外面的变化,对这样的信息居然是陌生的。

我们在郑州待了一天,才转车去了开封。但由于到开封的时候是半夜,下车后我们先找了一个旅店住下,也是一大屋子人,马架椅子,只是屋子中间烧着炭炉,热气扑面而来,与外面的寒冷形成了鲜明的对比。第二天一早来接我们的是表哥亚宏,他当时二十岁的样子,看上去比较清瘦,留了一嘴浓密的胡子,在工地上打零工。后来我和我哥睡在他的屋子里,哥有次就悄悄对我说,亚宏哥会写诗。我看见他的屋子里还放了一把小提琴。

姑姑的家在开封十中,她是那里的老师,我们这次回老家相聚就是在姑姑的家里。姑姑是个和蔼可亲的人,在院子里养了十几只鸡,又藏了满满一地窖的菜,为的是全家人的团聚。几天后,叔叔带着我堂哥大明从济南也到了开封。最后到的是爷爷,他从南阳出发,因为买不到票,耽搁了几天,当时的情况是我奶奶一直跟着姑姑一家住,只有爷爷一人住在南阳乡下,守着老屋子。那时爷爷已经七十岁了,但身体尚好,他不愿住在城里,只有一个亲戚的孩子跟着他过活,算有个照应。爷爷去开封的时候是挤的火车,但人太多,他根本挤不进车厢,后来是吊在火车外面的扶手上来的。大家都对他这个危险的行为感到后怕,但爷爷说,如果不这样来,就来不了了。相聚心切,他也想尽早看到离开他二十多年的儿子。

这样一家人就筹齐了,热热闹闹地过了个春节。在这段时间里,我突然看到了那么多的亲戚,这不能不说是我一生中非常重要的经历,而更关键的是我看到了在一个小城里看不到的东西。我们去了相国寺,那是鲁智深倒拔杨柳的地方,梁山泊好汉们的故事是我最喜欢听的,所以相国寺我先后去转了不下十回,就为了找到那棵柳树。后来又去了铁塔,据说黄河决堤后洪水可以淹到它的塔顶,当然淹到塔顶,这个城市就遭殃了。这是一座宋代的塔,我站在上面可以俯视下面不远处的一块湖泊,湖面已被冻成了冰,我听见在上面滑冰的孩子传来的欢快叫声,而历史好像伸手就能抓住。

当然,真正吸引我的是动物园,那是孩子们的乐园,后来我几乎每天都去那里,因为我哥发现了一座桥,可以不用买门票就能顺着下面的河道溜进去。我生活的小城里没有动物园,而在那里我看见了猴子、大象、长颈鹿、孔雀、狮子和老虎,这都是我从小就想看到的。期间还经历了一次奇遇,有一天,我看到一只幼虎从铁笼里钻了出来。开初我们以为它是只脏兮兮的狗,灰头土脸的,后来才发现它根本不是狗,虽然出生不过几个月,尚不能够伤害人,但威猛之气也显露出来,这是一只从缝隙里钻出来的幼虎,动物园饲养员居然没有发现它。当时我萌生过偷偷把它抱走的想法,只需从围墙那里把它抱出去,不会有人发现,但问题是怎么养活它呢?后来这件事我想到过很多次,想怎样将它养活,而沉湎在这样的想象中很刺激。长大后读博尔赫斯的一句诗——"老虎的黄金",那是多么迷人、灿烂的语言啊,而我就亲手摸过一只终究要长大的老虎,它甚至在看我的时候还有过一丝依赖。

就在这个春节中,我哥学会了骑自行车,每天在学校的操场里疯跑。那辆车是亚宏哥上班要用的,他只好利用亚宏哥下班回来的时间去骑,在他的心里,飞驰的自行车也是一个新的世界。其实,我和我哥可能都有个共同的感受,我们过去是生活在南方的阴霾小城里,没有亲戚,一家人长期两地分离,那不是我们想要的童年。而北方虽然寒冷,但常常是艳阳高照,那种阳光的感觉是那样温暖和明亮,它把我们揽进了它博大的怀抱中。

大年三十那天,一大家子人围坐在屋子里,叔叔掌灶,他是搞地质的,长期在野外工作,会厨艺。那天他炒了几道菜,都是我们没有吃过的,而且每道菜取了一个别致的名字。亚宏哥凉拌了一份藕片,只用了一点醋,这种吃法四川没有。父亲拿出他带来的高粱酒,爷爷、姑父、叔叔、我父亲几个长辈就一起用碗喝酒,转着喝,其乐融融,二十多年的时光在酒精中挥发殆尽,但我相信那是我一生中最幸福的一个春节。父母在,不远游,只是这样的告诫对父亲而言只能以唏嘘二字来替代,他用一生的坎坷去体味过了。

春节很快就过去,临回四川的时候,姑姑同父亲有了个重大的决定:我哥不走了,留在开封读书。姑姑就像那北方的阳光一样,收留了我哥童年的伤痕。我还记得我同父亲回到小城的时候,母亲哭了一场,这样的结果是她没有想到过的,而这也意味着我们家一分为三了。

回川的时候,只有我和父亲两人,不过路途顺利多了。火车穿过秦岭的时候,我明显感到了北方与南方的区别,就像两个世

我/们/的/小/城

界的区别，一边还在冰天冻地，一边已是春回大地，在奔驰的火上，我感到了从来没有的失落和忧伤。是的，我又从外面的世界回到了小城，与母亲相依为命，而在后面的十年中再也没有出过远门。

乡食记

童年时，我家邻居有个叫邓善武的厨师，是个大胖子，在四望关一带很有名。那时私人馆子少，有手艺的厨师都进了饮食服务公司，邓师傅烧的豆腐非常地道，好看又好吃，邻居们常常是端一盅回去，让穷日子沾点油气。

除了红烧豆腐，邓师傅做的烩面也让人难忘。所谓烩面就是猪杂碎切面，不用浇料，是料与面皮一起煮。料中的东西很丰富，肚条、心肺、猪肝、肉丸等，也就是猪零狗碎的意思。骨头汤做底，用海带、金钩挑出海味，再用姜葱、胡椒提鲜。面皮切成小块，呼溜一碗下来，必是一头汗水，在过去这是个非常解馋的美食。但烩面不是每时都有，一般是餐厅里有猪杂碎的时候才会做烩面，是物尽其用，那时候只要看见馆子旁边又堆猪骨头了，大概就可以吃烩面了。

可能是现在人肚子里的油水多了，烩面已很少吃到。大约八年前，朋友带我在牛华溪的正合轩吃过一回，据说是家老店，门面、灶头灰头土脸，但吃起来倒也敞亮。前两年在乐山县街附近又吃过一次，见到烩面的时候非常惊喜，但后来再也没有见到，那家小馆居然消失了，不知是经营困难还是味道再难唤回人们的记忆。不过，我每次到乐山和五通桥，都在看能否新发现一家烩面店，但至今都没有见到。

我/们/的/小/城

为什么会说到烩面呢？其实正是这一烩字，体现了一种饮食精神。烩是火中相会的意思，残汤剩料一锅煮，大有江湖之意，这同五通桥的地缘文化颇有些一脉相承。五通桥旧称桥滩，有桥有滩，山川分明，富庶繁华，有偏于一隅的乡野之气与码头风格。

小城的豆腐脑也是"烩"。豆腐脑的制作程序挺复杂，白嫩嫩的豆花用芡粉勾兑，再加入少量粉条，一碗浓稠的豆腐脑就出来了。作料也不简单，味精、酱油、姜末、花生、红油辣椒、花椒、芽菜末、榨菜丁、芝麻油、葱花、香菜等，算得是调料大全，但这还不够，在上桌之前还要给豆腐脑一点魂，几根细细的鸡丝飘然入碗。

按加入的俏头不同，豆腐脑有白味、咸鲜味、麻辣味等口味，虽然料多，但好的豆腐脑给人的感觉是山清水秀。前不久在峨眉吃到了改良后的豆腐脑，里面加了酥肉，多少感到有些俗气，这东西也需要点洒脱。一般卖豆腐脑的地方都卖蒸笼牛肉，也附带打饼子的，新打的白面饼子刚出炉，把冒着热气的蒸笼牛肉夹进去，里面有芫荽和小葱，再伴着豆腐脑，享受食味相调的美妙。

如果说豆腐脑是小烩，那么麻辣烫就是大烩。桥滩一带临江靠河，又是过去的大盐场，盐工、河工云集。可以说这些人才是桥滩菜肴风味的塑造者，地方风俗乃至食道口味的形都跟他们息息相关。据说过去盐工们长期在盐卤锅房里干活，环境潮湿恶劣，河工也是成天跟河水打交道，饱受风霜水侵之苦，所以就有了油锅作底，同麻辣辛香煎熬成红汤，连同各种杂碎蔬菜弄成一锅的吃法。待煮得热气腾腾，吃来既刺激痛快，也能驱湿增暖。后来渐渐吃得讲究起来，比如蘸碟就分"油碟"和"干碟"两种，"油碟"以香油和大蒜为底料，其余佐料食客可尽情发挥，而"干碟"是把二金条与朝天椒混炒，其香无比，那种味道要是出现在某个幽深的小巷，你会觉得世界的本质就是饥饿和一点怅然若失。

在我小的时候，故乡常见的是一种火锅小炉子，在四望关一带摆了长长的一摊，各色人等汇聚岸头，吃得耳红筋胀、话匣大开。土炉子放在桌上，炉中的木炭红红一团，各种肉和蔬菜放在一旁，二郎腿翘起，花生几颗，小酒一杯，冲半天壳子，那是冬天最惬意的生活，浮生之乐莫过于此。后来这样的吃法少见了，但这火锅小炉子也有烩的意思。

桥滩过去就是个烩杂之地，岷江过境，码头林立，地缘的差异导致了在饮食上也与周边城镇多有不同。特别是自明清以来，小城的盐业开始兴盛，井灶遍布桥之两岸，盐商云集，颇似川南小扬州。当年的竹根滩沿河一带就有一条长长的"好吃街"，是南来北往人们的美食去处。印象最深的是过去这条好吃街上有一家卤肉店，街坊邻里不仅买它卤好的熟食，也要它的卤水，那卤水实在是香，比"油油饭"不知要好吃多少倍。当年，母亲让我过河对门江声码头去买过这家的卤菜，临走的时候，死赖着师傅再舀一勺卤汁，那师傅也舍不得似的，就轻轻一荡，多给了小半勺。我端着瓷盅走在摇摇晃晃的浮桥上，生怕那多给的小半勺卤汁被荡出去了，如今这样的情景偶尔仍能在梦中撞到，还是摇

我/们/的/小/城

摇晃晃的呢。

说桥滩，就不能不说西坝豆腐。西坝在岷江边上，是个千年古镇，恰有苏东坡的诗句"煮豆为乳脂为酥，高烧油烛斟蜜酒"可比拟，说的好像就是西坝一样，诗中的"煮豆为乳"可以换为西坝豆腐，"蜜酒"也换为西坝米酒，这样一来，当年的西坝小镇的活色生香就有点飘忽的意味了。当然，你要是在西坝的老街上溜达一转，脚下几只小狗争相追撵，好像要把你这城里人拉下来做客，那感觉不让于春风一面。

西坝豆腐以鲜和嫩闻名，除了在选料、浸泡、挤浆、烧煮等工艺上比较讲究外，其实跟当地的水质关系最密切。在西坝有个叫凉水井的地方，井里的水乃是西坝豆腐的精华所在，据说用它做西坝豆腐才算地道，且有点石成金之效。过去到西坝走亲访友，很多人家的屋里都备有石磨，随时都可以磨豆汁，打一回牙祭，那种清清亮亮的、拌着一碟小葱蘸水的家常豆腐至今仍为我所爱。

小城紧邻岷江，茫溪穿城而过，所以说桥滩风味又不能不谈到鱼。烹制河鲜是桥滩风味的一大特点。民国八年，在竹根滩开办的"应时餐"，由名厨朱德全掌勺，其脆皮鱼堪称一绝，那时候，商贾政要、袍哥兵匪、贩夫走卒都想停下来吃一盘他烧的鱼。当然，他的脆皮鱼到底好在哪里现在谁也讲不清楚了，但藿香鲫鱼却是过去犍乐地区地道的民间菜肴，流行于川南岷江河边一带，下馆子即喊，十分钟上桌，要吃倒是现实得很。藿香性微温，味辛甘，有和胃化湿、发表解暑的功效，在药膳中常有应用。藿香在农村比较常见，地头田间、篱墙阳台都有，有藿香胡豆的吃法，是消夏解暑的凉菜。当然，在小城用藿香最多的还是在烹制河鲜菜肴时，因有临水之近便，摘采不难，而藿香能去腥，使滋味更为馥郁。

乐山有白宰鸡，五通桥有黄鸡肉，两个都名声在外，但又各具特色。大概七十年代以前出生的人都有贫穷记忆，所以黄鸡肉也是像我上面提到的烩面一样属于"贫穷美食"，为什么这样讲呢？因为黄鸡肉过去就是提篮上街吆喝的东西，它的吃法最早是一片一片地卖，那时候，谁家平时吃得起一只鸡呀，所以人家黄鸡肉做了件好事，把整只鸡分零了，只需一两分钱，童叟争而食之。那情形也有意思，斜吊着嘴巴吃，嘴角留着汁，吃态难看，但肚子里总算有了点富足的感觉，黄鸡肉做了件功德无量的事。但现在变了，虽然味道可能还是过去的味道，只是少了穿街走巷的吆喝的味道，这又不能不说是个遗憾。但若以贫穷为前提去回味美食，那就是一种倒退了。

关于黄鸡肉我再补充一点，小城的血旺做得堪称一绝，有名的如"何三坨"，一只小碗里整整齐齐地放三坨血，几颗葱花覆面，竟有几分清爽悦目。当然，味道是非常鲜嫩，蘸碟也有特色，早上起来一碗血旺，也是乡人的一种早餐吃法。黄鸡肉出名以后，在它附近开了几家卖鸡血旺的馆子，我去吃过几次，据说它们用的鸡血就是黄鸡肉的。这也说明黄鸡肉的鸡与众不同，很注重食材，连鸡血也附带出了另外的地方美食，实为一趣谈。

一地的饮食同当地的风物有关，烹料与菜蔬殊为重要。比如

我/们/的/小/城

五通桥的芽菜，在过去也是很有名的，不亚于叙府芽菜。那时在四望关边上就有芽菜作坊，露天里密密麻麻摆着几十个大坛子，不腌菜的时候是我们捉迷藏时藏身的地方，跳进去，装得下两个孩子，那大瓮里有一大股子芽菜的味道。到了冬天做芽菜的时候，用盐菜叶和草饼子封紧坛口，坛子露天敞着，大量吸着江边的潮气，菜茎、盐、糖和香料在坛子里发酵，便会产生出一种独特的香味来，一碗小面中放几丝芽菜，不能多，就几丝。

听老人们讲，过去小城有两家有名的调料作坊，一家叫鼎和园，一家叫德昌源。鼎和园的醋好，德昌源的酱油好，乡人皆知，但两家都做豆腐乳，规模名号都不相上下。别看这小小一块豆腐乳，味道醇厚，吃得出鱼的香味，是下饭的绝好佐料，所以当地人又有把它叫"豆腐鱼"，非常贴切。后来德昌源做得更好了，这里面还有段故事。在抗战时期，范旭东的"黄海化学研究社"正好从天津迁到五通桥，里面有个科学家叫方心芳，他就把德昌源的豆腐乳拿来研究，找出了豆腐乳中用来发酵的毛霉，并命名为"中国五通桥毛霉"。你说吧，这事也有些蹊跷，那么大个科学家，他怎么就盯上了豆腐乳呢？盯上豆腐乳不说，他怎么又单单拿德昌源的来做试验呢？做了试验之后，这平常的豆腐乳怎么又如孙悟空吹了根身上的黄毛一样变神奇了呢？所以这也是龙门阵了，得在茫溪河畔的黄葛树下摆上一个下午。

龙门阵中也少不得西坝的姜。西坝姜在明朝正统年间就成为了贡姜，每年向朝廷进贡。因其特殊的地质水土，形如美女的纤纤玉手，又称仙女姜。一到春夏季节，仔姜大量上市，在农民的竹筐里、背篼中、自行车上，搭的、背的、推的到处都是新鲜的仔姜。小时候，在我家的附近有一个园子，每到春夏季节就有商人贩卖生姜，他们把成袋的姜堆在园子里，堆得像座小山似的等船运走，附近的居民随便捡两块回去，没有人知道。那个季节里，四望关上总是弥漫着生姜的气味，而这气味要是一旦运走了，人事一空，又有点怀念了。

西坝姜芽长肉厚，脆嫩回甜，姜味很足。当地姜的吃法很多，简单如泡仔姜，酸菜坛里一放，两三天后吃，鲜嫩且脆，上碟时再配以泡甜椒，色味配搭，让人垂涎。家庭里还有做酱姜的，有甜酱味、麻辣味、豆豉味，下酒又下饭，现在有些馆子将之做成宴前的开胃菜。也有凉菜做法，拌姜丝或姜片，仅放些许毛盐拌之，鲜嫩无比。馆子里做的花样更多，如传统川菜姜爆鸭丝，用酱鸭作料，一鲜一脆，大火爆炒，那叫个急火攻鲜。但更多的是家常的仔姜肉丝，一盘仔姜肉丝，两碗白饭，相当的铁实。当然季节很重要，姜一旦长了筋就只能做调料了，也就成为了配角，犹如青衣变成了老旦，所以这个季节如果不到五通桥去吃姜，休言姜为何物。

三至四月份也是苦笋上市的时节，苦笋是五通桥附近一带山里的特产，每年仲春到夏初是吃苦笋的最佳季节，五通桥有地理优势，最早就能得到这个好处，过去从马边河经过清水溪就到了小城的码头上，挑担提篮，随处可见。苦笋可清炒，也可泡制，味道相当独特。苦笋做汤更是美味无比，苦是那种清苦，没有其他杂味，在汤中只需放一点盐，而鲜味尽出。苦笋酸菜肉片汤是家常的做法，新鲜的苦笋，陈坛的酸菜，素荤搭配，那是平常日子里的口福。

当然，小城最独特的是井盐，这是不得不说的。过去，华西坝子吃的盐主要是桥盐，而非自贡盐，引岸制使然，桥盐专供府岸、南岸，但这个常识被今人稀里糊涂地搞混了。而作为百味之首的盐，其重要性可能只有厨林高手才能体会，单单一个咸，未必能道出它的丰富滋味。二三月的菜盐、六七月的酱盐、腊月间的肉盐等，都是过去大厨们所要讲究的。他们一般选用井盐，色泽细均、味纯、咸头大，增加了口感上的脆度，过去的云南宣威火腿就用桥盐来腌制，可见盐质也有优劣之分。我曾见过一本川菜菜谱，料单中就有"西坝仔姜三钱、自贡或五通桥井盐二分"的记录，沾了家乡的事情我都有几分得意。

说到这里，家乡的小吃是不能不说的，如果说小城有个百宝箱，那最沉底的就是小吃。我一直以为，看一个地方的美食首先要看它的小吃，真正的底蕴就沉淀在那些最为日常的零碎饮食当中。现在流行一招鲜吃遍天，但这样的东西也会去得很快，迅速成为黄脸婆。小吃虽小，却是一方水土孕育出来的，深潜于民间，还要有时光的浸洗，方得纯正圆润。

小城最有特色的是叶儿粑和夹丝薄饼。叶儿粑虽非家乡特有，但却数它最有特色，我常常将之认为是小城开一日风气之物。小小叶儿粑看起来简单，但其实制作工艺并不简单，要经过选米、配比、浸泡、磨浆、制皮、包馅、包叶、蒸制这些程序，每一个程序都有讲究。叶儿粑以糯米、大米为主料，馅料的调制有芝麻豆沙、芽菜肉馅等品种，芽菜肉馅的叶儿粑最为人推崇，软糯滋润、清鲜爽口，有粽叶香味，轻轻一咬，油漉漉的，炒制过的芽菜绍子馅香就露了出来。过去，店家为了区分馅儿的不同，就在芝麻豆沙馅上点玫瑰红，没有点的则是芽菜肉馅，这点心思小有可爱之处，而当热气腾腾的蒸笼一打开，小城的一天也就开始了。

夹丝薄饼也是小城地道的小吃，一般在担挑、小摊上卖，是小孩守嘴的地方。一般是萝卜或者大头菜切得细细的，加上熟油辣椒、核桃油、花椒末、黄豆粉、花生、芝麻、白糖、芥末等，裹在一张薄薄的薄饼里，最后在醋缸里一涮，吃起来麻辣甜酸都有了，鼻子冲冲的，嘴里辣辣的，这让小孩能不守嘴吗？那时候，夹丝薄饼一分钱一个，好不容易捡了堆橘子皮或者攒下几块牙膏皮拿到收废站去卖，得了几分钱，最先想到的就是去吃夹丝薄饼，那是好大的快乐。所以我就想，如果说我的童年还留有余味，大概就是因为有了这样的快乐，而最美的饮食一定是在家乡，这点我从来没有怀疑过。

又见榕树

榕树是我最熟悉的一种树，在我的家乡榕树非常多，可以说是满城皆榕树，那些百年老树，依江而立，是小城的一道风景。家乡的百姓已经习惯了榕树下的生活，榕树不仅是家乡的衣冠，也几乎是每一个家乡人情感中的浓浓绿荫。

早春二月，我到成都近郊的龙泉参加"去见一棵树"的公益活动，这个活动的目的是让大家关注古树，保护生态环境。去参加这个活动的作家不少，按照设定的方式，每个人会抽到一棵不同的老树，有银杏、罗汉松、杉树等。抽签的时候，我居然抽到的就是去见一棵榕树，当时心里就想，这真是一种缘分。

分头行动的时候，我去了龙泉柏合镇一个叫五通庙的地方，而那棵树的准确位置是在一个叫菩提寺的小学里面。这两个地名让我非常吃惊，因为在我的家乡，也有相同的两个地名，小城五通桥就是因为有一座五通庙而得名，而我曾经在菩提山下的一座小学读书，民间也叫它菩提寺小学。实在是太巧，此事竟然让我产生了一种非常奇妙的感觉，又把我的思绪牵到了那个童年时代的川南小城。

在家乡，当地人一般都把榕树叫黄葛树，其实黄葛树是榕树中的一种，又叫黄葛榕。黄葛树高大挺拔、枝繁叶茂，它的枝干上有很多气根，这些下垂的气根重重叠叠地交织在一起，粗似支柱，成为了庞大的榕树肢体的一部分，当地人常常用"五爪抓地"来形容大榕树，很传神。小的时候，我们常常顺着它的"五爪"爬上树，然后去摘树上的小腋果或者芽苞，它们有一种酸甜酸甜的味道。

大榕树就是一把巨伞，撒荫遮凉，为人们提供了天然的大空调。以前，我家旁边不远就有一棵巨大的榕树，树下有摆"娃娃书"的小书摊，孩子们一大群坐在那里看书，我就是在那里读的《三国》和《水浒》，那真是一段幸福的时光。当然榕树下也是当地人纳凉的地方，树下有石墩，人们在那里抽烟、打字牌，也有人在那里下一种简单的棋：棋子用石块当，棋格子只需要在地上划，但围观的人不少。过去还有生意人在树下"贾牛"，也就是两个人把手放进衣袖里一阵鼓捣，生意成没成外人是无法知道的，只有猜测双方的表情。

榕树的叶和枝可以入药。小的时候我就看到有人去砍树根，一刀下去，浆白白地流了出来，很黏，据说可以治疮疥。叶也能够治病，对跌打损伤很管用。总的来说榕树有祛风除湿、清热解毒的作用。当然，过去榕树对寻常百姓而言，最实际的是冬天来临的时候，叶子和枯枝掉下来可以作为薪柴，这样可以节省燃料的花费。小时候，母亲常常用榕树叶子来熏腊肉，熏好的腊肉吊在窗外的竹杆上，闻得到那浓浓的熏香。

想着这些的时候，车就绕来绕去地来到了一块巨大的空地上。这是个待开发的区域，民居正陆陆续续拆除了，农田荒芜，只有几块遗弃的水田像镜子一样倒影着天上的流云，它们像是要

我/们/的/小/城

努力保留那些过去的记忆。荒原上还能够看到几簇以前在农舍旁种下的花木，春天里它们依然开得那么灿烂，只可惜它们的主人已经离开了这里，那种灿烂就有了几分寂寞和孤独。我想，也许在很多年后这里会建起一幢幢的大楼，或者是新型工业区，但田园景象是绝对不会再有了。一片断墙围着的地方就是过去的菩提寺小学。实际上在车子没有到的时候，远远地我们就望见了三棵大树被围在一片围墙里，学校已经全部拆掉了，瓦砾遍地。

站在三棵树下，我仔细地看着它们。三棵榕树一字排齐，从树的大小来看，估计是同一时期种下的树，两人可以合抱，树龄在七八十年左右，我要找的是中间这棵，也是树形最好的一棵。我惊异地发现，它旁边的左右两棵榕树，一棵已经死了，只剩下枯干的树干，而另一棵虽然活着，但树干上有个很大的树洞，几乎快要掏空树干，随时都可能轰然倒下，它已是棵垂死之树！

这片荒原中站着的三棵榕树原是一道独特的风景。可以想象，在过去的几十年岁月中，它们一起成长，也伴随着菩提寺小学的孩子一起成长，说不定校园的钟就是悬挂在其中一棵榕树上，钟声响起，孩子们跑动的身影、琅琅的读书声、操场上的升旗仪式都倒回了记忆的隧道里而重新浮现出来。但现在，四下里寂无一人，能飞到树上的雀鸟也屈指可数，这是一片将要被彻底抹去的地方，连这三棵榕树的命运也岌岌可危。可以设想的是，其中那棵死去的将被锯断当作废材运走，另外那棵快要被大洞吞噬的榕树也将在一次大风雨中倒下，唯一剩下的就是分给我的那棵树，它或许将被幸运地保留下来，成为这片老地名下唯一的地标。一想到这的时候，我就感到了一种悲凉，我要来见的树竟然也是一段故事、一种命运。

去见一棵树，在春天，在龙泉，这是个堪称诗意的活动，而且在远远地看那三棵榕树时，还能发现苍绿之中又多出了一层亮亮的嫩绿，这是季节轮转在它们身上的自然显现。但是，三棵榕树又好像在告诉我天地之间的秘密，那些被树叶掀动的细小声音隐藏着无尽的话语，生死的法则让人沮丧。这时候，那些逝去的场景仿佛又回到了我的身边，我就像当年菩提寺小学里的一个孩子，站在榕树下，想长大了要到很远的地方去。然而现在，这一切的变迁让远方的幻境轰然倒塌，只留下我与榕树之间那种永远的沉默。

神秘的嘉州

"郡属左蜀右嶲，山川原隰，六谷咸宜。"（清嘉庆版《嘉定府志》）这句话是什么意思呢？就是说四川乐山处在蜀南平原与越西山地之间，水土滋润，很适合谷物的生长。当年英国人威尔逊在中国西部采集的六万多个植物标本中，就有不少来自这一带，最有名的如梽椤、珙桐。但如历史总有失踪者一样，方物也不例外，它们在一段时间内存在，而在以后的时光中却神秘地消失了，而更神奇的是，除了以上的一般意义上的物产外，乐山还有一些不常见的灵异之物，可以说是幽深玄妙，让人顿生寻觅之兴。

清康熙版《嘉州府志》中有一段话："枸酱何状，唐蒙食之，蜀人未之尝也。概物产于嘉州，名实讵相副哉？"撰史者讲出了乐山风物历史上的一个悬案。这是一段历史故事：汉武帝初年，东越之乱平叛后，派唐蒙去传谕南越。南越人款待唐蒙，美食中就放有蒟酱。唐蒙觉得好奇，便问蒟酱的来历，原来蒟酱来自四川，是蜀人经夜郎国（今贵州、四川一带）偷卖到了南越。撰史者在这里的疑问是："枸酱"既然产于乐山，但当地人却没有尝过是什么味道，历史的记载是否与实际相符呢？

"枸酱"又称"蒟酱"，关于它的产地，李时珍这样说："两广、滇南及川南皆有之。"《广志》则直接说它就生长在乐山："蒟子，曼声，依树，生南安（古代乐山）。""蒟酱"生长在一种胡椒科藤蔓植物上，果子长得像红玛瑙一样，色泽鲜艳，可以用作药材，酝酿成酱后，也可以作为一种调味品。《蜀都赋》中说："蒟酱绿木而生，其子如桑葚，熟时正青，长二三寸，以蜜藏而食，辛香，温调五脏。"其实，"蒟酱"的珍贵就是到了明代也不减，冯梦龙在《喻世明言》中说一罐蒟酱要值"五百贯足钱"，当然非一般人所能享用。

在历史上，嘉庆年间是清朝一个特殊的时期，人心动荡，危机四伏，大清王朝的衰落就是从嘉庆开始的。而这个时期社会复杂、暗潮汹涌，民间的诡谲之事也多，这在史志的方物记载上也有体现，如清嘉庆版的《嘉定府志》中就出现了"甪（lù）端"和"貔貅"的记载。

"甪端"是一种独角兽，形似猪，角长在鼻端，象征祥瑞；而"貔貅"也是一种瑞兽，被民间称为招财神，有守护避凶之意。其实，这两种兽都是民间传说中的神异动物，非真实存在的，现在的人们还常常将它们作为驱邪的祥物，市场上也有商家作为玩品在卖。但在《陇南余闻》中关于"甪端"是这样说的："产瓦屋山，不伤人，惟食虎豹，山僧恒养之，以资卫护。"《嘉定府志》也取信了这段文字，并说："此神物也，不恒见。"而关于"貔貅"，《陇南余闻》中说："产峨山，白木皮殿以上有之，形类犬，见人不惊，群犬常侮之，其声似念陀佛，非猛兽也。"这里的记载是有鼻子有眼的，可见民间传说很盛，而被史官堂而皇之地记入正史的"毛之属"中，更让人大为惊叹，当时社会心态的复杂与微妙也可见一斑。

83

像"甪端""貔貅"这样的神秘异兽进入史书,在乐山前后时期的《嘉定府志》中绝少,只有这个时期的修志才大量出现了这种情况。很明显,"甪端"和"貔貅"是被增补进去的,为此我专门做过对比,这说明史官是确信它们的存在的,可见民间传说对历史的影响。对于奇异之事的认同,在过去的撰史者中是极为慎重的,但嘉庆年间的修史者则大为采信,实有诡异成分在,也可以说它有背后的历史成因,即明清以后一百多年的乱世,对民众造成了巨大的心理恐惧,而神秘异兽的出现总是会引起大众心理的岌岌可危。

当然,对于民间一些珍稀方物的认同与补充也非常有价值,如在清嘉庆版的《嘉定府志》中提到了几种过去没有提及的东西:"雪方池见赏于《清异录》,燕支木见称于《徂徕集》,婆椤花则石湖咏之,王母桐花凤则《峨山志余》载之。"

"雪方池"其实就是一种白色透明的砚台,在当时甚为珍贵,相传这样的砚材只产于峨眉山上,"和鲁公有白方砚,通明无纤翳,得之于峨嵋比丘。公自题砚室曰雪方池"(《清异录》)。宋朝的陆游也曾经有一块,是从大渡河里淘来的,"质如玉,文如縠"(《蛮溪砚铭》)。"文如縠"的意思是,砚台的纹理如有皱纹的细纱,这说明乐山过去是个出好砚的地方,大概这也是文风很盛的原因之一吧。

"燕支木"又是什么呢?这是传说中的一种灵木,传说可以洞悉三世姻缘。古时把胭脂又称作是燕支,"燕支木"其实就是胭脂木,"胭脂木,嘉州出"(清嘉庆版《嘉定府志》)。"燕支木见称于《徂徕集》",这个《徂徕集》就是石介的诗集,而石介又是谁呢?

北宋景祐三年(1036),石介被任命到嘉州做军事判官,但他到乐山赴任才一个多月,就得丧报回了山东老家,此后再也没有去过乐山,他相当于当了回游官,到乐山来观过一次光而已。但陆游后来在嘉州任职时,还惦记着石介这个人,石介官虽不大,但却是北宋诗文革新运动的先驱——"宋初三先生"之一,所以陆游写过"吾常慕昔人,石介与王令。挑灯读其文,奋起失衰病"的诗句来缅怀他。石介虽然在乐山待的时间极短,但却留下不少诗篇,这一点有些像陆游,其中就有诗作涉及到了"燕支木",如"江山如画望无穷,况属升平岁屡丰。万树芙蓉秋色裹,千家砧杵月明中。断霞半着燕支木,零露偏留筜竹丛。只欠流杯曲水宴,风流未与左绵同"(《嘉州寄左绵王虞部》);又如"几首诗成卷鱼子,谁人唱罢泣燕支"(《燕支板浣花笺寄和州徐文职方》)。石介诗中的"燕支""燕支木""燕支板"都是与胭脂有关,证明乐山产"燕支木",由于树种珍稀,多为文房中使用。但清嘉庆版《嘉定府志》上说"此木今亡",它居然神秘消失了。

"婆椤花"又称优昙婆椤花,是传说中的仙界极品之花,乃佛家花卉。其花形浑圆,犹如满月,有瑞祥之气,"三千年一现,现则金轮王出"(《法华文句》)。当然这都是被神化了的传说,真实的婆椤花并不多见,我们只能深吸岁月之悠远清芬。志书中所谓"婆椤花则石湖咏之",石湖即南宋大家范成大,范成大于淳熙二年(1175)在成都当四川制置使,南宋淳熙四年(1177)离任后

我/们/的/小/城

从岷江转入长江回苏州,其间著有《吴船录》,其中多有关于乐山的记载,范成大要咏婆椤花,也一定是在此间的所见所闻。

但这里也有一个问题,"婆椤花"既然如此珍稀罕见,范成大以游客的方式路过乐山,就随意能见到这种神奇的植物?所以,我倒认为他可能见到的是广为人知的"娑罗花",也就是高山杜鹃。不过,高山杜鹃仍是珍稀植物,"生峨眉山中,类枇杷,数葩合房,春开,叶在表,花在中,或言根不可移,故俗人不得为玩"(《益部方物略》)。这个"俗人不得为玩"倒跟"婆椤花"的清高气质有些相似。当然,这样的清高需要条件,《嘉州府志》说它"皆生在峨山顶三四十里以上,移之山半则萎矣",更增加了这种可能性。明朝陈继儒写的《珍珠船》中也有描述,"峨眉山中婆椤花,花苞大如拳,叶似枇杷,凡二十余叶",证明了"婆椤花"生长在娥眉山一带。

"桐花凤"是四川一种小巧的珍稀凤鸟,身长不盈寸,全身翡绿色,灿烂之极。《峨山志余》中的记载不详,在唐李德裕《画桐花凤扇赋序》有记载:"成都夹岷江矶岸,多植紫桐,每至暮春,有灵禽五色,小于玄鸟,来集桐花,以饮朝露。及华落则烟飞雨散,不知所往。"在清朝李调元的《南越笔记》中也有记载:"桐花凤,丹碧成文,羽毛珍异。其居不离桐花,饮不离露。桐花开则出,落则藏。盖以桐花为胎,以露为命者也。儿女子捕之,饮以蜜水,用相传玩。此种蜀中亦有。"说明"桐花凤"不仅四川有,南越诸地也有。当年苏东坡也回忆过他小时候见到"桐花凤"的故事:

"吾昔少年时，所居书室前，有竹柏杂花，丛生满庭，众鸟巢其上。武阳君恶杀生，儿童婢仆，皆不得捕取鸟雀。数年间，皆巢于低枝，其鷇可俯而窥也。又有桐花凤四五百，日翔集其间。此鸟羽毛至为珍异难见，而能驯扰，殊不畏人。闾里间见之，以为异事。"（《东坡杂记》）

"桐花凤"有别名，"一名收香倒挂，又名探花使，性极驯，好集美人钗上"（陈祥裔《蜀都碎事》）。看来它确实是种美丽的鸟，好与美人为伴。在后来"桐花凤"更多地被赋予了文学色彩，李清照曾有名诗《蝶恋花》，其中"乍试夹衫金缕缝，山枕斜欹，枕损钗头凤"为一时佳句。五百年后，清朝诗人王渔洋步易安之韵和出了"忆共锦衾无半缝，郎似桐花，妾似桐花凤"的诗句，其语意之深婉甚于李清照。

说到鸟类，乐山有两种鸟特别有趣，"嘉定州有鸟，一名山和尚，一名雨道士，堪称对偶"（明·陆深《蜀都杂抄》）。这两种鸟都是玩禽，应该比较常见，但因为是俗名，如今的人们却很少知道它们到底是什么样子。清人李调元在《峨嵋山赋》中说："雨道士之喜雨至，山和尚之好山栖。"这讲的是它们的习性。1937年版《犍为县志》上说，"山和尚，比紫翠差，大头圆"，可惜描述并不确切，但"大头圆"可能就是得名山和尚的原因，而"雨道士"则不甚了了，没有任何解释，是不是全身黑色、羽毛修长的一种鸟呢？既然有类比，其形象一定有相似性，当然也就愈加神奇了。

　　乐山方物中神奇的东西还有不少,"名贵亦往往不乏"。但历史书上记载的并非详备,有些可查,有些因为时间的久远而真容难辨,比如乐山过去有种叫"雷威琴"的树木,今人则不得其详,志书只记载它"遇大风雷之夕,独往峨眉深松中,取其声异者伐之,有爱者名以松雪","今不闻有此"(清嘉庆版《嘉定府志》),这到底是真实存在,还是民间传闻呢?实际上,"雷威琴"说的是四川有一个叫雷威的奇人,他制琴有绝技。过去制琴多用桐木,但他独辟蹊径,在大风雪之时,独自一人上峨眉山喝酒,喝得醉醺醺的,"著簑笠入深松中",然后听树林中哪棵树"连延悠扬",即将之伐回去制琴,所以雷威制的琴名扬于世。而被伐的树被称为"松雪",制的琴就叫"雷威琴",又称"雷公琴"。但是,来历清楚了,还是没有确指具体是哪一种树,"松雪"的名字让我想起了好刀"吹雪",其神秘也从一个雪字中看出。试想,在深山老林中,听见一曲幽玄的琴声,那一定是动人心魄的吧,而在历史的深处索隐探微,不正有这样的一种魅力?

岷峨风物忆

四川乐山乃岷峨之地，说到这一带的物产，在《益部方物略》中有句话，叫"嘉产，烂如也"。乐山地处中亚热带，在四川盆地与横断山脉之交，自然条件复杂，土地沃美，植物繁多，这是大地理；清嘉庆版的《嘉定府志》又有"盖郡当三水之会，大峨之英，散而为华，凝而为实，醴泉芝草生为圣时之瑞，亦其宜矣"，这是小地理。大小一合，乐山的方舆形胜就一目了然了。

但这只是摊开的一张地图，而一方水土并非静态，其风物也随时间而变迁，如世间生命之此消彼长。在乐山历代的志书记载中，我们会发现每一个时期关于方物的记载都有细微的差别，细细比较会看出经济、文化、历史等诸方面的变迁，这都是非常有趣的事情。

在乐山的风物中，早期的记载以贡品最为醒目，比如，"古贡水波绫、乌头绫、苓根、红花，今贡麸金、紫葛、巴豆"（宋·乐史《嘉州龙游县记》）。这段记录不仅说出各领风骚数百年的真理，还说出了乐山在唐宋贡品间的差异，大唐的鼎盛和繁华与宋代的富庶和实用，经济与文明的演进，以及时尚的变迁都能在这里找到蛛丝马迹。但在明朝以后，对方物的记载趋于大宗，但当时乐山的记载还比较单一，"卤之水，水之火，乃在南犍；木之绵，绵之缕乃在荣威；刭之才，楮之生乃在夹洪；孔之兄，永之母乃在峨眉"（明万历版《嘉定府志》），这里说的卤水、绵、楮等分别对应的是盐、布帛和纸，这些东西为昔时之盛，跟当时人们的生活需用极为密切。

到了一百年后的清朝嘉庆年间，变化又大了不少。"峨眉之茶，沫水之麸金，洪雅、夹江之纸及虫白蜡，乐山、犍为之盐及麻、布、绢、绵、石灰，皆民生日用所常需，而地方有产有不产者，流通尤广"（清嘉庆版《嘉定府志》），不同时代一对比就能看出其中的差异，这其中的"峨眉之茶"和"夹江之纸"延续至今，是乐山有名的特产。

古有峨眉雪芽，今有竹叶青，都是"峨眉之茶"，叶圣陶就曾说它"清酽芳烈，胜于上好龙井"。实际上，清代乐山市郊就产好茶，如"凌云茶"，"色似虎丘，味逼武夷"；另外距离乐山城5公里的安谷也有茶山，被士人称为"茗岗"，名盛一时，但这两个地方"靡有孑遗矣"（1934年版《乐山县志》）。为什么会出现这种结果呢？"邑中茶树听其自然生植，即自由采撷，不甚爱惜。"也就是说乱采乱摘无人管理，结果是自毁前途，这跟嘉州荔枝的情况有些类似。实际上，乐山茶的来源很多，品质也高，在清代已不算什么稀罕物：

> 铜河（即现在的大渡河，在乐山与岷江汇合）两岸山高土润，时多阴雨，茶树蔓生。故太平镇以上五渡溪以下各地场市，逢谷雨、清明以后，即茶叶出售之时。过此以往则马边茶贩运至铜街子、福禄场而销售焉。
> （1934年版《乐山县志》经制志）

再说夹江的纸。夹江由于造纸历史悠久，常常作为翰墨上品，张大千抗战时期就曾有到夹江求纸的经历，后来李劼人在乐山创办嘉乐纸厂也是看重这点。由于嘉州的纸好，曾经一度嘉州的纸扇也非常有名，其特点是"轻细柔薄"（陈祥裔《蜀都碎事》），这都是沾了纸的光。但有些物产现在看来就太普通了，如石灰就是，随处可见。事实上，石灰在唐朝时还更多出现在一些医药书籍中，常常被作为治疗疮疖的药物，而广泛作为建筑材料是清代后的事情，彼时中国民居惯用木质结构的情景才略略有所改善，所以石灰出现在清代地方史志中并不奇怪，只是我们需要客观地去认识这段历史。

同样一种物产，也因为时代的不同而身价各异。如麸金，也就是如麦麸一样细小的金屑、金沙，俗称豆唎金，它在宋代是乐山的贡品，"日获不过毫厘"。但到了清嘉庆时期就发生了变化，"麸金"只被纳入"金石之属"中，跟铁、砚、土硝、菩萨石、水硫黄等矿物放在了一起，但已不再是稀罕之物了。与之形成对比的是一种叫"虫白蜡"的树，它们同时记录在嘉庆年间的《嘉定府志》中，但"虫白蜡"却被重重提了一笔，证明在史家的眼里，麸金已不如白蜡。

其实，乐山养"虫白蜡"之俗并非新鲜事物，"蜡树似冬青，近水，卖虫他处以清明时，用桐叶包裹，挂于枝上。最忌风雨，至孟秋则枝皆似锦矣"。这是明万历版《嘉定府志》中的记载，但当时此项农作并不广泛，直到18世纪末期才大兴栽培白蜡树，在后面的很长一段时间，这种喜欢阳光的小叶乔木成为了主要经济作物。以民国的乐山属县犍为例,"县境岁产蜡约二千担左右,值银二十万上下"（1937年版《犍为县志》）；在离乐山二十公里的五通桥顺河街一带,白蜡被当地人称为"桥虫",可以说是养白蜡之风大盛。而在这里,麸金与白蜡的不同际遇,为历史、社会学研究者们提供了方物变迁的种种证据。

　　文人墨客好游历,往往他们的诗作也能反映一方风物。陆游曾在嘉州做官,对当地的民俗有不少了解,比如他就在《冬日》一诗的注解中说"蜀中唯嘉州有蟹"。当时四川不产蟹,吃蟹是非常稀罕的事情,在清代文人吴庆坻的《蕉廊脞录》一书中就有这样的记载:"蜀中无蟹,有南货客者,多越人,贩南中食品至,以一陶器盦贮一蟹,直白金二流。至成都,官吏争买以宴客,一看即费数金。"那么,乐山的蟹是不是"南货者"贩来的呢？或者是有人专门养殖？但陆游说乐山是"山暖已无梅可折,江清犹有蟹堪持"(《冬日》)。这就说明乐山江中的蟹是土生土长、肥硕可餐,这在四川确实有些鲜见。

　　在陆游的眼里,乐山是个"欸乃声饶楚,陬隅句带蛮"（《久客书怀》）的地方,山水殊异。在他的《剑南诗稿》卷四中不乏提及乐山风物的内容,比如百日红,在宋代叫桢桐,"唤起十年闽岭梦,桢桐花畔见红蕉"（南宋·陆游《思政堂东轩偶题》）。这种花当时在四川不多见,但乐山也能够看到,说明当时当地的植物种类就已经非常丰富,不然二十世纪初的英国植物学家威尔逊也不会寻到这一带来。陆游还有一首叫《嘉阳绝无木犀偶得一枝戏作》的诗很有意思,讲的是相传乐山没有木犀（桂花）,但他居然在此地看见了一株，"久客红尘不自怜；眼明初见广寒仙"，他把桂花比喻成"广寒仙"，足见其欣喜之情。这件事连在千年之后的郭沫若也大为感慨，说"与今日景形大异，蜀中四处均有蟹，而乐山亦处处均有木犀矣"（《乐山历代文集》）。

但陆游诗中"百谷登场酒满邑"的盛景要到后面，清末民初是乐山风物更为丰富的一个时期，"山水清华，农商繁庶，文物衣冠之盛远迈往时矣"（清嘉庆版《嘉定府志》）。这期间，各类图书中对乐山的物产记录也多起来，如光绪二十九年（1903），傅崇矩在《川江游记》中就记录了乐山"出荔枝、墨鱼、丝帕、湖绉、大绸、豆腐、彷绍酒、瓜子、白蜡、铅、纸"；又如光绪三十二年（1906），日本人中野孤山在他的《游蜀杂俎》一书中也详细记录了乐山的物产，如白蜡、蚕丝、土药、毛茶、叶子烟、大绸、湖绉、灯草、老酒、绍酒、苞谷烧酒等。到了民国初期，更为丰富，"邑为沃壤，生物孔多，金、木、土、谷、毛、羽、鳞、介，下及昆虫之属，靡不备具时其消息，而树植采取之，养生之理足矣，皆天之赐也"（1934年版《乐山县志》）。这段话，对乐山是个风水宝地的自豪溢于言表。

乐山地区四季分明，农事也按季进行，"春季收菜、麦、胡豆、豌豆等；夏季收玉麦、膏（高）粱、叶菸；秋季收谷、花生、荍、大豆等；冬季伐蔗、挖苕及掘萝卜等"（1937年版《犍为县志》）。而这也能看出农民的日常种植与风物之间的关系，这一时期农家的生产不再单一，乐山物产之丰的原因似可从下面两个方面去看。

一方面是物种的引进，如酿制"绍酒"的红苕和酿制"苞谷烧酒"的玉米，都是在清朝时期由番夷引入栽种。乐山最早种植"玉蜀黍"（玉米）的记载是在清嘉庆版《嘉定府志》上，列入"谷之属"中，虽然排在豌豆、蜀麦、小麦、胡豆、高粱等之后，但之前却没有任何记载，它的出现引人注目。这个细微的变化透露了一个信息，即一个新物种在乐山的出现。其实，这也反映了中国农作物耕作格局的变迁，说明乐山种植玉米是在康熙以后、嘉庆以前这一段时间，即十七世纪中后期到十八世纪后期这一百年中，玉米已经在川南的土地上生根发芽了。在民国时期，当地人称玉米为苞谷（包谷），玉米的种类也丰富了起来，"玉蜀黍俗名苞谷，又名玉麦，有黄、白、赤三种。有名马牙子者，颗粒大而心凹。有五叶、七叶之分，五叶早熟，七叶晚熟，白者性粘，粒小宜酿"（1934年版《乐山县志》）。

红苕也是蕃物，但在乐山引进得更晚，应该是在咸丰、同治以后，乐山属县井研就有相关记载："其种贱易植，野人垦掘荒坡、峻坡遍种之，以担量，有收至数百担，贫户倚为半岁之粮"（清光绪版《井研县志》）。由于这些后来的农作物的种植不断扩大，使乐山的种植历史出现了巨大的改变，嘉州有民谚叫"红苕半年粮"，这句话在清朝以前是难以想象的，因为那时当地人还没有见过红苕是什么样子。玉米的情况也相似，它一出现就很快在乐山的主要经济作物中跃居第三位，一改过去粱、麦、黍、稷、粟等为主的种植格局，以民国二十四年（1935）为例，乐山的玉米种植面积是80多万亩，而到民国二十八年（1939）已经达到

152万亩，短短四年，翻了近一倍，可想这中间的增产速度。而这些物产的广泛种植，解决了百姓的口粮问题，广种薄收、民生饥馑的问题也大为改观。

说到这里，可以讲一个故事来证明红苕的重要性。乐山过去有一种"火米"，也就是将米蒸后再炒，主要用于饥荒之时食用。它的做法是："以水泡之，以火煮之，熟则去水，焙干其湿气，俟水气尽净仍以日晒之。若用火炒，则邑境西偏，收获较迟，秋阳热力已减，山高日少之地常有之矣"（1934年版《乐山县志》）。但这样的东西常常难以下咽，"色味均劣矣"。但为什么要劳神费力地去做"火米"呢？这是因为蜀地潮湿，粮食稀缺，这样的方式可以让米久放，利于存储，实则是为了对付饥荒年月。但红苕来了后，人们逐步解决了吃饭的问题，"火米"自然就少了。

当然，物种的引进不仅仅是谷物，还有花生，种子自洋来，比本土的花生大两倍，但种了一段时间后，子粒"今渐小"。花木方面也不少，如水仙、灯盏花、金银花、木瓜花、寒香梅、玉兰、西湖柳、洋蓝草、洋芍药等，"皆洋来"。这又说明随着近代的交通发展，乐山跟外界的交流增多了，很多外来的东西逐渐适应了土性，融为了一地之方物，它们栽种于百姓的房前屋后，摇曳着足可抵挡岁月的娇小身姿。

另一方面是经贸的促进。如蚕丝、大绸、湖绉等，本来是传统物产，但它们的变迁也不小。在康熙以前，除了极少的精品外，乐山的棉布"皆欠细密"，丝则"不多，其养蚕之具及丝织之法皆苟简不精"（明万历版《嘉定府志》）。而到了清嘉庆年间，蚕丝是"属县俱出，惟乐山最多。其细者土人谓之择丝，用以作紬，或贩至贵州，转行湖地，亦冒充湖丝；其粗者谓之大夥丝，专行云南转行缅甸诸夷"（清嘉庆版《嘉定府志》）。这说明在乐山已经广种桑树，并养蚕取丝，行销远地。其实，乐山风土非常适合栽桑养蚕，1934年版《乐山县志》中说，"邑境之内，气候清嘉，宜蚕，土胍膏腴，宜桑"，但为什么到了清朝初期才真正兴盛起来呢？这是因为栽桑养蚕不仅要有自然条件，还要有市场，市场决定生产，这才是"家家养蚕忙，户户织梭声"的真正原因。当然，犹如八十年代初期的温州和成都的荷花池，繁盛的贸易中往往就夹杂着一段假冒史。

乐山地区栽桑养蚕的习俗很早，除了"水波绫""乌头绫"，还有"绢锦""绵绸"等都很有名，但正如前面所说，习俗并不代表经济繁荣，而乐山的桑蚕之风是到了清朝时期才真正兴旺起来。后来，由于水陆运输的通畅，苏稽一带显得特别兴盛，"嘉定大绸"就主要来自这一带，上卖华西坝，下销渝滇黔，由于质量花色上乘，市民争相购之。当时岷江边的汉阳坝有"汉阳丝市"，与成都"簇桥丝市"齐名，是西南地区两大丝市，晚清名士顾印愚写有"映江十万女桑枝，桑女蚕筐正及时。日对澄江剪江练，嘉州争市邓阳丝"（《府江棹歌》）一诗，描述的正是这一盛景。

到了民国时期，乐山大兴办丝厂之风，如民国三年（1914）开办的华新丝厂，厂主陈宛溪，有丝车360部，工人近千名；又如民国十六年（1927）开办的新凤翔丝厂，厂主刘元昉，有丝车200部，工人500人，丝品"运销欧美各国"。另外还有荣记、丰记络丝厂，"每年制成出口熟货约重四十万两，运销于英法缅甸瓦城一带"（1934年版《乐山县志》）。1889年5月，英国旅行家伊利贝拉·伯德在游记中写道："它（乐山）或许是本省养蚕和丝织最大的中心。它的白丝绸在光泽和颜色的纯净方面都是非凡的。"（《1898：一个英国女人眼中的中国》）这些都反映了这一时期的纺织品生产贸易的繁盛状况，可以说丝绸在近代乐山仍然是风物之冠。

反观蚕桑之兴，则是一些风物的衰落。对比不同年代的《嘉定府志》就能看到一个巨大的变迁，也可以说是志书为我们呈现了另一番事实，即古嘉州历史上曾经称奇的风物已几近消失。如嘉州曾经被称为"海棠香国"，但到清朝时仅仅"唯郡署数株"而已，而到了民国时期，曾在乐山城里读书的郭沫若回忆道："那在乡土志上是号称'海棠香国'的地方，但是那有香的海棠现在已经绝了种了。"（郭沫若《故乡》）又如过去被乐山人津津乐道的荔枝，也只有"郡城会江门有一株，今俱亡"。这个亡的原因也有些荒唐，不是因为水土不服，而是因为荔枝稀有，一个嘉州城里也不过寥寥几棵，一到结果之时，"人争哗之"，而官府"必封之以为供，有之者园篱杂沓，反受其害"。后来有个县令还为此写了首诗，"莫爱荔子红，岁作嘉州孽"，所以乐山的荔枝便有些红颜薄命。

海棠、荔枝在唐时，能够出现在乐山可以说都有其不凡的身世，"凡花木名海者，皆从海外来"（《花木记》），虽然名重一时，却挡不住岁月的无情，所以，《嘉定府志》上也仅仅说"《海棠谱》所称海棠、海红,《文选》、《图经》所称荔子、橘柚之属,抑亦信而有征"。其实,就在几十里外的嘉州属县犍为,荔枝树却很常见,"干则取心用以制藤器"(1937年版《犍为县志》),荔枝树在老百姓的眼里并无特别之处,制藤器也好,当柴火烧也好,尽生活便利,但人世间的兴衰,从风物之变中就大可看出些玄机来。

流寓时期的小城

很多年前,读叶圣陶先生的《嘉沪通信》,感触颇深。《嘉沪通信》是一部关于1938年武汉大学内迁到乐山后,他在乐山生活的几年时间中的通信汇编,比较真实地记录了20世纪三四十年代的小城生活。《嘉沪通信》是特殊年代的产物,"此余彼时辛苦艰难忧伤愤慨之自叙状也"(叶圣陶语)。《嘉沪通信》每一封信都编了号,可以想象,处于大后方深处的乐山也不断遭受日军的飞机轰炸,性命只在须臾之间,每封信都有不同寻常的意义。很多年后,这些"岷畔邮书"的价值渐渐远离当初那种家书抵万金的意义,而信中的那座古老而宁静的小城,还在文字中为我们保留了那个已经失去了的旧时嘉州。

1938年初,日军三面围攻武汉,形势岌岌可危,武汉大学被迫内迁。当时师生六百多人,告别武汉校园前往遥远的乐山。他们采取自由组合的方式分批乘轮船取道三峡,溯流而上入川,但由于路途遥远,风寒、滩险、盗匪时有发生,所以一个多月的颠沛流离也让师生们吃了不少苦头。

叶圣陶先生一家是坐船到乐山的,行程一千三百里,虽然劳顿难免,却还算比较顺利。但一到乐山就面临现实的问题,武汉大学的房屋是过去嘉定府的文庙,大成殿作图书馆,两庑改为十四间教室,教职员工的住处都是自己想办法租借,而当时一下子

我/们/的/小/城

来那么多人（后来又有一些学校迁来），小城马上就拥挤了起来，找一个住处也难。当时的生活非常艰苦，夜间还点菜油灯，当年的乐山武大学生、后来的散文家吴鲁芹回忆说"仿佛一下子回到了十九世纪"。

但是一旦逐渐适应，就慢慢体会到了小城的妙处。首先是物价的便宜，"肉二角一斤，条炭二元有担，米七元一担"，当时的教授们的月薪有 200～300 元，而花费又不多，所以生活比较宽裕。叶圣陶在通信中多处写到乐山的日常饮食，如，"昨与朋友下馆子，宫保鸡丁、块鱼、鸭掌鸭舌、鸡汤豆腐……味绝佳，在苏州亦吃不到也"；又如，"此间鱼多，间日购之。八九角可买一鸡，五六角可买一鸭，……七八角钱已吃得很好，与在汉口，在重庆，迥然不同"，"此间之饼饵糖食制作精良，云乐山类苏州"，……像这样的文字，在那个时期的书信中读到是非常有趣的。乐山乃美食之地，像江团、白宰鸡、甜皮鸭、米花糖等等都很有名，其实叶老夫子在上面的文字中提到的这些东西一直延续到了现在。对乐山生活的赞赏不止叶圣陶，武大教授章辀胎也有诗吟之，"常蔬青笋雾宜竹，奇品乌鱼墨染苗"（《嘉定初居》），乌鱼指的就是乐山特产墨鱼，他对嘉州方物也是津津乐道。

虽有战争之忧，但小城生活还是富有情致。当年那些天南地北汇集到乐山的教书先生们，在教书之余也常常游山玩水，凌云、乌尤、峨眉自不必说，近郊邻野可谓是家常便饭，"天气苟晴佳，弟恒与……等过江闲行。负喧迎爽，山翠四围，倦则披草而行，兴尽则觅渡而归"（《嘉沪通信》）。这些句子颇有点《醉翁亭记》里的味道，文人的逸兴显露无遗，其实人性总会在青山绿水或者炊烟袅袅的地方升起。

在《嘉沪通信》中有个细节值得一说。乐山是三江汇合之地，"偶得晴明，则往对江闲步，或往江边拾石子。此间石子至可爱，胜于前往子陵钓鱼台时江中所见者。凡色泽、纹理、形状有可取者则捡之，归来再为淘汰。如是者再，可得若干佳品。蓄于盆中，映日光视之，灿烂娱心。"到江边去捡石头，那可是在战火纷飞的抗战时期，虽有国恨家仇，但美善不灭，似可作证。

当时也是武汉大学教授的钱歌川先生在文章中也反映了这点，他写道："生活之苦，也没有使我们忘记山水之乐；乐山的凌云、乌尤、竹林、汉墓还是时常有我们的足迹。就是每逢佳节，我们也能杀鸡沽酒，及时行乐。"（钱歌川《偷青节》）其实，当时正是乐山遭遇了日本人轰炸的时候，他的住处被炸得灰飞烟灭，只好到竹公溪去自建了一间茅屋，但他却意外获得了桑麻之乐。由于收入拮据，房子的建材基本是就地取材，大半采用的是当地的竹子，连家具也全部是竹器，"睡的是竹床，躺的是竹椅，书陈列在竹架上，吃饭用竹桌竹凳，窗前有竹茶几，客来有竹靠椅。筠帘薄得像纸一样，竹丝瓶手工精细，插上几朵鲜花，配合得更加可爱"。所以，钱歌川先生与几个朋友索性自称是"竹溪六逸"，"每日贪看丛竹的拂青交翠，临风起舞，也可以忘记客边生活的苦了"（钱歌川《四川之竹》）。

后来叶圣陶先生也到竹公溪租了间茅屋，"曳杖铿然独往还，小桥流水自潺潺"（《竹公溪畔》），过起了乡居生活。叶圣陶把

我/们/的/小/城

这间茅屋称为"野屋",但野屋也有野趣,穿行在山林间,不为市尘所扰,生活自给自足,自得其乐,俨然是独立于世外的仙居。他在《乐山寓庐被炸移居城外野屋》一诗中是这样描绘的:

> 溪声静夜闻,晴旭当门入。
> 绿野堂前望,苍壁后檐立。
> 菘芋朝露滋,山栗晚可拾。
> 野人歌相答,力耕复行汲。
> 鸟莺知其乐,鸡豚亦亲习。
> 篱内二弓地,栽植聊充给。
> 种竹移芭蕉,气暖时犹及。
> 海棠丐一株,伫想春红浥。

当然有这样情怀的人绝不止他一个,凌叔华当时随丈夫陈西滢到了乐山,她平日没有什么事,就是画点画、写点文章,一派名媛风范。虽然前期也经受了颠簸流离之苦,但很快她就在万佛寺旁自盖了一座小楼,"与对岸上的凌云寺遥遥相望","左右均有古木细竹,把乱砖荒草芟除,却也多少寻得出倪云林画意"(凌叔华《山居》)。所以在这样的地方,她是自得其乐的,当然她还有二三闺蜜相伴,如袁昌英、苏雪林。苏雪林就回忆说:"我们几个朋友,常常在那楼中茗话,开窗凭眺,远处山光水色,葱茏扑面而来别有一番味。"也就在这样的环境中,凌叔华写下了"浩劫余生草木亲,看山终日不忧贫"这句诗,这可能是她一生文字中最为传神之笔。不过，凌叔华说的"浩劫余生"指的是乐山被炸侥幸逃生外，另外还有一点隐私，她在抗战前与英国作家伍尔夫的侄儿朱利安的婚外恋曾经也是那样的轰轰烈烈，后来这段故事被一个中国作家写成了小说，轰动一时，甚至引起了诉讼。也就在这个期间，经历了人生的起伏，凌叔华静下心来开始了她自传体小说《古韵》的写作，应该说这里面有乐山给予她的一份灵性的滋养，所以她"至今还感激那多情的山水，在难中始终殷勤相伴"（凌叔华《爱山庐梦影》）。

武汉大学西迁而来，让天南海北的知识分子会聚在了这里，他们在融入当地生活的同时，也给乐山带来了一些风气的改变。杨静远（袁昌英之女，当时在武大读书）认为当时的乐山就是一幅五彩斑斓的浮世绘，她在《1941—1945 让庐日记》的前言中是这样回忆这座小城的："与地方士绅、政商学界的礼尚往来；在本地中学和企业单位兼职兼课；当地的民情风俗，外国基督教会和传教士，圣诞节的音乐崇拜，复活节的洋童表演，令人垂涎的川式饮食文化，还有那美不胜收的风景名胜，随处可见的水墨山水一般的风景……"

但这段文字是她老年的回忆，远不如她当年还是少女时留下的日记真实、鲜活，我们不妨在《1941—1945 让庐日记》中随便来看上几段：

写乐山的景色的——

"水上漂着翘头的竹筏，水中映着白云的倒影，竹筏

我/们/的/小/城

好像浮在白云上,好个神仙世界。"(1942年3月26日)

"回来时是走路,一路唱歌,不知不觉就到了篦子街。我仰头望着前面墨绿的山,感觉那是我小说里的背景,正是我想象中的山。天已经黑了,路旁草里和崖洞里萤火四处飞,我一定要想象那是小仙人提着灯笼游来游去。"(1943年4月5日)

写乐山的市井小吃的——

"街上很黑,我们挽了手走到白塔街尽头,到糍粑摊上,一个人吃了一个5角钱的白糖豆粉糍粑。还不满足,又走回到汤圆摊上,一人吃了一碗5角钱的汤圆。因为怕人看见,就面墙坐在一张条凳上,那样子简直笑死人。"(1941年11月24日)

写在乐山见到的冯玉祥将军——

"冯是个高大壮汉,穿的衣服是那种北方乡下佬的,上衣是长袍又嫌短,是短褂又嫌长,打膝头那么长。下面棉裤,裤口扎紧了的,一双大棉鞋,头上一顶小毡帽。他提倡俭朴,所以故意穿成这样。"(1943年11月29日)

写在乐山发生的事情——

"水西门上围满了人。人们跑下河边，只见小船里一张篾席盖着一具尸体，那是最近飞机失事摔死的美国空军。我看见他的腿，还有一只肉里露骨的大手，真惨！这样无声无息地死在异国，他一定不甘心。"（1944年6月11日）

应该说，虽然都在同一时期的乐山生活，生活环境有着极大的相似性，但杨静远的日记跟叶圣陶先生的《嘉沪通信》还是有很大的不同，一个是成人的眼界，一个是少女的视角。不过，它们又有共同之处，那就是在不经意的记录中呈现出的当年嘉州小城的迷人之处——山水胜景、岷江边的民俗、大后方的安宁、南北融合的人世，以及外来知识分子带来的一些新鲜风气。

其实，同样是学生身份，感受还是有些相异。齐邦媛与杨静远是同学，两个人都是具有文学梦想的女大学生，而且她们几乎是同时在乐山遭遇了一生中最难忘的情感经历。但齐邦媛似乎更为忧郁、深沉一些，同样是描写景色，在齐邦媛的笔下就更具家国情怀：

"小小的天窗开向大渡河岸，夜深人静时听见河水从窗外流过，不是潺潺的水声，是深水大河恒久的汹涌奔流声。渐渐地，在水声之上听到对岸有鸟鸣，就在我小窗之下也有呼应,那单纯的双音鸟鸣,清亮悦耳,却绝没有诗中云雀之欢愉,也没有夜莺的沉郁,唱了不久就似飞走了,又在远处以它那单调的双音唱几声。初听的夜晚我几乎半夜不眠地等它回来。这怎么可能?在我虽然年轻却饱经忧患的现实生活里,竟然在这样的夜晚,听到真正的鸟声伴着河水在我一个人的窗外歌唱……"
(齐邦媛《巨流河》)

在1938年到1945年之间,会聚到乐山的人对这个小城都有一番人生体味,这在我国台湾出版的"国立武汉大学"校友会《珞珈》会刊中有非常丰富的记录,像上面类似的文字存放在了很多人的私人档案中,但却是那一代人共同的流寓生活的记忆。《珞珈》杂志发行了一百多期,作者大多数是当年武大的学生和教师,而当中的很多人都已经逐渐不在了,但那些真实的文字中不仅留下了他们对那段岁月的怀念,也留下了一个古老小城的背影。《珞珈》中有一些诗文非常能够反映当年的生活情趣,如当时的学生陈植菜写的打油诗《树下茶馆》:"茶馆阴凉树下开,一江似练晚风来。青年喜摆龙门阵,满贯桥牌亦乐哉。"这个桥牌就是乐山的一种地方牌"贰柒拾",而这样的场景仿佛就在眼前,跟现在好像也没有什么区别,看来这些来自五湖四海的学生已经融入了当地的生活中。

《嘉沪通信》在发表期间有一个插曲。由于"通信"中多有闲情逸致的流露,所以一些热血青年指责叶圣陶先生面对国难当头,不思抗战,偏安一隅。叶圣陶很为此事尴尬,他本是文人性情,却被贴了政治标签。实际上叶圣陶当时也是受难者,1939年8月19日,日本飞机狂炸乐山,小半个城沦为废墟,炸死4000多人(乐山城当时也才4万人)。叶圣陶先生一家人虽然幸免于难,但也被吓了个惊魂失魄,他在诗中写道:"死者吾弟兄,伤残吾货殖。惊讯晨夕传,深恨填胸臆。"

其实,当时乐山人从来没有想到会经历空袭,所以他们一直过着闲且慢的生活,乐山城从地理位置来看比较偏远,在当时并没有任何实际的军事战略价值,据说只是一个误传的消息导致了乐山被炸。过去的乐山算不得信息非常畅通的地方,《新蜀报》要晚到一天,《新华日报》《大公报》甚至要晚到一周,所以外面的一切好像并没有真正影响人们,闲散的氛围蔓延到了生活的每个角落:河面上随时可见渔夫在打鱼、搬罾、牵网、甩晃钓,鱼拿到码头上卖或是送进馆子,大佛脚下的墨头鱼更是南来北往的招牌菜;茶馆里每天照样挤满了人,听说书,摆龙门阵,抽叶子烟,乌烟瘴气;戏馆里也照样咿咿呀呀地唱川戏,如有名角来,捧场的人依然热情如潮,而小城的夜晚可能因为那一两句高腔便有些难以入眠……

《嘉沪通信》中也有对乐山小城的直接描述,虽然是只言片语,寥寥几笔。街上"无汽车奔驰,仅有少数人力车往来,闲步甚安静";"影戏馆有一家,开映国产旧片"。在这样的小城里,时光是缓慢的,缓慢到静,到一尘不染,而过往的仿佛只是春夏秋冬这样的名字。

三江厨酿美

一个城市的古意，可以从三个方面来感受：一是建筑，二是语言，三是饮食。

在四川乐山，建筑不敢说，老东西已经不多，只有看拉蒂格、威尔逊、谢阁兰、李约瑟等外国人留下的一些老照片，方能领略到百年前的古城风貌。相对而言，乐山的语言是保留得最为完整的，西南官话的岷江小片，政府无法拆迁，乐山人一张嘴，古音存焉。至于饮食，清朝嘉庆年间的四川代总督杨揆曾说乐山是"沃野云委，沟塍绮错，生物兹殖，士女清醇，实巴蜀之间一都会也"（清嘉庆版《嘉定府志》），这个"都会"自然在饮食上也有所反映。苏东坡当年曾有"载酒时作凌云游"的诗句为人们留下了翩翩浮想，但可惜查寻古书上的记录不多，大概古人在正史中不太屑于馔食的记载，它们抵不上星野方舆，也抵不上营建赋役，甚至连贞女烈妇都抵不上，谈到地方饮食的时候往往是只言片语。好在陆游说过"公事无多厨酿美"的话，也让我们确信古代乐山有美食，并想穿越时空去探寻一番。

在古代，乐山是个产荔枝的地方，当时四川虽有种植，但范围不广数量极少，荔枝是典型的南国物产，所以范成大在《吴船录》中写到他在乐山见到的"轮囷数围"的荔枝树时，也是大为惊骇的。当年陆游曾在乐山公干，到荔枝熟的时候，就邀约好友到那里品尝，称之是"相与同乐"。他的一个朋友薛许昌是成都幕府，正好派去乐山管理政务，眼见荔枝要熟时却被调走了，便写下"岁杪监州曾见树，时新入座但闻名"的诗，深怀憾意。过去，荔枝除了一般的食用之外，古代还有"荔枝汤"的做法，元代韩奕的《易牙遗意》中"荔枝汤"做法是这样的：

"乌梅肉四两、焙干姜一两、甘草官桂各半两、砂糖两斤，除糖外为末拌匀，每盏汤内着荔枝肉三四个。"

这份食单颇为雅致，也好看，汤中漂着几颗白白的荔枝肉，文人雅士们能不为之倾倒？乐山在唐代就建有"荔枝楼"，足见荔枝之盛，宋景文的《益部方物略记》中甚至认为杨贵妃所食的荔枝来自嘉州，为此还惹来过不少争议。

乐山的荔枝味道如何呢？清代四川著名文人李调元曾经在《自题荔支图》诗中说："一生饱识岭南姝，不及嘉州色味殊。"他曾任广东学政，认为广东荔枝比不上嘉州的荔枝。但清代文人吴庆坻在《蕉廊脞录》中说："嘉州荔支，色香味虽不逮闽、粤，然故是隽品。昔过纳溪，有饷此者，舟中饱啖之。闻近岁种植渐广，结实颇繁，固不止嘉州一树矣。"好像对嘉州的荔枝有些陈见，他说"不逮闽、粤"可能只是听信传闻，他自己去过闽粤没有都是一个问号，但他说明了一个现象，就是在清代四川荔枝已经不是稀罕的东西了。

不过，乐山的荔枝乃是旧时风物的亮点，曾在竹公溪一带盘桓的唐代女诗人薛涛曾写过《忆荔枝》一诗，称"绛实丰肌不可忘"；宋代诗人宋白在玉津（今乐山五通桥冠英镇）当县令，也是常常"渴忆荔枝香"；而陆游对此更有情结，"陆放翁取家藏前辈笔札，尽刻石，置荔枝楼下"。

乐山也产茶。茶分雅俗，雅者如凌云山寺茶，"色似虎丘，味逼武夷，而泛绿含黄，清馥芳烈，伯仲天目、六安"（明·郭子章《续刻茶经序》），也如"雪芽"，陆游当年为了喝上一口好茶，是"雪芽追至峨眉得"，然后用乐山的一口名泉"叮咚井"里的泉水，在树荫下置风炉来慢慢煮茶，与友人共度好时光，可谓风雅之至。俗者如百姓常饮的"家茶"，叶小味苦，难以下咽；也有红春、白春，则叶大味甘，要比"家茶"上乘不少，更好的是数"毛尖"，春分时采，最为香嫩。当然，最差的则是野茶，大概都是些下里巴人喝的，以"刺梨、山麻柳叶代之"（1934年版《乐山县志》）。那时的乐山还是个小城，随处可见"庭树纯栽橘，园畦半种茶"（唐·岑参《郡斋望江山》）的景象，又栽橘又种茶，当地人生活也有些自得其乐。

这一时期的乐山是让人遐想的，晚唐诗人薛能在做嘉州刺史时，写有一首《留题》，诗中描绘的生活与这些方物一样清雅、高邈：

"茶兴复诗心，一瓯还一吟。压春甘蔗冷，喧雨荔枝深。"

乐山的酒也值得一说。宋乾道九年，陆游在嘉州代职，经常独自一人醉酒，"社瓮嫩醅初泛蚁，寒灯残尽自成花"（《秋夜独醉戏题》）。什么是"社瓮嫩醅"呢？就是农村里用陶罐来初酿的新酒，而这"嫩醅"口感不错，让陆游写了好多关于乐山的诗。当然，乐山的酒好是可以细加考证的，清朝时四川最有名的酒是渝酒，但张之洞出仕之初在四川视学四年，遍历蜀中州县，深感乐山的酒比重庆的酒好得多，但名气远不如重庆酒，便专门写了首《嘉州酒歌》的诗，为嘉酒声名不张而鸣不平。他的评价是："渝酒浊如苏合油，嘉酒清如雏鹅头"，但嘉酒到底好在哪里呢？"先取曲米浮脂好，次取江面回波柔，倘教李白遇此味，兰陵不作他乡游。"当时乐山糟房不少，"因铜河两岸岁产玉蜀黍，故多造酒之家"（1934年版《乐山县志》），并专门设有"烟酒公卖局"来收取酒税。张之洞绝非是胡乱夸奖，他毕竟是见识广博的人，他能说出醇厚柔和的嘉酒有啃"雏鹅头"之美妙，也是喝过了五湖四海的酒才敢说这样的话。那么嘉酒好在哪里呢？首先可以肯定的是水质好，水好可用苏东坡的"蛮江清可怜"来佐证。

除了酒好，乐山江中的鱼也美。乐山过去有种鱼叫"臼鱼"（注：在志书中"臼"有鱼旁，电脑中缺此字，以臼代），民间称"鱼舅"，倒过来念，还带了辈分，这是乡人的幽默，而它的味道之佳位于"诸鱼之冠"。

现在想来，这个"臼鱼"可能是种异鱼，明朝杨慎曾说："嘉州鱼舅，载新厥名，鳞鳞迎朕，夫岂其甥，其文实鳋，江图可徵。"（《异鱼图赞·鱼舅》）什么意思呢？"朕"是过去的一种迎娶制度，即女儿出嫁时，岳家必须以同姓侄女辈陪嫁，陪嫁过去的姊妹，自然属于媵妾。这里面暗指了一种古代乱伦的意思在里面，其实在犍为县也有类似记载："鱼舅，俗名烧火老鱼。"（1937年版《犍为县志》）所谓"烧火老"，其实是民间骂人的话，指老不正经。所以，杨慎认为"鱼舅"应该是鳛鱼，但鳛鱼在《〈尔雅〉注疏》的"释鱼"中称其为"海鱼也"，难道海鱼跑到乐山来了？不过说来奇怪，此鱼在明万历的《嘉定府志》中有记录，但在康熙时的《嘉州府志》就没有了，后来的志书只是存目而已，说明到清朝后这种鱼就不见了。但是，在我们小时候，却是见到过"烧火老"的，那是一种身上有红蓝相间花纹的小鱼，我第一次见到它是在五通桥盐厂的鱼塘里，钓来装在瓶子里，喂了很长一段时间，跟养金鱼一样，但从来没有想到过要吃它。据说这种鱼还能在一些小沟小塘中见到，但它是不是就是史书上说的"鱼舅"，则仍然是个谜。

如今乐山最有名的鱼是"江团"，李劼人先生在《漫谈中国人的食》中说是江豚之讹，也就是说"江团"应该是江豚。此鱼无鳞、少细刺、肉丰肥美，民间的俗名叫"水底羊"，凭这名字也能想象它是怎样的一种美味了，抗战时期武汉大学西迁乐山，那些穷学生们对这道美味也是记忆深刻，"岷江名产有江豚，味美鲜鱼胜熊蹯。可笑书生囊似洗，得尝腴味似狼吞"（陈植棻《江豚鱼》）。

"江团"在做法上有红烧和清蒸两种，"清蒸江团"更近本味，乃乐山的一道名肴，郭沫若在他的回忆录中就说此鱼"甚名贵"。其实，乐山周边的属县也产江团，但称呼有区别，如犍为就把江团叫江鳗，"江鳗，俗作江团，嘉州自峡口下犍为境乃有之，桃涨水出，味美极鲜"（1937年版《犍为县志》）。乐山与犍为在同一条江上，相隔不过数十里，犍为有打鱼歌云："何必秋风起，归思江鳗味。"

在史志中，乐山还产几种在过去很有名的鱼，如客朗鱼，"似鲖，肉嫩而美，不易得"；又如船汀鱼，"名渡父，似吹沙（鲨沤鱼）而小，体圆色黄黑，有斑"；再如临江鱼，"出临江溪，洁而美，大不盈三尺"（清康熙版《嘉州府志》）……现在这些鱼的名字大多被人忘了，渔家也不怎么辨识它们，只是笼统地称它们"杂鱼儿"。我就在江边吃过两回"杂鱼儿"，客人在岸边喝茶剥瓜子，渔家在江边撒网打鱼，不足一个小时，鱼打上了一篓，一看，五花八门的野鱼都在里面；待洗净下锅，有的还在跳，得赶紧盖上锅盖，一烹熟上桌，香气扑面而来，味道是鲜美无比。现在想来，这里面会不会就有诸如客朗鱼、船汀鱼、临江鱼呢？但如今，在污染严重的江水中还容得下它们活蹦乱跳的身影吗？

乐山是三江汇合之地，江岸下多洞穴，而鱼常常潜伏在这些深底洞穴之中。嘉州有几种这样的鱼，如泉水鱼，"春初出洞食石浆，秋入洞则肥"；又如嘉鱼，"出青衣江水，长身细鳞，肉白如玉"。但最有名的是江鮀，当地人称之为肥鮀，"腹多脂，肠无粪渣，细鳞肉白，缝丙出穴"（1934年版《乐山县志》）。这些鱼都称为丙穴鱼，泛指秋冬后藏在洞穴中养肥的好鱼，"丙"指的是阳气初升之时,一般来说,二三月份正是吃这些鱼的好时节,陆游就酷爱丙穴鱼,这在后面还会提到。

在乐山鱼中还有一种神奇的鱼,其实也是丙穴鱼的一种,那就是曾被称之为"黑鱼""翰墨鱼""墨头鱼"的本土鱼。我翻阅过乐山诸个年代不同版本的史志,它常常是物产志"鳞之属"中的头号,可以说是异乎寻常。墨鱼只产在凌云山下,为乐山独有,传说是食砚墨所化,"立春后泛子,渔人以灯火照之,辄止不去"(王渔洋《蜀道驿程记》),"墨鱼头在大佛沱,春初出,上止龙泓,下止乌尤"(袁子让《二山志》)。据说当年山上有文士郭璞注《尔雅》,鱼在山脚下游荡,思接渊鱼,联想就自然产生了。实际上我小的时候也听说过这个传说,后来每到大佛山游览,都会伸头去岩下的江中探个究竟,我也想倒点墨水下去喂喂鱼呢。现在想来,一江好水没有几个传说才怪,这鱼因沾了文气而在深潭中灵动一闪,发人想象,何其美哉。至于鱼的味道也是名不虚传,"市之罗缕脍,芳鲜妙无匹;吞之遂潜化,如蚀神仙迹"(龙为霖《食墨鱼感赋》)。吃墨鱼的最佳时间是每年初春,"三月初三春浪暖,人人争买墨鱼尝"(詹荣《嘉州竹枝词》)。

墨鱼虽好,但绝非是普通百姓日常能享用的,渔夫就算偶尔打到也赶紧送官商人家换成银两。过去乐山倒是有一种特产:豆腐。这是个大众食品,乐山是从明代开始风靡,读者切莫小瞧这个东西,过去豆腐并非处处都有,有豆腐的地方一般是在产盐卤的地方,卤水有点化豆腐的功用,这在当时是个稀奇的事情,"一瓯可点数斗,其胜也以此水,故他处所无也,宦游者常以竹筒携去,惜不能多"(《嘉定府志》)。可见在古代乐山吃豆腐已率先成为了一种风尚。明代万历年间的《嘉定府志》中就认为,豆腐是世间的真味,鸡鸭鱼肉何足道哉。苏东坡曾写过"芦菔生儿芥有孙,不知何苦食鸡豚",所以人们应该懂得豆腐"可以养生,可以修德,可以治家,可以传后,愿相与共之",撰志的鸿儒们不惜笔墨阐发高论,大赞其高尚品质。不过道理还是值得人们思考的,墨鱼虽有玉馔之美,但非布衣人家的食物,还是豆腐青菜保太平,这才是平常日子的过法。当然,后来人们更多知道的是西坝豆腐,那是发扬光大了乐山的传统豆腐,其做法多样,风味独到,一样能够让人尽朵颐之欢。

乐山周边皆名山大川,山中多野菜山珍,这也值得一说,其中最为人称赞的是峨眉栮脯。所谓栮脯就是木耳,陆游在诗中多次提及峨眉栮脯,如:"玉食峨眉栮,金齑丙穴鱼"(《思蜀》),"堆盘丙穴鱼腴美,下箸峨眉栮脯珍"(《梦蜀》),"可怜龙鹤山中菜,不伴峨眉栮脯来"(《食野菜》)。为什么陆游如此钟情栮脯,甚至拿它与丙穴鱼相比呢?这是因为"汉嘉栮脯美胜肉"(《冬夜与溥庵主说川食戏作》)。这几句诗大多是写在他回乡后对蜀地的思念中,说明栮脯不仅是美食,也是寄情之物。现在的木耳大多是人工培植,成为了普通的菜肴,但在宋代却是珍馐,是地道的山中野生,今昔不能比。乐山有地缘优势,靠近大山易于采撷,陆游在嘉州当了九个月的官,念念不忘峨眉栮脯,这不

我/们/的/小/城

能不说是古嘉州又一个沾了人文气息的土特产。

总体来讲，乐山过去的美食大都产生在那些风调雨顺、物阜民丰的年代，是一个关于好山好水的陈年旧事。而城市记忆也往往与之互为勾连，清光绪十年（1884），刘光第在中了进士之后游嘉峨，他走到乐山城郊时见到的景象是"风近古朴，种桑饲蚕，植树放蜡，务本之图，乡民颇识"（《游嘉峨日记》）。此描述可略见嘉州之乡土风貌。当然，乐山历史上也曾有过夷獠骚扰、民变战乱的影响，但直到民国抗战之前，乐山这座古城主要还是在比较静谧安定的时光中度过的，陆游的"年丰郡府疏文檄，蛮遁边亭息鼓鼙"（《喜晴》），就反映了当年的某种日常生活状态。位于川南的乐山虽然偏于一隅，但却处在川腹水运的枢纽地位，市廛繁复，储廪丰饶，实乃一鱼米之乡。1939年抗战军兴之时，西迁到乐山教书的钱歌川觉得生活拮据，在读了《挹爽轩杂记》后颇为羡慕古人，便感叹说："在清乾隆初年，乐山物价低廉，酒斤七文，肉三斤百文，豆斗百五六十文，那些安乐的往日，真令人怀念啊！"（《钱歌川散文选集》）

其实，钱歌川的这席话是有对比的，这在叶圣陶的《嘉沪通信》中记录得更为详尽。当时叶圣陶一家迁到乐山后，甫来之时甚至还感到了不少小城的妙处："昨与朋友下馆子，宫保鸡丁、块鱼、鸭掌鸭舌、鸡汤豆腐……味绝佳，在苏州亦吃不到也"，"此间鱼多，间日购之。八九角可买一鸡，五六角可买一鸭，……七八角钱已吃得很好，与在汉口，在重庆，迥然不同"，"此间之饼饵糖食制作精良，云乐山类苏州"……这都是日常生活的感受，零零碎碎，但都是一地经济的如实记录。不过，后来情况发生了很大的变化，特别是 1940 年后，钱歌川、叶圣陶们的士人情调一扫而空，乐山的生活和消费急遽恶化，那种恬静自足的环境被破坏了，人人不能自保，谈饮食更是妄事。当然，那是乐山历史上的一段特殊时期，若非战争或苛政之恶，不至于让百姓食不果腹。老天自有丰厚的预备，我们更应该回到和平时期来看嘉州生活，世间过往皆因饮食而起，饮食之美能让人愉悦，让人言说，这又是何等惬意的事情。

乐山菜是传统川菜的川南风味，属于上河帮菜系，清和细腻，风味独到，在岷江中下游一带影响甚广，是历史、地缘和风土的交汇。说到这里，我要特别提一提乐山的白宰鸡，在我的印象中，无论在哪里，男女老少交口称赞的就是这个白宰鸡，简直就是个大众情人。郭沫若曾回忆，"白切（宰）鸡我觉得以乐山为最好的……乐山的白切（宰）鸡之嫩，汁水之味美，实在是一种奇妙的艺术品"。"雪白的鸡片，鲜红的辣油海椒，浓黑的酱油……这样写着都禁不住唾涎的津津分泌了。"（《我的童年》）我记得小时候，在乐山府街附近吃到的白宰鸡非常难忘，那真的是口舌生津、回味无穷。不过，如此美味的白宰鸡已经很难吃到了，现在餐馆里虽然也有，始终感觉不是过去的那种老味道。所以我想，味觉的变化是否也是城市变化中的一部分？如果一个城市现代意义的确立是以对这个城市古意的消减作为代价，那么我们失去的不仅是口感，不仅是记忆，同时也是我们四处飘散的乡愁。

乱世书写者

一

朱东润到达乐山的时间是 1939 年 1 月 13 日，更准确的时间是当天下午一点钟。

这个时间很重要，因为武汉大学要求返校必须在 1 月 15 日前，过时不候。也就是说超过了这个时间，你就可以不用再来了，只能另谋出路。但是朱东润居然提前了两天从几千里以外赶到了，这一路上仿佛有如神助，眼看就到不了校了，但很快就出现了转机。比如，到了重庆后，根本就买不到去乐山的汽车票，到乐山要等一两个月，如此这般到了乐山，事情早黄了。但就在这时，他居然神奇地买到了一张飞机票，搭上了刚刚开通的"水上飞机"，这种飞机只能载一二十人，飞行高度也不高，但几个小时就顺利到了乐山。为此，他难掩欣喜之情，把第一次坐飞机的感受写成了一首赋："于是翱翔徘徊，从容天半；架飞机而西行，望万象之弥漫；初敛翼而低昂，忽奋迅而泮涣……"

朱东润就这样"意外"地来到了乐山。

他到的当天就找到他的泰兴老乡戴凝之，戴凝之也在武汉大学供职，热情地招待他吃饭，并把他安排在了乐山府街的"安居旅馆"里住下。但这看似简单的住宿，其实后面有不同寻常的含义,但朱东润刚来人生地不熟的,也就只好听从别人的安排。住了一段时间后,他发现了这个安排的"妙处"。当时,武汉大学的教授们分成了两营,一边是以安徽籍为主的"淮军",其主要人物是校长王星拱;一边是以湖南籍为主的"湘军",主要人物是教务长周鲠生。这两营的人一直暗中争斗,到了乐山后矛盾日趋表面化。当时,"淮军"的人到了乐山后主要住在鼓楼街、半边街,而"湘军"主要住在玉堂街、丁冬街,而朱东润则住在不偏不倚的中间,两边都不挨边。这点是他的老乡戴凝之早替他考虑周得很到了。

朱东润能够到武汉大学教书,主要是陈西滢的原因。他们是上海南阳公学时的同学,朱东润小时候家境贫寒,但有人看重他是块读书的料,便出资让他到上海读书,其实是把他当成了一桩生意来做(读书的钱是要还的),毕业后,朱东润在《公论报》做事,但报纸不久就解散了,暂时没有去处,他便去了英国,"那时出国的手续很简单,用不到护照,用不到签证,只要到外国轮船公司,花三二百元就可以买票直达欧洲。日本船的三等舱更便宜,九十元可以到英国"(《朱东润自传》)。他到英国后勤工俭学,但读了两年,中途就回国了。

有了国外的这点经历,又懂些翻译,所以他便从南通师范学校到了武汉大学谋了个外语教席,当然收入也比过去好了不少。在到乐山之前,朱东润已经在武汉大学待了八年时间,即1929年到1937年,也算得是个"老武大"了。而抗战的到来,武汉大学被迫西迁大后方的乐山,教授们或去或留,必须选择,这也成为了武大内部帮派斗争的一个整合的机会,各派都拼命安插自己的嫡系,所以像朱东润这种无根无派的人,早早成了别人的眼中钉,都想乘机将他除掉。

但幸好有陈西滢的帮助,朱东润才得以留任,陈西滢是文学院院长,说话管用。但朱东润对陈西滢好像并没有特别的感谢,只是君子之交而已,这是他一贯的作风。朱东润与陈西滢在上海做同学的时候,陈西滢还叫陈沅,后来改成了陈源,字通伯。当然,陈西滢的名字为世人熟悉,是因为他与鲁迅的一场笔仗,让他多少背负了不少骂名,我们这代人知道的陈西滢就是因为中学课本里的一篇文章,他同梁实秋、林语堂、邵洵美等人一样,成了鲁迅的论敌。朱东润有远见,当时就认为此事"一定会在文学史里传下,可是不一定于陈源有利"(《朱东润自传》)。这算是替陈西滢说了句公道话。其实,其时武汉大学有两个人都同鲁迅结下梁子,一个是陈西滢,一个是苏雪林,前者主要为"女师大风波"的立场问题起争执,后者更多是因私,据说苏雪林在一次书局老板的私人聚会上对鲁迅的怠慢大为不满,从此结下怨恨,在长达几十年的岁月中不遗余力地骂鲁,一直骂到自己去了台湾。

朱东润很清高,不依傍,更不容忍沉瀣一气。他在早年曾经有做官的机会,但由于不喜欢官场的习气,很干脆地放弃了。那是在1927年,朱东润刚好三十岁,当时国民党南京政府正在组建阶段,吴稚晖去信叫朱东润到南京谋事,职位也不错,是担任南京中央政治会议秘书。朱东润在《公论报》时曾经做过吴稚晖的助手,吴稚晖非一般人,不仅是国民党元老,也是功底深厚的文化人，他觉得朱东润有才便有意让他去发展，但朱东润一到南京就水土不服。

他刚到南京的当天，吴稚晖正好出差去了外地，就叫他的一个亲戚去陪朱东润。当天，那个青年人请他到馆子里搓了一顿，就两个人，但要了"四大四小"（菜肴），这让朱东润惊讶于这"一桌不菲的席面"，其实，人家可能是一片好意，想为他接风洗尘，但过惯了清贫生活的他如何习惯这般奢侈。饭后，那位青年又同他聊天，大概也没有什么好聊的，就聊起了南京的娱乐，"话题落到看戏。最后说到准备给一位女演员赋两首律诗，问我能不能和一下。也许我这个人有些大惊小怪，在革命中心，听到作诗去捧一个女演员，这还不稀奇吗？稀奇的事还多呢，不久以后，有人指给我看在那座接待室里，蒋介石招待电影女明星；又有人给我说狄秘书和秦淮歌妓小金凤怎样要好。革命就是这样的革法，我这个中学教师真是开了一番眼界"（《朱东润自传》）。

朱东润原以为到了南京是来革命的，为革命政府效力的，哪知道情况并不如他所想，他感到自己完全是局外人，对世事近乎于幼稚。"这一年7月间，南京城里真是熙熙攘攘，过着太平的岁月……阴沟一样的秦淮河，在散文家朱自清的笔下是'桨声灯影里的秦淮河'。一般的女士们，头发久已剪短了，脂粉还是不能没有的。尤其在政府机关，有了这样的女同事，那时粉香四溢，格里罗嗦的字句变得清真雅正，东倒西歪的书法也变得笔飞墨舞了。"（《朱东润自传》）

朱东润对这样的"太平的岁月"却是如坐针毡，他认为自己不是搞政治的料,而他的周围不过是"一批没有脊骨的政治贩子",所以他在南京待了八十天后便再也待不下去了,他把刚刚领到不久的国民党党证"扔在转角楼对面的屋脊上,由它风吹雨打,作为我这八十日生活的见证"。

从此以后,朱东润再也没有跟政治打过交道,一心只做学问,安心当好教书匠。他后来在"文革"中经历了"非人磨难",却以83岁高龄要求入党,其实他只是想给过去的苦难正名,只是这样的正名还多少有些天真的成分。

二

武汉大学到了乐山后,当地人把里面的人称为"中央人"。"中央人"包含了些特权的意思,这首先体现在经济收入上的优越,当时武汉大学的教授,男的每月拿一千元,女的拿八百,其他职员薪水也不菲。

乐山地处川南大后方,当时的生活水平是非常低的。叶圣陶是1938年10月29日到的乐山,与朱东润到的时间相差不过两个多月,他到了后发现此地生活舒适,"大约吃食方面,一个月六十元绰绰有余矣"(叶圣陶《嘉沪通信》)。消费与收入的巨大差异,让人不得不费心思去为他们理财,所以上海的银行都跑到乐山来了,恨不得让钱多得在当地没法消受的"中央人"把钱都存在银行里。叶圣陶曾在给朋友的信中写道:"大学教师任课之少,而取酬高出一般水准,实同劫掠。于往出纳课取钱时,弟颇有愧意,自思我何劳而受此也!"

当地人眼巴巴地望着这些外来者，不知道这个小城到底还要发生什么事情。殊不知物价也随之往上抬，其实是"中央人"打破了当地的生活秩序，对老百姓的消费形成了挤压。后来，乐山的物价高涨起来以后，通货膨胀，钱是真的不值钱了，教授们很快就感到了生活的压迫，但这是后话了。但对于可观的收入来说，朱东润显然还是看重的，尽管为了这份高薪他付出了妻离子别的代价，"自从二十七年离别家庭，到达乐山以来，二十八年的冬季泰兴便沦陷了，全家在沦亡的境地挣扎，只有我在这数千里外的大后方。路途是这样远，交通是这样不方便，一家八口谈不到挈同入川，自己也没有重回沦陷区的意志。有时通信都很困难，甚至三两个月得不到一些音耗"（朱东润《张居正大传》序）。

朱东润与新到校任课的叶圣陶关系不错，也许是叶圣陶也没有什么特殊关系（也是陈西滢推荐来的），同他一样不介入任何内部斗争的缘故。但在大学里面，教授也是分成了三六九等的，一些学究们也是要讲出身与血统的，像叶圣陶这样的教授虽然在外面的名声很大，但进了学校就完全不同了。而有些人可能也并没有什么真本事，但他们认为写几本白话小说算不得什么，倘若没有些研究诸如经、史、子、集之类的东西是登不了大雅之堂的。所以，叶圣陶在武汉大学多少被那些科班出身、沾过洋墨水的人瞧不起；出身低微常常为人诟病，连他在讲课时的"苏州腔"也常常被人调侃，被说成是"期期艾艾"，成为了别人打小报告的罪名。于是叶圣陶与朱东润便被调去完成"苦差事"：为新生开语文补习班，一人顶一班。不过，这般处境也让两人成了朋友，朱东

我/们/的/小/城

润心里是站在叶圣陶一边的,他觉得那些自命不凡的人其实不过是马粪皮面光而已。

在乐山的一段时间里,朱东润与叶圣陶都住在乐山城北的竹公溪,他们两家对河而住,"水浅的时候,踏着河床乱石就可以过去了"。这条竹公溪其实只是穿过乐山城区的一条小河,唐代女诗人薛涛曾经盘桓在此,所以并非是一条莽撞的野水,且两边也不乏美景入目,叶圣陶之子叶至诚就曾回忆道:

"一天,父亲和朱东润先生出去。通常的走法,总是出篱笆门左转,沿竹公溪边的小路到岔路口,下一个小土坡,从沙石条架成的张公桥跨过溪水,对岸不远的竹林间有个十来户人家的小镇,有茶馆可以歇脚。这一天,他们改变了路线,到岔路口不下土坡,傍着左手边的山脚,顺山路继续向前,乐山的山岩呈赭红色,山岩上矮树杂草野藤,一片青翠,父亲有过'翠丹崖为近邻'的诗句。山路曲曲弯弯,略有起伏;经过一个河谷,也有石板小桥架在溪上,只因远离人家,桥下潺潺的溪水,仿佛分外清澈。望着这并非常见的景物,朱先生感叹地说:'柳宗元在永州见到的,无非就是这般的景色吧!他观察细致又写得真切,成了千古流传的好文章!'父亲很赞赏朱先生这番话,将其写在他当天的日记里。"(叶至诚《旅伴》)

实际上，竹公溪虽然只有几米宽，却也有不少野趣，且不说它在四季中的喧嚣与静谧让人沉浸，就是过去在河里捞点小鱼小虾也充满了自然之乐，那绝对是佐餐下酒的好东西。王世襄当年曾写道："瓜脆枣酡怀蓟国，橙黄橘绿数嘉州。"但王世襄的情趣不见得朱东润就有，他会不会挽着裤腿去汉水摸鱼就是个问号，因为朱东润当时可能根本就没有这份闲情逸致，好在竹公溪与市尘隔绝，相比人际关系复杂的校园，这里不失为一个清净之地。

武汉大学的派系争斗是有渊源的，诸如"欧美系""武高系""东南系""本地系"等，早年闻一多先生在武大短暂任教，并很快离去就是因为"沾不上边，应付不了"（俞润泉《闻一多与武大》）。当时武大虽然西迁到了偏于一隅的小地方，但里面的斗争从来没有中断过，朱东润与叶圣陶在乐山武汉大学同属被排挤的对象，但可能是由于两人的性格风格迥然有别，所以在对事的态度上也不尽相同。叶圣陶要散淡、洒脱一些，他认为大可不必在一个小塘里折腾，在乐山待了两年多时间后便去了成都，告别了那些正斗得如火如荼的"湘军"和"淮军"。朱东润本来也可以走的，但他坚持留了下来，他仍然不甘离开这个勾心斗角之地，他甚至决断地认为"斗争就斗争吧。这虽然不是我的要求，但是我也无法拒绝"。

他为什么要这样做呢？其实他当时的选择是很多的，比如可以到三台县的东北大学去，或者到贵阳师范学院去，也可以到西北大学去，都是去当系主任，比在武汉大学的待遇好。但他最终是哪里都没有去，由此看到一个人的较真，但朱东润不无自嘲地说:"真想不到我把妻室和七个子女留在沦陷区,走到七千里外的武大中文系独力作战,对付这高高在上的'金德孟'王星拱校长,和刘系主任。"(《朱东润自传》)当时,他也可以到南京的中央大学去,跟他颇为熟悉的陈柱尊在那里当校长,只要他愿意随时都可以去,只需一纸信函,况且南京离他的家乡泰兴非常近。但朱东润有立场,他不可能去沦陷区做文化汉奸,被人唾骂。他非常明白,"无论如何,只要敌人和汉奸在南京和泰兴,我是不会回家的。一年、两年、三年,甚至更长更远的时间,我一定要坚持下去,也一定能够坚持下去"。朱东润做到了这点,直到抗战胜利后,他才到了南京去教书,而他整整在乐山待了三年零七个月时间,说他坚守了知识分子的气节也好,说他愚古不化也好都能找到理由。所以,在乐山武汉大学的几年里让他感慨良多,在离开乐山的时候,他专门写了一首诗:"披发只今多拓落,蓑衣何处太荒唐;风和帆饱樯乌动,剩与嘉州伴夕阳。"所有的校园斗争都瞬间化解了,只余一声"太荒唐",朱东润感慨之极,在乐山教书的这一阶段可以说是他人生的苦闷期。

三

通过那场旷日持久的校园斗争,也能够看到朱东润性格中的幽暗之处。他与他的那些上司和同事们不认同、不妥协、互不买账,从正面讲,是对某种理想情怀的坚守,从文化性格来讲,也是知识分子固有的"文人相轻"心理作祟。武汉大学素有"湘淮之争",朱东润前面所讲的"刘系主任"就是指的刘博平,此人一生都在"小学"中苦下音韵词义的功夫，自视为国学门类中之正宗，所以在刘博平看来，朱东润的学问不过是"半壶水""半路出家"，不值一提；当然，朱东润也不理会刘博平，特别是在西学东渐的境况下，他们代表的是新学问，胡适就说了嘛，文学必须改良，这是大势所趋，那些只会在故纸堆里洋洋自得的陈词滥调为新派学人不屑。

当时的文学院院长刘永济也是搞传统学术的，他是湖南人，自然是"湘军"中的一员大将，但刘永济的学问也非俗流，在词学研究方面功底深厚，在他留下的二百有余阕词当中，确实不乏佳作，如"等是虚空无著处，人生何必江南住"等，而刘永济与"寅恪、雨僧"二翁私交甚密，自然不把朱东润放在眼里。

1940年的一天，刘永济见到屋檐下的豆架初成，触景生情，写了一阕《鹧鸪天》："岁序潜移悄自惊，江村物色又全更。蚕初作茧桑都老，豆欲行藤架已成。云易幻，水难停，百年销得几荟腾。疏棂小几茫茫坐，翻尽残书眼瞥生。"词中的洒脱与性情，完全不见红尘中的蝇营狗苟。但生活好像并非如此，走出豆架便是另一番景象，乐山武大里明争暗斗从来没有间断过，哪怕是在最为艰苦的抗战时期。那时，由于生活的贫困，刘博平和刘永济还因为经济拮据在乐山大街上卖过字画。大家都过着苦日子，但就没有人愿意放下面子，以宽容的姿态对待周围的人和事，派别中的双方都在温文尔雅的面目之下，剑拔弩张地斗得你死我活，人性的复杂可见一斑。

当时还是武汉大学青年教师的程千帆曾回忆道：

"武汉大学才办的时候,文学院是闻一多当院长,后来他走了,就是陈源(陈西滢)当院长。但中文系主任是刘博平先生,一来他是湖北人,二来他是黄季刚先生的大弟子,有学术地位。所以陈源尽管当院长,也不能动他。陈源是胡适他们一派的,中文系像刘永济先生、谭戒甫先生、徐天闵先生、刘异先生,都是旧学一派。还有朱东润先生,和陈源是同学,他们一起到英国去留学。陈源大概有钱,就一直读完,朱先生比较穷,没有读完就回来了。后来还是陈源介绍他到武汉大学教书,他和刘博平先生、刘永济先生搞不好,并不是两位刘先生对朱东润先生有意见,主要是他们对陈源有意见。"
(程千帆《劳生志略》)

在程千帆的眼里,刘博平和刘永济是值得尊敬的前辈,朱东润与他也过从无隙,他不参与,不介入,所以大家相安无事。其实这里面恐怕有个根本的问题,就是程千帆还是一个年轻人,疏于世故,当然也还不具备与他人平起平坐的资历。

当年的大学,在一般人的眼里是传道、授业、解惑的地方,大学教授也是饱有诗书之辈,但殊不知教授也是人,在很多时候同一般人没有区别。当然,普通人在勾心斗角上肯定是难以企及的,因为他们不懂皮里阳秋,更不懂春秋笔法。程千帆的回忆中就留下过当年的一段龌龊:

"徐哲东（震）先生，是太炎先生的弟子，常州人，讲公羊学，又讲韩柳文。徐哲东先生应聘到武大，人还没有来，要开学了，博平先生是系主任，就替徐先生开列了一些课，其中有一门课是传记文学研究，这是当时教育部选课的课程。徐先生到了以后，看到这个课表说，我以前没有教过这个课，是不是暂时开别的课代替。他同刘先生商量后，就决定开个韩柳文研究，因为他原先在中央大学教这个课，中央大学的《文艺丛刊》里面还有他的《韩集诠订》这样的专门著作发表。朱东润先生就开玩笑，写了一篇杂文，投到当时重庆的一个刊物叫作《星期评论》上发表，是国立编译馆馆长刘英士编的，刘同我也有点来往，我在那里投过稿。他后来在南京办《图书评论》，我也发表过文章。朱先生的杂文说，大学里面也很特殊，传记文学怎么开出韩柳文研究来了？是不是把讲《郭橐驼传》和《永州八记》变成了传记研究？徐先生看到后很生气，说：他的嘴巴很巧，我可不会讲，但是我会打。我要打他，我打的人不是我治还治不好。东润先生就很狼狈。那时教室旁边有个教员休息室，两课之间可以在里面休息。只要哲东先生在里面，东润先生就不敢进去。"（程千帆《劳生志略》）

程千帆还说了句"东润先生可不敢把这件事情写进他的《自传》里"，此话实在有些嘲讽意味，但从文人相恶这件事情上看，

我/们/的/小/城

武大的派别之争从来就没有停止过。在抗战的大时代氛围下，小环境的龌龊不断，大概是知识分子的通病，但在乐山期间，朱东润开始了他一生中最为重要的著作——《张居正大传》的写作。

1941年秋天，那是朱东润最为彷徨的一段日子，他就在这秘而不宣的岁月里开始了长达三年的艰苦写作，但他的内心装着一台大戏，他已经为里面的每一个人物化好了妆，准备粉墨登台，这时的朱东润在下笔的冲动中感到了灰暗生命里的一丝喧嚣。乱世之中写乱世，这样的写作本身就是一个巨大的隐喻。

《张居正大传》一开头，就为我们拉开了一幅乱世的序幕：朝室倾轧，血光冲天，马蹄声急……而张居正便是在这样的乱世中登场的：

"居正出生的时候，明室已经中衰了：太祖、成祖的武功没有了，仁宗、宣宗的文治也没有了，接后便是正统十四年英宗出征，不幸恰被鞑靼人包围，大军数十万遇到歼灭的命运，连皇帝也成俘虏。在这个困难的阶段，幸亏于谦出来，拥立景帝，支持了当日的天下……（那个时代）整个政治的提示是偏执与专制，大臣常有的机遇是廷杖与杀戮。因此到处都是谄谀逢迎的风气。政治的措施只能加速全社会的腐化和动摇。这是张居正出生的时代。"（朱东润《张居正大传》）

朱东润为什么要选张居正这样一个人物来作为传主呢？因为

这是一个挽危于既倒的功臣，他整顿内政，抵抗外侮，让垂危的明王朝延长了七十二年。他写这本书的时候正是抗战进入最为艰难的时期，这本书在出版后是起到了一定的现实作用的。另一方面，张居正在打击贪官污吏、刁生劣监上也显出了英雄本色，这是朱东润在借张居正表现自己的政治文化见解，在那个特殊的时代下，不难看出他在现实困境中的角色认同和理想主义情怀。对于这本书的写作动因，他自己也说得很明，"倘使大家记得一九四三年正是日寇深入中国，在侵占了东北四省，更占领华北、华东、华南、华中而后，他的魔掌准备一举打通平汉铁道、粤汉铁道，席卷广西、贵州，从而把整个中国扼杀在四川、云南和西北，那么对于内安中国、外攘强寇的张居正和他的时代，必然会有一个不同的看法"（朱东润《遗远集叙录》）。但除了现实意义以外，朱东润如此沉迷在历史中演绎跌宕起伏的斗争场面，是不是多少也在寻找逼仄环境下的精神突围？

朱东润在写书的过程中忍受着生活和精神的双重煎熬，其写作环境是相当艰苦的："日减一日的是体重，日增一日的是白发。捉襟见肘、抉履穿踵的日子，总算及身体会到。住的是半间幽暗的斗室，下午四时以后便要焚膏继晷。偶然一阵暴雨，在北墙打开一个窟窿，光通一线，如获至宝，但是逢着寒风料峭、阴雨飞溅的时候，只得以围巾覆臂，对着昏昏欲睡的灯光，执笔疾书。这些只是物质的环境，对于精神，原算不到什么打击。然而也尽有康庄化为荆棘的时候，只得把一腔心绪，完全埋进故纸堆里去。这本书便是这种生活的成绩。"（朱东润《张居正大传》序）

我/们/的/小/城

笔者读过不少关于乐山武大时期（1938—1946）的回忆文章，作者如叶圣陶、袁昌英、苏雪林、凌叔华、钱歌川等，文章中有不少关于乐山生活的片段，辛酸苦辣，林林总总，但都没有直接记录校园中不太光彩的事情。客观讲，人与人的矛盾时时存在，文字中大可不必再去斤斤计较，人性中的丑陋常常为人避之不及，在钱钟书的《围城》中，方鸿渐、赵辛楣、李梅亭、高松年等人在"三闾大学"中的明争暗斗，其实在乐山武大中也一样是存在的，甚至可以说就是一个翻版。学校表面看上去平静，但人心的动荡远远难有凌叔华在乐山写的"浩劫余生草木亲，看山终日不忧贫"的那份悠闲从容。在当年的武大学生留下的回忆录中，齐邦媛的《巨流河》、杨静远的《让庐日记》、吴鲁芹《暮云集》等中都留下了不少当年的记述。后来我又看过很多期台湾武大同学会编的《珞珈》杂志，内容更多的是艰苦学生生活中求知问学及青春岁月中的友情和爱情，总体来说他们对那段生活都是缅怀的、一往情深的。但在朱东润的回忆中则相反，可以说是苦涩的、不堪回首的，甚至还多少带着点憎恨和厌恶。

但朱东润究竟是怎样一个人呢？据他的亲友学生回忆，他固执、刻薄，不苟言笑，郭沫若曾挖苦过他是"资产阶级怪教授"。但是，这"怪"中也有真，朱东润是个较真的人，真实得有些小肚鸡肠，仿佛处世之道他全然不懂，以至于落落寡欢。另一方面，朱东润又很自信，非常看重自己的学问，认为他的传记文学是开创性的，在中国无人能比。在乐山的三年多时间中，他笔耕不辍，完成了一生中最为重要的作品《张居正大传》，并毫不客气地称之堪与《约翰逊传》和《贝多芬传》相提并论,但他不知道这会引来同行的嫉妒和讥讽,誉随谤生就是这个道理。

文学上的成就并没有为朱东润带来多少欣喜,有人会在大谈创作经验的时候或多或少去美化自己,他却不想在读者面前讨巧卖乖,他甚至认为"著书只是一种痛苦的经验"。他说:"有的人底著作,充满愉快的情绪,我们谈到的时候,好像看见他那种悠然心得,挥洒自如的神态。对于我,便全然两样。我只觉得是一份繁重的工作……生活是不断地压迫着,工作也是不断地压迫着。"(朱东润《张居正大传》序)

其实,在朱东润的心中不乏温情的东西,比如他在后来写过一本叫《李方舟传》的书,这是他专门写给他妻子邹莲舫的。这是一部很特殊的书,朱东润与邹莲舫是包办婚姻,邹莲舫是个地地道道的乡村妇女,没有文化,但勤劳贤惠,李方舟是邹莲舫的化名。丈夫写妻子的书在明清时期早有先例,如冒辟疆《影梅庵忆语》笔下的董小宛,但朱东润的《李方舟传》完全不一样,它是"中国传记史上少有的一部为中国普通家庭妇女著书立说的作品",绝非文人的风月之作。应该承认,在这本书的字里行间流淌着真挚的爱,这跟其他人眼里满身是刺的朱东润有很大的差异,朱东润破例地在著作中为自己开了回"小灶",硬生生地在帝王将相的传记系列中挤进了一个小人物,为此他是这样为自己辩解的:"在下州小邑、穷乡僻壤中,田父野老、痴男怨女底生活,都是传叙文学底题目。"(朱东润《遗远集叙录》)

其实,在我看来,《李方舟传》这部作品算不得上乘之作,原因就在于朱东润把一个回忆录当成了传记，文体的考虑上欠妥，落下了为人诟病的依据，但从文化心理上看，实则是他的任性和自负再一次显现。对于处理传记题材轻车熟路的朱东润来讲，妻子的美德大可一写，但是否作为一个历史人物就值得一议，小人物的生活有足够多的文学表现方式，树碑立传相反不符合他们的性格角色。《李方舟传》尽管知音寥寥，反响不大，但这部作品的暖意来自那个冷峻的乱世，这不能不说是个意外的收获。

　　《李方舟传》的可贵还在于，李方舟既非董小宛，也非柳如是，千古风流与她无涉，她只是一个善良勤俭的民妇，而朱东润借她来表达了对这个世界的不认同。文学与现实有时可以水乳交融，有时也可以势不两立，作为一个独立于乱世的书写者，他做到了。

云　豹

同仁堂

　　罗二哥的茶馆开在四望关码头上，名字叫同仁堂。这可不是卖药的那个同仁堂，乃是岷江边仁字辈袍哥人家的名号。

　　但罗二哥早已退出了江湖，过去他是跳老海的，如今他只开茶馆，道上的事情早已不再过问，只是当年的舵把子何海清对他说，既然洗手不干了，你就去开个茶馆，顺手就给了他五十块大洋，其实就是打点他的后半生。罗二哥知道感恩，就将茶馆的名字叫了同仁堂，当然，有了这三个字，没有人敢来惹事，扒手翘杆都绕着走。

　　罗二哥的名字叫罗瑞华，但很少有人知道他的真名，可能是这个名字不配他，或者说他不配这个名字。他走路微微有点瘸，这是十多年前被刀砍留下的，幸好那次打斗中他在绑腿上插了把匕首，那刀砍下去的时候，噹的一声，匕首断成了两截，扎在肉里，但骨头没有被砍断，便成了现在这个样子。

　　瘸也就瘸了，没有什么大不了，现在他吃的是安生饭，不用提着脑袋耍。何况这瘸也并非都是坏事，虽然走路一踮一踮的，但倒茶的时候手臂不动，屁股轻轻一抬，力在脚尖上，水落茶碗，不掉一滴，人们都知道罗二哥倒茶算得一绝。

我/们/的/小/城

　　同仁堂的口岸好，到罗二哥那里喝茶的人多。天不亮，刚一取门板就有茶客进来，这些人都是年纪大起得早的、打了一宿牌的、逛了窑子的、吃了大烟的，反正也睡不着，就来清积了一夜的浓痰，他们要把肠子喝烫了，眼屎搓干净了才回家。他们走后，第二拨茶客才来，各色人等，闹闹嚷嚷，要到二更才打烊。

　　罗二哥的茶馆只请了两个人，一个是有眼疾的张瞎儿，他负责烧水、洗茶碗，虽然眼睛不好，但壶里的动静，他一听就知道。一般人可能不知道，这烧水也是很讲究的，水要烧得恰到好处，泡茶才好；若是欠点火候，就有生臭味，而水烧过了，则有股煳味，口感大受影响，这点上张瞎儿拿捏得很准，茶客爱喝他烧的水。另外一个伙计是他乡下大哥的儿子，这孩子年龄不大，但听话，有把蛮力气，每天天还没有亮就到河边挑水，要把大石缸装满。罗二哥说，好好干，等满了十六岁我就给你说门子亲。

　　罗二哥已经是五十多岁的人，但一直没有老婆，像他有过那种经历的人，正经女人不会跟他过日子。以前，罗二哥跟一个过气的戏子好过几年，他在江湖上走惯了，从来没有想过要娶老婆，而她在铺盖窝里给他咿呀了一段，罗二哥就动了心，第二天就到宝庆街上给她打了副金耳环。

　　但后来事情又发生了变化。有一年，刘文辉的21军被刘湘的24军打退到西昌一带，桥镇是个后撤通道，那段时间桥镇上到处是散落的军人，那个女人不知怎么就跟一个比她小七八岁的连长勾搭上了。后来，女人就对罗二哥谎称她要回老家，第二天梳理得妖妖艳艳走了，再也没有回来。不用说，她是跟着那个男人跑了，但等罗二哥反应过来已经是一个月后，有人便看见他提着一支驳壳枪在河边连扣了三枪。

这事过了几年后他就彻底把它忘了，就像他过去经历过的其他事一样。有一年，有个人告诉罗二哥一个消息，说是在黄龙溪又见到了那个唱戏的女人，如今跟镇江寺的一个和尚过活，当年的那个连长早把她抛弃了。带信的那个人便问罗二哥去不去找她，罗二哥没有回答，只是将桌上的一碗茶泼了出去，那个人站起来就走了。

在罗二哥的同仁堂里喝茶的什么人都有，三教九流不说，省上来的视学、进凉山考察的学者、从大洋那边坐邮轮来的洋人、去成都春熙路摆台的戏班都在他那里歇过脚、喝过茶，所以，跟其他茶馆相比，同仁堂又不太一样，它就像岷江边上的一个回水沱，鱼呀虾呀都裹了进来，说它藏污纳垢也好，说它藏龙卧虎也好，反正那里面装着好多的故事。

就单说一个吧。

当年四川省政府主席王陵基被捉，一队军人押着他经过桥镇码头时，他说要喝水，就是罗二哥亲自提着一壶水去的。他罗二哥几时见过这样的大人物，当时王陵基连喝了两碗水，才抬起头来叹了一口气。罗二哥也感慨呀，连王大爷都落得如此下场，那是当年何等威风的人啊，幸亏自己脱得早，不然现在早就不知死到哪河水里去了。

不过，这事情也有些奇怪，为什么王陵基到了这里要喝水？为什么又是让罗二哥去送水？这又成为了摆不完的龙门阵，茶馆永远都需要故事,而同仁堂里又什么时候缺少过故事呢。

那就再说一个吧。

说的是那么一天,桥镇上日子如常,安静得像贺家大院门口那只永远装满水的太平缸。这时,只见一个十一二岁的孩子,突然上气不接下气地冲到同仁堂里来,大声叫道:"山上有豹子!山上有豹子!"

当时,茶馆里的人正在各自喝茶,高谈阔论,这一喊,让不少人都站了起来。山上有豹子这可是稀奇事情,但那么小的山也出豹子?也许过去有,这山上在汉代还有蛮洞野人呢,但现在是民国了,枪炮一响,连世道都乱了,它们还不早躲到大山里去了。

罗二哥在同几个人打字牌,连头都没有抬一下。

既然罗二哥那么镇定,大家又纷纷坐了下来。他们想,你个小狗日的,见过豹子长啥样吗?就算有豹子,还不把你娃头一口给你嚼碎了。

这孩子分明就是来找罗二哥的,他很快就冲到了罗二哥的跟前。

可罗二哥并不认识他。这是谁家的捣蛋鬼呢?他在脑子里努力搜索。

"山上有豹子,罗二爷,山上真的有豹子!"这个孩子满头大汗,可能是由于紧张,鼻血都流了出来,扯了半张擦屁股的草纸塞着。

"这山上能有豹子?"罗二哥略略抬了下头,就望见了那座小山。

"有,狗才骗你。"孩子塞着的鼻子瓮声瓮气。

罗二哥就笑了。

"是个猹子吧。"

"豹子,是孙教授说的。"

"孙教授?"

孩子点了点头。

孙教授

孙教授,天津人,是个留美的博士,学问大得在桥镇找不到一个人可以抵其一二,当然,在中国也找不到几个。他是抗战后随黄海化工研究社迁到桥镇来的,有人说他是搞炸药的大专家,那些炸药要用到战场上炸日本鬼子,所以孙教授在桥镇非常受人尊敬,没有人不知道他。

孙教授也到同仁堂喝过茶,那是同几个跟他一样看起来高深莫测的人在一起聊天。他一去,人们便尖着耳朵听他们说话。因为他们谈的才是国家大事,也只有他们知道这个国家还有没有救呢。

但孙教授话不多,常常独自抽烟斗,用火柴点塞在烟斗里的烟丝,但他点烟的动作都让人感到新奇。你说怪不怪,孙教授其实长得很平常的,戴副眼镜,外表和和气气,但他像一件什么稀奇的古董被人打量。要是他一上街,桥镇上的人准会叽叽咕咕地议论上半天,其实桥镇的人也并非完全没有见过世面,要说吧,李白、苏东坡都从桥镇走过,还留下过诗句,但在那个年头,写诗的哪有把日本人炸得死的厉害呢。

　　桥镇人也爱国,孙教授被桥镇小学请去讲过一次课,就讲的是爱国的事情。他端坐在台子上,告诉孩子们一定要好好学习,成为有用之才,为中国人争口气,让我们的民族不要再为外强欺辱。就在这次讲演会上,跑去告诉罗二哥山上有豹子的那个孩子就坐在里面,他听得非常认真,想长大后也要当孙教授一样有学问又爱国的人。

　　孙教授住在一个租来的地主院子里,那个院子正好在桥镇山脚边上。山叫菩提山,是座很小的山,但林木葱茏,每天小鸟从他的屋顶飞来飞去,有时还顺便把他院子里的那棵桃树摇几下。所以孙教授也像每天要去看看那些小鸟一样,他会在吃完晚饭后,慢慢沿着山路去走一遍。

　　那天,对了,那时已经是初秋。他在出门前专门拿了件衣服在手上,以防着凉。孙教授对山路是非常熟悉的,他来桥镇后不久就发现这是个好去处,工作了一天,去山上走走确能减除劳顿,让身心舒畅。

　　他一路走着,听着鸟儿的叫声。他喜欢听它们的叫声。

　　实际上,久而久之,孙教授都分辨得出是些什么鸟在鸣叫,比如杜鹃、黄鹂、山雀,还是布谷,甚至他还能分辨鸣叫的是昨天的那只,是年老的那只,还是年幼的那只,他的耳朵里好像也装着学问呢。

　　桥镇山上有两种鸟特别有意思,一种叫山和尚,一种叫雨道士,都是当地人喊的俗名。

云 豹

　　山和尚是个大圆头，头顶有块白；雨道士有修长的黑羽毛，像蓑衣一样。可能是有些神奇吧，孙教授也爱在林中去寻找它们的踪影，他甚至还在他的日记里写过与它们相遇的经历，他写到：真有意思呀，菩提山上有佛，还有两种修道的鸟，一种叫山和尚，一种叫雨道士。

　　其实，在想着它们的时候，孙教授也感受到了某种禅意。

　　这样想的时候，他就坐了下来，盘着腿，像是要打坐。其实他从来不吃斋念佛，他是搞科学的，脑袋里装的是瓶瓶罐罐和分子式，只是缠来绕去，想借点鸟叫来静心。

　　就在这个时候，他听见背后有点异样的声音。

　　孙教授回过头，才惊讶地发现自己坐在一个山洞口，那洞不小，比过去僰人住的蛮洞还大。这洞是怎么回事他来不及细想，但为什么坐在一个洞口居然没有发现，孙教授显然有些迷惑。是呀，他刚才是在想那两种鸟啊，对了，也想了下制碱的某个工艺环节，他常常会跳到这个上面来，是呀，他们几次做的试验仍存在不少有待改进的地方，大家都没有主意呢。

　　可能是自己太过专注了，忘记了周围的情况。这样一想，孙教授就转回了头。

　　他又听见了一个声音。

　　是蝙蝠擦着了岩壁的声音吗？不像，是野兔跳进洞中的声音吗？更不像，但洞里肯定有什么东西在动。孙教授再度将头转了过去，就在那一刹那，他的眼睛被两团光射住了。这一射，脑子里的鸟啊、碱啊全飞了。

他迅速转过头,想跑。

孙教授毕竟是有大学问的人,非常理性,他告诉自己千万不能慌张。尽管他紧张得像连接在制碱罐上剧烈振动的输送泵,但他却像菩提山上的佛像一样一动不动。

四周静悄悄的,他的耳膜在隐隐作痛,仿佛被那两团光点燃烧着了。

大概过了两分钟,并没有发现其他的声音,孙教授才轻轻地移动着颈子,将眼睛再度朝洞中望去。奇怪的是,这次他并没有发现亮光,那两团光消失了。

他悄悄撑起身子,慢慢地移动,但眼睛一刻也不敢离开山洞。大概走了十多米,他躲在了一块巨石的背后,大喘了一摊气。就在这一过程中,孙教授又看到了那两团光在洞中出现,他马上意识到,这是一头猛物,那光是它的眼睛在闪烁。但此时的他比之前好得多了,面前的巨石简直成了他的观赏台,他可以躲藏起来游刃有余地观察洞中的一切情况。

其实,孙教授在完整地看到一头漂亮的云豹走出洞中的时候,他完全惊呆了。是的,那是一头云豹,个头比老虎小一半,但金黄色的云斑在夕阳下分外夺目,它的瞳孔中发出一种奇异的光。

此刻,孙教授已经忘记了自己,因为他看到了一幅惊心动魄的美景。

云豹走出山洞,却并没有走远,它在洞前踱来踱去,看得出它有些焦虑。是的,它的焦虑也都被孙教授看出来了。云豹在想，到底是走，还是继续留在洞中？在这个黄昏的时候，孙教授也在想，它从哪里来，要往哪里去？如果可能，他们应该放弃人类与动物的隔阂，坐在一起，商量一下未来的道路。但这是不可能的，孙教授心中竟然产生了一种近乎于绝望的同情和怜悯，他不知道世界为什么会设置如此的困境。

大概几分钟后，云豹回到了洞中，再也没有出来，而秋天的薄暮已经把刚才的一幕遮住了，天色像一块越来越黑的布帘。

当天，孙教授回到家中后一言不发，他把看到的一切全部写到了他的日记里。

第二天一大早他就去了嘉定，坐上水上飞机到了重庆，又在后面的两天里到达了香港。是的，侯德榜在那里等着他，准备进行第四次制碱技术的试验。

杀　豹

山上有豹子的消息是孙教授的夫人赵大嫂传出来的。

赵大嫂没有什么文化，小时候只读过几年书，没有人会相信她是孙教授的太太。但是，她就是孙教授的太太，她同孙教授是青梅竹马，孙教授在留洋之前娶了她，回来后一直带着她，没有当陈世美。而且两人关系好得不得了，孙教授说我在外挣钱，你在家把几个孩子带好。他们的日子真的是和和美美，不像那些有点文化的夫妻，总有点装模作样。

赵大嫂性情好，典型的北方女人，成天乐呵呵的，邻居们都喜欢她。她每天的事情就是买菜煮饭、缝缝补补、打扫房间，等着她的先生回家。当然，闲暇的时间她也同院子里的妇人聊天，人家都不当她是大科学家的夫人，只当她是邻里大嫂。

那天，孙教授一大早就走了，后来赵大嫂去擦书桌的时候，无意间瞟了一眼他的日记本。一般来说，她是不会看孙教授的日记的，主要是看不懂，那上面大多记的是孙教授每天的工作情况和科研心得。

但那天，她就看到了豹子，不知道为什么，豹子那两个字就跳进了她的眼里。

丈夫的日记里记下他看见了豹子，地点就在山后，那个地方离他们住的院子距离不到一里地。赵大嫂当时吓得叫了一声，便急忙冲了出去，去找她的三个孩子。

还好，他们都在，最大的那个男孩正准备去上学。赵大嫂连忙拉住他，说山上有豹子，今天就别去念书了。

消息就传了出去。

孙教授的儿子是瓦片儿的同学，瓦片儿是绰号，他就是那个去找罗二哥的孩子。

瓦片儿为什么要去找罗二哥呢？他看见过罗二哥的那把驳壳枪，罗二哥咚咚咚往水里敲的三下，让瓦片儿看到了。每次从同仁堂走过的时候，他就要望几眼罗二哥，想这个瘸腿男人居然有把枪，他扣枪的时候居然是如此威风凛凛。

那天，罗二哥对站在他面前的瓦片儿说："走，跟我去拿枪！"当时，他唰地站了起来，把手中的纸牌一扔，说，"老子这把是大胡！"

云 豹

大胡都不要了，原因只是孙教授这三个字。

瓦片儿就跟着罗二哥走了，像个小英雄一样。

但等罗二哥从屋子走出来的时候，瓦片儿却有些失望，罗二哥手里捏着的是杆猎枪。

"山上的是豹子。"瓦片儿说完，赶紧低下了头。

"哦，等着。"

罗二哥转身又回到了屋子里，出来的时候，他摊开右手，上面放着一颗铁坠子，这是打兔子、獐子、野鹿、黄鼠狼之类最好的东西，比铁砂管用，一枪撂倒。

瓦片儿嘟哝了一句，"罗二爷，你的那把枪呢？"

"哪把？"

"那把。"

"你怎么知道的？"罗二哥凶光一闪。

"那次你在水边打了三枪。"

"呸，你狗日的！不许乱讲。"

"我知道。"

过了会儿，罗二哥才对瓦片儿说，"不怕，我还带了把刀。"

他提了提裤腿，里面插了把刀。他是吃过那碗饭的。

在上山的路上，瓦片儿给罗二哥指那个山洞的位置，走到还有几百米的地方，罗二哥停了下来，让瓦片儿找个地方藏着。

"听着，要是听见了枪响，你就往山下跑，去喊人来。"

"我现在就去喊人。"

"又不是围狼，人多坏事。"

我/们/的/小/城

说完，罗二哥就一个人摸了上去。他右手夹着枪，手指扣着扳机，左手拿着一支手电筒，轻轻地往山洞靠。

待走到山洞口的时候，他把身体贴在岩壁上，耳朵细细地听着洞里的声音。

大概过了几分钟，他没有听到任何一点声响。他在想，难道豹子已经跑了？

但罗二哥还不敢轻举妄动，他得再等等。

又过了几分钟，还是没有一点声音。罗二哥想，洞中可能什么也没有，不过是虚惊一场。他提着的心落了下来。

他顺手就打开了手电筒，往洞中照去。

这一照不得了，他猛然一惊，看到一头云豹正卧在洞中，那光正好照在它的眼睛上，让它两眼发虚。而罗二哥瞬间已惊出了一身冷汗。

云豹明显不适应这束强光的照射，它的眼睛试图躲避，身体慢慢从地上站了起来，浑身的毛发仿佛也立了起来。

罗二哥发现这个手电筒太管用了，相当于把豹子罩住了，也就在这时，他的右手已经端起了枪。而豹子明显被光激怒了，它的喉咙里发出了一股低低的咆哮，像掠过林间的野风。就在这一刹那，豹子向光的这头迅速扑了出来。

嘭。

豹子冲了过来，罗二哥本能地扔掉手电筒，嗖地抽出短刀。

但豹子并没有扑向他，而是向山上狂奔而去。

瓦片儿听到枪响后，迅速往山下跑，一路上大声喊道："打死豹子啰,打死豹子啰!"

他像一块从山上滚下来的火炭。

罗二哥捡起枪,重新装上弹药,那一瞬间他有些纳闷,豹子怎么没有来扑他?

山下的人开始向山上涌,桥镇的男人们拿着棍棒跑在前面,杀声四起。

但豹子早已跑得无影无踪。

警察局长

那天夜里下了一场雨。

同仁堂茶馆里坐满了人,他们在听罗二哥摆打豹子的事,一直摆到快三更时辰,最后才意犹未尽地散了。但人们还在想,那头豹子跑到哪里去了呢?

第二天,茶馆照常开业,只是罗二哥的侄儿觉得纳闷,他挑的一缸水不够,又去河边挑了几桶才敷用,而张瞎儿就没有停歇过烧水,几只水壶里一直呼呼冒着热气。来茶馆的人比往天多了一倍,屋子里挤得个满满当当的,其实,人们是来听故事的。

但这显然是个没有结尾的故事,留着好大一个悬念。

不过,正在人们为这个故事感到有头无尾的时候,就有了消息。约摸午饭时分,就有一个农夫急急忙忙跑来告诉罗二哥,说他看到豹子了。罗二哥二话没说,提着枪就跟着他去了山上,这一回跟了好多人,拿刀的拿刀,提棒的提棒,浩浩荡荡。

很快他们就到了一块山坡上,那是一片没有来得及收的苞谷地。走到这里的时候,所有人都停了下来,罗二哥说他先去看看。

大概摸到离苞谷地二十来米远的地方,农夫指着里面说,就在那里!

罗二哥抬头望去,确实看到了豹子,它斑斓的皮毛在那里很显眼。但他一想,不对呀,它怎么会在这里一动不动呢?难道昨天打中它了?

他又朝前走了几步,离那豹子更近了,但豹子没有任何反应。

罗二哥仍然非常小心,他怕豹子万一是睡着了或是只是打伤了,一头扑来,那还得了。

他紧紧地端着枪,慢慢地移过去,在只有几米的地方,枪声又响了。

跟在后面的人群迅速奔了过来,向豹子围去。

但他们发现,这头豹子早已经死了,颈子上有一个洞,昨夜的雨已经把它的血冲洗得干干净净。

抬着豹子下山的情景,不亚于当年武松在景阳冈上打死那头老虎的场面。人们把这头豹子挂在四望关码头上,那里正是桥的一端,平日的过往行人就多,这一来那更是人山人海,两岸争睹。

乘着这当儿,罗二哥回去喝了一碗酒,倒头呼呼大睡。

这一睡就不知有多久,还在梦中,就有人来敲他的门,说警察局有人找他。罗二哥心想,他早已与江湖不相往来,难道还有什么过去结下的梁子没有了?

他就跟了来人去,等走到局子里,只见局长廖楚良在一张大椅上站起身来,满脸堆笑地招呼他坐下。罗二哥想,怪了,他虽然认识这位被当地称为廖老虎的人,但之间从无来往,他们毕竟不是一路人。

廖楚良给他扔了支烟过来。

罗二哥不抽纸烟,但这是局长大人的烟,不好不抽,只好点上。他平时只会抽叶子烟,于是就像叶子烟一样吧嗒了两口,感觉轻飘飘的,不上劲。

"瑞华兄,你的枪法不错嘛。"

他叫他瑞华,倒让罗二哥吃了一惊,他的这个名字要是块铁巴,都早就锈成渣了。

"嘿嘿……好多年没有摸过了。"

"是啊,你老兄过去是出了名的快枪手,瓮得深啊!哈哈哈,我敢说,咱们桥镇能一个人去打豹子的找不出第二个人来……"

罗二哥又一惊,他感到自己说错了话。对方显然对自己的底细了如指掌。

"廖局长,你找我来有什么事情吧?"

"也没有什么事情,就是听说你打死了豹子,独胆英雄,了不起啊!"

是这样,罗二哥才抬头望了眼廖楚良。

之后,他们就谈了关于这次打死豹子中的一些经过。

廖楚良很认真,也很好奇地倾听着,他完全不像是警察局长,这也不像那些令人毛骨悚然的审讯场面,罗二哥对局子里的事情太熟悉了。此刻,他们之间的对话是平等的、友好的,当然也是随意的。甚至在谈到兴奋处,罗二哥还在某些地方刻意加进了一些精彩的细节,因为他看到廖楚良不停地点头、赞许,脸上充满了微笑。

但就在这个时候,廖楚良插了一句嘴:

"对了,瑞华兄,你那豹子骨头怎么处理?"

罗二哥的话就断了,像牙套掉在了地上,一时又摸不到。

哦,原来他惦记着这个。

罗二哥知道,这豹子骨泡酒是好东西,六十岁的老头子喝一口半夜里也会烧得像块烙铁,他是明白人,马上回答道:"我给局长大人送两块来。"

"我倒无所谓,去年朋友送的麝香,还丢在箱子里。你可能不知道,主要是我内人的那个弟弟,开了个练玉堂,想进点药,这老虎、豹子的不好弄,所以看看你卖不卖,我全买了!"

"这个……"

"不过,我廖某绝不强人所难。"

"这个……"

廖楚良又给他扔来一支烟。

"瑞华兄,哪次上山打猎的时候也顺便带上我,子弹算我的。"

走出警察局大门,罗二哥就知道这事情只有按廖楚良的意思办了,不然他的同仁堂还开得下去呀,他廖老虎可不是吃素的。

正走出警察局大门,就看见他侄儿站在门口。罗二哥问:"不看好茶馆,你来干啥子?"

原来是桥镇镇长王方著在茶馆里等他,茶都泡淡了。

罗二哥想,惦记着这头豹子的还不止一个人呢。

镇 长

回到同仁堂茶馆，王方蕃正等着他，他翘着二郎腿，毡帽放在桌子上。

罗二哥赶紧迎了上去，"王镇长，你哥儿也来喝茶？"

"嘿，桥镇哪个不晓得你罗二哥的事情，出大名啰！"

"啥子名不名的，我拿名来捞屁。"

"你看你，这不是你一个人的事，这是我们桥镇的事情！我已经通知嘉定的记者来给你写它一版，这对我们评选模范镇也有好处。对了，人家可能坐船都快到了吧。"

"算啰算啰，我就不掺和你们那些了。"

"罗二哥，上了报，也不要忘了我们这些跑腿的。"

王方蕃拿起毡帽弹了弹。

"哪个敢哦，这茶馆还不是你镇长大人罩到起。"说着，罗二哥就把嘴巴伸到王方蕃的耳朵边上，声音也小了下来，"那张皮我给你大人留着。"

王方蕃会意地点了点头。

走出同仁堂的时候，王方蕃抖了抖长衫，将毡帽戴在头上说，"报纸上好听的话我就替你说了，不用你操心。"

"我把茶馆经营好就对了。"罗二哥搓着手。

"你看你，为民除害，那是烧高香都烧不到的事情嘛。"

王方蕃白了他一眼。

第二天，廖楚良拿走了豹骨，王方蕃拿走了豹皮，罗二哥又用豹胆泡了一缸酒,准备送给何海清,他想的是也只有他哥子才配享用这东西。那天,他到馆子里去包了三桌,请桥镇有脸有面的人来吃了一顿豹子肉,这才把这件事情摆平。

那天晚上,罗二哥喝得有点高,摇摇晃晃走在路上。借着灯光,他突然就看到了瓦片儿,他正在昏黄的灯杆下逮虫子,便把瓦片儿叫到面前说:"鬼娃儿,老子也给你留了点东西呢。"

说完,他从身上摸出个东西出来,递给瓦片儿。

瓦片儿看了半天,翻来覆去地看,才看出是脚爪子,表情有些失望。

"别小看它,晚上蚊子咬了包,用豹爪子刮一下,马上消肿。"

瓦片儿有些不信,疑惑地望着他。

"不喜欢?"

"罗二爷,我想看看你的枪。"

"狗日的,早就扔到灶头烧尿了!"

罗二哥一急,想伸手扇人。

但手举在半空,突然落了下来,他喃喃自语道:"龟儿的,难道豹子真是我打死的?"

"是你罗二爷打死的!"

"你看见了?"

"我听见枪响了。"

"呸,口水吐到你脸上了?"

瓦片儿摸了摸脸,莫名其妙地望着他。

后来的事

　　孙教授回到桥镇后，也听说了打死豹子的事情。当然，他不知道这件事情跟他的日记有关，他只是有些遗憾，觉得事情怎么就这样了呢。

　　从那以后，孙教授仍然常常到山上去散步，每次走到那个山洞口，他都会停下来望上一阵。他还想着那头漂亮的云豹，但它在洞口的惊鸿一瞥已经不会再出现了，这常常又让他有些感伤。而这样的时候常常会让他发愣几分钟，直到听见山和尚和雨道士的叫声。

　　几年后，抗战胜利了，孙教授就离开桥镇去了天津，继续忙他的科研。他只是在偶然的一次朋友聚会中谈起了在桥镇看见云豹的事情，哪知里面有个人非常好奇，揪着那头豹子的话题不放，说它是如何如何稀有珍贵，在黑市里要值多少钱之类，全是不着边际的话，但那情景又仿佛回到了当年同仁堂茶馆里热议的场面。

　　在桥镇，关于这头豹子倒是永远也摆不厌的龙门阵，常常被吹得唾沫四溅、神乎其神。只是这故事渐渐就没有人摆了，为什么呢？因为现实比故事还要离奇。

　　也就在七八年后，改天换地，廖楚良被击毙，王方蕃自杀，何海清被镇压，当年那三桌中吃过豹子肉的人大多没有什么好下场，这头云豹像是带着点什么魔咒。

　　罗二哥作为故事的酵母也被翻了出来，人们没有忘记他曾经

我/们/的/小/城

打死过一只豹子,更重要的是他打死豹子的枪不是猎枪,因为没有人相信一般的猎枪能够打死豹子,更没有人相信一个瘸腿大爷能够用猎枪打死豹子,所以,铁定是罗二哥骗了所有的人,正如廖楚良说他瓮得深一样,真是只老鳖。

当然,他到底用的什么枪杀死了豹子已经不重要了,关键是他隐藏了一支能够杀人的枪,从他的屋子地下挖了出来。

揭发他的是王爱军,也就是当年的那个瓦片儿,这时的他已经十八岁,参加了土改队,只有他亲眼见过罗二哥的驳壳枪。

那支枪让罗二哥坐了十年的牢。

后来有人就想,如果没有这支枪,或者说没有那头突然出现的云豹,他罗二哥可能仍然开着同仁堂茶馆,翘着二郎腿,抽着那比往事略为呛人一点的叶子烟呢。

失踪记

一

趁着天黑,我在墙壁的标语上冲了泡尿。标语很长,字很大,"反击右倾翻案风",尿打湿了"风"字那一勾。

撒完尿,我又回到了孩子们中。一般的情况,我们会猜拳分出两组,然后学着电影里的样子打游击战。孩子们扎着从父辈那里弄来的军用皮带,戴着的确良军帽,也有用报纸折的,形状像美国鬼子那种船形帽,看起来威风了不少。枪是各种各样,我哥的枪是用自行车链条做成的,装上火药,一拨撞针就能啪的一响,当然,有了这把枪也就可以当司令。我们的枪要逊色很多,是木头做的,表面涂了墨水,手染得像抓了狗屎。更差的是纸枪,牛皮纸或者画报做的,一戳就散,那气势跟匪兵甲差不多。

哥的屁股后少不了一堆孩子,大大小小,他们都等着司令分官。当司令自然就要发号施令,让谁当军长,谁就是军长,这得看他的心情。当然官小就得多跑腿,比如像翻墙钻洞这样的事情,就必须得官小的先上,难免被老鼠屎和蜘蛛网弄得灰头土脸。所以,分官得看表现,跟争当三好学生差不多,而人一旦分好,战场就此拉开。那时候,哥只要一喊"同志们,冲啊!"再啪的一声扣响,所有孩子都会热血沸腾地进入战场。

那一天,我们正沉浸在胜利中,哥说:"现在我们要去完成个任务,谁敢去院子后面摘几个橘子?"一听这话,我就往后缩。

向阳院的后面有几棵橘子树,一到秋天就结满了黄澄澄的果子。但那是人家伙食团的地盘,那个姓黄的胖子炊事员能一下端起三层热气腾腾的大蒸笼,我们那点嫩骨头要是被他一把抓住,顺手就撂到房顶上去了。

哥用眼睛瞟了一圈,没有人吱声。

铃铛说:"我爬不上树,鞋带断了。"

当眼光落到王小东身上时,他把头摇得像巴郎鼓一样。

哥叹息了一声。"算了,算了,免得你妈给你洗尿裤。"王小东从小有尿床的习惯,院子里经常晒着他的床单,上面常常留下一块脸盆大的黄色痕迹。

这时,哥又把眼光放在了我的身上,我浑身开始冒汗,但他很快就把眼睛挪开了。我暗自庆幸,他知道我是个胆小鬼。

"我去!"这时,军娃子在后面响亮地喊了一声。

众人的心轻松了下来。这小子闷头闷脑的,经常被"敌人"俘虏,到现在还是个连长,这回肯定想挣表现。

"好,小心点,黄胖子凶得很!"哥提醒他。

很快,军娃子就一头扎进了黑暗之中。

一般来说,打完仗后,四处找东西吃是我们的一大乐趣。这次去了很久,却不见军娃子回来。又过了阵,还是不见他的身影。大家心里开始嘀咕,他不会被黄胖子发现了?那可不得了,要是被逮住,非得被擀面杖打扁不可。

又过了十分钟,军娃子仍然没有回来,哥也开始着急了。他不会从树上摔下来了?一想到这,大家就感到后怕。但哥毕竟是司令,关键时候就得他出面。他说:"大家不要慌,我亲自去侦察一下。"

正要去,军娃子却气喘吁吁地回来了。

"……我看到两个人!"

"谁?"

"好像是周大哥和文三姐。"

"他们在做啥?"

"嗯……嗯……他俩好像在谈……"

大家都惊讶得说不出话来。

"走,去看看。"不知谁冒了一句。一堆孩子突然来了兴趣。

"看个屁!军娃子的话你们也要听?"哥说。

"你真看见什么了?"铃铛惊讶地盯着军娃子。

"今天的橘子不吃了,回家吧,散了,散了!"哥打断道。

军娃子正想申辩,哥踢了他一脚。他委屈得想要哭。但哥的话就是命令。顷刻间,孩子们散得一干二净,只有我仍然站在哥的面前。

"你也回去吧。"

"不,现在就剩我们了,去瞧瞧。"

"瞧个屁!快回去吧,我还要去拿课本,下午放学忘在同学家里了。"

我知道哥是在骗我。

我/们/的/小/城

但他胆子大，好像没有害怕过什么。记得有一次，他同父亲去河里打鱼，天上下起了暴雨，他一个人就站在岸边提着个鱼篓，那雷打得能把一匹山给劈了。

那天，母亲在值夜班，回家后我很快就钻进了被窝。也不知道什么时候，哥悄悄回来了。我吓唬他："妈今天不小心把单位的玻璃橱窗碰碎了，看我不顺眼，找了几回鸡毛掸子。"

"你怎么知道的？"

"她刚回来过。"

哥才不信这些，他反正挨打也挨惯了，没有理我。

"哥，你到底看见什么了嘛？"过了会我问。

"什么也没有看见！你想看见啥？"

"周大哥和文三姐。"

"我给你说了，我是去拿课本了。"

"哼，我才不信……"

哥有些不耐烦地对我说了句，"睡觉。"说完，他就用被盖捂住头。

二

牛钢的父亲牛反修失踪了。

这天是星期日，母亲没有喊我，我睡了懒觉，等我醒来的时候，院子里的人都在议论这件事情。

牛反修是小城附近一家兵工厂的保卫干部，民兵连长，他本名叫牛联苏，哪知后来中国跟苏联闹毛了，他就改了名，旗帜鲜明反对修正主义。牛反修平时工作兢兢业业，不抽烟、不喝酒，是个地地道道的好人，他怎么会失踪呢？

但秦芙蓉的哭哭啼啼证明了这是个事实。牛反修是昨晚十点左右出走的，他走的时候把平时揣在身上的手绢洗得干干净净，晾好后才走的。他穿的是平常工作时穿的劳动装，那一身衣服已被缝缝补补过不知多少回了，所以从腿膝部到手肘部都布满了大大小小的线圈。但就是这线圈让人羡慕得不得了，因为他家有台上海产的缝纫机，这个男人有双巧手，能把衣服上的破洞缝得一圈一圈，比蜘蛛织的网还精细。

那晚，他没有说什么就走了。事情就这样简单。

牛反修的儿子牛钢跟我是同班同学，那天我去上学后，上课时我瞟他，但他的座位是空着的。那一天我往牛钢的座位上瞟了好多次。

牛钢的性格比较内向，不怎么爱说话。他的同桌是肖红英，我叫她肖妖精，她是我们班上的文体委员，老师的贴心豆瓣。对了，她还经常帮老师带字条，乐此不疲，那些纸条一旦到了我妈那里，向阳院里就会传出杀鹅般的惨叫。

那天轮到上算术课，算术课是我最不喜欢的课，作业做得七零八落常常交不了差。而蔡老师是非常严厉的人，他一上课，我就紧张，一紧张就想撒尿。蔡老师处罚学生的方式很简单，就是在放学的时候把不听话的学生留下来，要多做两遍题才能回家，错一道都休想过关。这天，上课铃声一响，我就本能地感到紧张，但过了很久却不见蔡老师来，又过了一会，进教室的是上政

我/们/的/小/城

治课的陈老师。原来是蔡老师家里有事,调课了。我松了口气,心想今天解放了,当然,蔡老师永远不来更好。

下午一放学,我把书包一撂,就想去疯玩。那天,我很快就跑回了家,但一到院子门口就看见了很多人,他们三三两两聚在一起议论,我走过的时候,明显听到他们说的还是牛反修的事。是的,牛反修失踪了一天,仍然没有下落。

其实自从他失踪以后,人们已经通过各种方式在找寻牛反修。厂里说他根本就没有去上班,牛反修以往每天都是骑着他那辆破旧的永久牌自行车去厂里,厂子离他家有四五公里,那是一个上千人的军工企业。那天,厂里通过广播通知了每个车间,但谁都没有看到过牛反修,事实上他的那辆自行车就在家里,根本就没有骑走。

人们也去找了牛反修的沾亲带故的亲戚朋友家里,但回来的消息都说没有见到他。这一天的信息汇总下来,牛反修好像是被空气蒸发掉了。

一个活生生的人出走,整夜未归不说,而且已经失踪了快二十个小时,这是小城里好久没有出现过的新闻了。牛反修是晚上出去的,他出去干什么?据街坊邻居说,昨夜小城就没有听说发生过打砸抢、武斗之类的事情,有人专门去找过"革委会",但那段时间一直比较平静,除了街上墙头新添了几张"大字报"之外,好像并没有什么新鲜事情。一般来说,小城里任何一点风吹草动都逃不过人们的眼睛,连小贩偷卖炒花生被市管会缴了秤盘的事情都会传得纷纷扬扬,何况一个大活人失踪了。

据牛反修的老婆秦芙蓉讲，昨夜他们家没有发生任何事情，一切都很平常。她睡得很早，没有注意到自己的男人在干什么，一般的情况是要等孩子们睡了后，牛反修才会上床。昨天刚好轮到牛反修休息，他是个很勤俭的人，白天去粮店买了袋米，用自行车驮回来后倒进了竹筛子里，然后把那些米中夹杂的稗子和碎渣一点一点挑出来。那真是个细活，一般男人不会做这样的事情，但牛反修会，他经常会在一袋米中挑出火柴盒那么一堆渣滓出来。一般家庭从来没有那么讲究，那一堆黑黑的东西都全吃到肚子里去了，牙帮间还常常发出咔嚓一声怪响，这时人们就会想起牛反修这个爱家的男人来。不仅如此，牛反修还有一身好力气，不知他在部队里是做什么的，反正他很会劈柴，劈一大堆柴，码在墙边上，整整齐齐的，那些柴禾日积月累，已经把他家围出了个不大不小的院子来。牛家的院子里养了条大黑犬，是条四眼狗，凶得很，用链子拴着，一动就咣啷响，孩子们听见这个声音便拔腿就跑。

对了，牛反修是个络腮胡，长得五大三粗的样子，怎么看都不像个精细的男人。但他是，确实是，墙上的蜘蛛会说他是，米里的稗子也会说他是。一个爱家的男人也会出走？况且牛反修没有出走的迹象，他会到哪里去了呢？

唯一的线索是，那天晚上军娃子的父亲郑大贵站在屋外的阳沟边漱口，他好像看见过牛反修。因为是在漱口，满嘴泡沫，所以就没有打招呼。黑暗之中，牛反修走得很快，郑大贵也没有在意，只是偏着头望了他一眼，当时他正在向外走，时间大概是在

我/们/的/小/城

晚上十点左右。这个是比较可信的时间,郑大贵的生活习惯是很有规律的,吃饭睡觉都比较准时,误差绝对不会超过五分钟。

郑大贵还想起他望牛反修时,吐了泡牙膏泡沫,看见里面有点血丝,可能是刷的时候太猛了一点,但这事他没有说。

寻人启事是在牛反修失踪第三天后布满小城的大街小巷的。那些启事一张贴后,全城的人都知道了,当然,各种各样的传说也就迅速传遍了街头巷尾。

那一天,我正同铃铛、王小东在地上打弹子,抬头就望见两个穿白制服的公安往院子里走。平时,公安是很少到我们院子里来的,我只记得有一次是院子里失窃,有户人家的窗子忘了关,被小偷偷走了几块腊肉香肠。记得公安来到了我们的院子里,他斜着头望来望去,又去墙边看,并用手摸了摸墙头上的灰。后来郑大贵神秘地告诉我们,说那就是在破案呢。那个案子终究没有破,肉香肠被小偷吃到了肚子里,而我们后来在捉迷藏翻墙的时候,却总感到自己有点像在作贼。

公安一来,便有热闹看了,我们也跟着去了牛反修家。他家的后窗是开着的,我们便爬在窗子上偷看。屋子里已经坐了好几个人,有居委会的黄大妈,还有几个平时就很热心的邻居。两个公安坐在中间,秦芙蓉坐在一旁,墙上挂着她年轻时的一张照片。秦芙蓉过去是县川剧团的演员,唱过戏,后来才转行到了电影院。她的工作很简单,就是放电影,据说片子在放映之前要剪,也就是把那些少儿不宜的镜头剪掉,据说她很适合干这个工作。秦芙蓉的头上盘了髻，穿一件黑色平绒的中式立领，襟上有几颗纽襻儿。

两个公安掏出小本子来详细询问情况，秦芙蓉把那些讲了不知道多少遍的话又重复了一遍。她的眼睛有些红，不过她落泪的样子不像一般妇人那种把脸抹得花猫皂狗的，她是用手巾轻轻地拭，幺指微微翘着，准确说是轻轻地沾，那泪在眼圈边只留下薄薄的一点湿意，像是在戏台上掩着衣袖做个样子。

听完她讲的，一个公安问："就这些了？"

"就这些了。"秦芙蓉说。

另外一个公安说："你再想想，不要漏过任何一个细节。"

秦芙蓉把手中的手巾摊开又捏拢，捏拢又摊开。这时，她好像想起了什么，站了起来，在一个柜子里找出个瓶子来。她说："哦，对了，老牛那天晚饭喝了一杯酒……不对，是两杯"……秦芙蓉对这一发现也挺感意外，她明显忘了这个重要的细节。

"是什么酒？"公安问。

"五加皮。"

"他还喝什么酒？"

"这重要吗？"

"我们需要了解任何一个细节。"

"我们家只有这种酒，他的酒量不大，偶尔喝一杯。"

"你能确定他那天喝了两杯？"

"是。"

"为什么是两杯？不是刚才说偶尔喝一杯吗？"

"这……我哪里知道。"

两个公安相互对视了一下，显得一头雾水。

这时，我就听见母亲在院子那头喊我。我吱溜一下就从窗台上滑了下来，赶紧跑回了家。后面他们还讲了些什么我就不知道了，我只听到了牛反修喝了两杯酒，我父亲也喝酒，上脸，经常喝得脸红筋胀。如果我是公安，我会问，牛反修喝酒上脸吗？

三

吃过晚饭，妈又要去上夜班。临走时，妈说："你们弟兄俩听着，都在家里做作业，外面乱，不准乱跑！"

外面最近在风传"一贯道"，据说有人在搞秘密串联，公安正在逮人。其实我们也不知道什么是"一贯道"，只知道不久前听说有几个知青闹事被抓了。

母亲前脚一走，哥马上说："二娃，知道不？今晚盐厂要放坝坝电影，《火车司机的儿子》。"

"真的？"

"鬼才骗你，去不去？"

"要去要去！"

"好，等会把碗洗了带你去。"

其实我有些犹豫，主要是害怕母亲杀回马枪，兄弟俩免不了一顿"笋子炒肉"。那时，父亲长期在外工作，一年能回来一两次，只有母亲管教我们，但两个野孩子她怎么管得住，她唯一的办法就是打骂,家里的鸡毛掸子都打断了几根,她又削了一把竹篾片,专门用来收拾我们那活蹦乱跳的三股筋的。

"不想洗碗?"哥看我犹豫。

本来今天是轮到他洗碗的,他总是用这种办法耍滑头。其实我真的是很想去,盐厂的坝坝电影像块糖一样吸引着我,更何况是朝鲜电影,《卖花姑娘》我都看了不下十次,但还想看,那电影能够让人上瘾,因为我们看到比我们更惨的人类,让我们院子里的大妈们哭得死去活来。

"怕啥,我们看一半就回来。"哥看出了我的心思。

"对嘛,就说好只看一半,免得妈发现了。"

很快,哥带着我朝盐厂方向奔去。路上的时候,哥说:"二娃,看电影的时候要把帽子扣紧,有人专抢军帽子!"

我马上把那顶军帽使劲盖紧,那是武装部的邱叔叔专门送给我的,同伴们都羡慕得不得了,就凭这帽子,最少也得当个营长。

"这样,我给你戴着,免得被人抢了。"哥一本正经地说。

我有些不情愿,我没有了那帽子,连个连长都不像。

后来,哥有些酸溜溜地说:"算了算了,小气鬼!"

银幕挂在盐厂篮球场的正中央,两面都挤满了人。先来的人已经用小凳子、砖头、报纸占了地盘,后来的只有站着,形成了一道墙,再挤已很难挤进去。有的大人把小孩架在脖子上,这样重重叠叠地排着,偶尔也会有人在后面推搡,人墙闪出过缝来,但很快又被人墙挡住了。

我/们/的/小/城

电影开始的时候,我就感到混浊的空气一浪一浪地席卷过来。其实这部电影我们已经看了好多回了,连里面的台词都能倒背如流,但还是想看,看得津津有味,看得已经忘了母亲拿着篾片正在等着我们鬼哭狼嚎。

那一天人太多,挤得满头大汗,没有看完我们就走了。其实,我不是不想看,是碰见了我的一个同学,他告诉我肖红英明天又要带条子给我妈,他下午看到考试成绩了。一听到这样的消息我马上就感到世界的末日就来了,蔡老师在用红笔打×的时候一定心情不好,越打越生气,卷子都快被他的沾水红笔划破了。我想他当时的心情恨不得给我两耳光,当然我也看到了肖红英幸灾乐祸的样子,她的小扫把头得意得像只鸡毛毽子。

一路上的郁闷就不说了。回到院子的时候,哥突然对我说,"你先回家,我去同学家借块乒乓板,明天要同邱波比赛。"说完,他就消失了,这段时间他总是神神秘秘的。

邱波是学校体育老师的儿子,乒乓球打得像庄则栋,他削出的球没有几个人接得起。他喊左边,接的球就到左边,他喊右边,球就飞到了右边,而他叫吃一个,那球就像有耳朵似的钻到了网下,那小子骄傲得让人想咬他一口。

也是这天晚上,空气很闷燥,伙食团的炊事员黄胖子打着扇子躺在床上,蚊子嗡嗡地在他耳边叫,让他有些心烦意乱,翻来覆去睡不着。

这时,他起来准备拧开水笼头再去冲个冷水澡,正要去门边拉灯,就听到了一个声音。黄胖子很警惕,小偷蟊贼打伙食团的主意不是一两回了,他得时刻注意外面的动静。

声音是从外面的橘子树边传来的,那几棵树子在月光下有些影影绰绰。黄胖子贴着窗子往外看,发现有两个人影站在树下。他顺手抄起了他平时用的擀面杖,轻轻地扭开了门扣。

他先斜开一道缝,想先探看下外面的情况。但就在门轻轻打开的一瞬,黄胖子就被着实吓了一跳,一只大耗子"刷"的一下从门缝里跑了进来。他心里突然坏到了极点,那只耗子可能早就在盘算他蒸笼里的大白馒头了。黄胖子在肚子里骂了声"龟儿的",但迅速他又把眼睛转到了外面的人影来,那才是他不敢轻视的目标。

夏虫的声音如潮,夜的静谧只剩下一个巨大的壳,那个壳上爬满了星星点点的萤火虫。门半开,黄胖子肥胖的身体已经完全挤出了门框,他手捏着擀面杖,轻轻地挪着脚步,头顶冒着油花花的大汗。就在他准备大喝一声飞身而出的时候,他突然听到了一个年轻女子的声音。他马上停止了前进,迅速把身体靠在了墙壁的一侧。

对方明显不是小偷蟊贼,黄胖子瞬间就完全放松了下来。他把擀面杖插在后腰的裤带上,耳朵长长地伸了过去。

他听到了一个女子的声音,又听到了一个青年男子的声音。他的心里突然有了种奇怪的兴奋,他在想这到底是什么狗男女,竟然跑到他的地盘上来了。本来他可以猛然站在他们面前,大喝一声,将那两个偷情的男女吓得魂飞魄散。但他没有,他突然改

我/们/的/小/城

变了主意,因为他听到了女子的一句话,细细的,让他的骨头都酥了。他一辈子都还没有听到过女人最温柔时的声音,黄胖子到三十多岁都还没有讨老婆,他连女人的手都没有摸过。所以黄胖子靠在墙边,把脸贴得紧紧的,耳朵竖得尖尖的,但他却再也没有听到刚才那样的声音。但那声音越是模糊,他越想听,可那声音实在是太小了,小得甚至不如只蚊子飞过。当然,这时的黄胖子宁愿变成那飞来飞去的蚊子。

突然,黄胖子哎哟了一声,他感觉到自己被什么打了一下,等他意识到是飞来的一块小石子打中了他时,对方的人影已经消失得无影无踪。在那过程中,他是真真实实地听到了女子喊了声"快走",接下来是一阵紧促的脚步声,而在短暂的慌乱后,一切就迅速地被更为巨大的夏虫声淹没了。

黄胖子摸着额头上的一块包,有些恼羞成怒。回到床上回想刚才发生的一切,这一夜他翻来覆去,咬牙切齿,怒火中烧,但他没有地方可以发泄,他最多只能在第二天的馒头中多放些碱,让所有的人都难以下咽。其实他是真的这样想过,他想在第二天早上,那个逃跑的女子一定会装做若无其事地来买他的馒头,当吃到那种发黄的难吃的馒头,皱着眉头,捂着嘴巴发吐的时候,他才能解到心头的一点点恨。

其实,最让黄胖子恼恨的是有人坏了他的好事,错过了一次千载难逢的捉奸的美差。但就像场面中同时有高悬梁上的腊肉、想偷吃腊肉的耗子和专门捉耗子的猫一样,就一定有荒唐可笑的结果。

四

寻找牛反修的事一直在进行。

因为小城里没有人知道他到底在哪里,所以人们开始想这个人可能已经离开了小城,去了别的地方。这已是牛反修失踪的第五天。

不告而别,他是去了别的什么地方?或者他有什么神秘的目的?牛反修转业前曾经当过兵,人们联系到了他曾经当兵的部队,他有可能去看他的仍然还留在部队的战友。真的是想念老战友了,一张火车票就去了,这好像并不需要什么理由,也非什么难事。

但他的那个部队已经换防到一个遥远的山区去了,而他当时的战友大都转业回地方了,能留下的也升迁到了团部或者师部。所以,当来自小城的电报发往那些地方的时候,结果是查无此人,原址退回。

也是在那天,我正在路上走,考试成绩已经下来了,肖红英已经飞快地把老师的条子带到了我妈的手里。但我妈那天正想发作,却遇到她单位的人来通知她,说是仓库里的货物少了,让所有人赶紧去盘库,便匆匆忙忙走了。这一去就是两天,每天是哥去送饭,等把货物盘清早已筋疲力尽,那时我妈也没有精力来教训我了。

但我还是得规规矩矩的,不敢惹母亲生气。这天,我碰见了牛钢,他低着头,没有跟我打招呼。我觉得我的情况比他好多了，所以主动上去拍了一下他的肩膀，还拿出一本连环画来给他，但他瞄都没有瞄一眼，径直就走了。

牛钢后面那几天没有去上学，而是跑到码头上去发呆。他想什么呢？码头上行人来来往往，他可能想从其中一下就认出他的父亲来，然后扑过去紧紧地抱住他。当然，这是我想的，因为我父亲从山区工地上回来，我就会去等他，就会扑进他的怀抱里。牛钢性格有些孤僻，不太合群，要是我遇上这样的事情可能眼睛早就哭瞎了，但他没有，像个闷罐一样。

第六天，事情就发生了变化。

院子里突然站了很多人，那些大伯大娘们聚在一起议论纷纷，他们谈的就一个事情：牛反修已经跑到台湾去了！

他们讲得活灵活现，说牛反修是被秘密接走的，这个人是个潜伏的特务，带走了他所属工厂的秘密技术文件。是的，牛反修所在的那个单位是有番号的，实际就是个造炮弹的军工厂。

出现了特务，事情变得严重了起来。

但在我心中，那个一向勤俭节约的牛叔叔怎么可能一下就变成叛徒和坏人了呢？那天吃饭的时候，我问母亲这件事情是不是真的，母亲把筷子一拍，说大人的事小人不要管，吃饭。过了会儿，她突然问我：刚才的事你听谁说的？我回答说，全院子的人都知道了。母亲沉思了下说，不要乱传，也不准乱跑，吃完做作业。我连忙答应，我知道考试的事情还没有算清账，我妈的记性好着呢。

吃完饭，我把碗主动洗了，说："妈，明天不上学，但学校让去翻身公社送化肥，一人要交一撮箕炭渣。"

母亲有些纳闷，不是上周才送了吗？我说是呀，可这是学校布置的政治任务。

妈就骂了："我看现在的学校都不准备上课了，你们长大了都当农民算了！"

妈有些闷闷不乐，又过了会儿，她才说，"灶里好像没有多少炭渣，你去看看够不够。"

我去看灶，却看见一只鸡婆钻在里面，咕咕咕的，蹲在灶里好紧张的样子。

母亲叫住我，"不要动它，它可能要下蛋了。"

果然，傍晚的时候，蛋就落到了那层薄薄的炭渣上。我捡起那蛋放在手里，却不知道怎么处置它。

这时，军娃子跑到我身边对着我的耳边说："牛钢的父亲是'反革命'，以后不要跟他玩了！这是我妈说的。"

过了会儿，铃铛也跑来对我说："牛反修是个大叛徒，已经叛逃到台湾去了，不要跟牛钢玩，叫你哥把他的营长给撤了！"

我把这话告诉了哥，他正在用钳子做他的火药枪，他看都没有看我。他说，"别信那些人的话，人家牛叔叔搞民兵训练回来，还送我们几颗弹壳呢。"

"哼，那不过是腐蚀我们的'糖衣炮弹'！"

"你懂个屁，牛叔叔不是坏人，我才不信！"

这时，母亲正在外面洗衣服，却突然伸头喊道："二娃，你去瞧瞧,刚才这鸡会不会是牛钢他们家的?"

各种传闻应该说是越来越凶了。

有人说,牛反修外表看起来老实,但知人知面不知心。林彪就是这样的人,表面上是伟大领袖毛主席的接班人,口口声声忠于毛主席,但还是叛国逃跑了,飞机掉在了温都尔汗。那些人还说,牛反修每天都在收听敌台,公安已经在他家里搜到了无线发报机。但我想不对呀,他的家里除了那张挂在墙头的照片,秦芙蓉明眸皓齿,确实跟牛反修的老实巴交有点不太般配以外,好像没有什么值得怀疑的地方。

那天上学的时候,我看到了一个前两天来过我们院子里的公安,他正骑着一辆自行车从我们院子门前经过。但他没有停下来,好像连看都没有往我们院子里看一眼,径直就骑走了。这天,他没有戴盘盘帽,自行车的后座上用橡皮筋绑了一袋米。

五

文三姐的名字叫文芳,她父亲是盐厂的老工人,一辈子跟盐打交道,干的都是体力活。文芳的母亲去世得早,哥哥和姐姐都已下了乡,她是家里的老三,是唯一留城的子女。文芳十七岁那年,她就围上白围裙,戴上蓝袖套,成了蔬菜公司门市的一名售货员,但人们见了她都说还没有完全脱奶气,还像个中学生。

在蔬菜门市上班的都是些上了年纪的泼辣女人,上下货的时候,几十斤重的蔬菜得一手提一捆,这哪里是文芳干得了的。但那些大妈都挺照顾她的,只让她看看秤、记记账,但一些街上的阿飞爱在外面瞅她,眼神流里流气的。文芳是正经女孩,从不理会那些人,工作上认认真真,把秤盘看得准准的,从来没有出过错,那些大妈们都喜欢上了这个带着股新鲜气的女孩子,都愿意保护她。

文三姐留着根长长的辫子,据说很像她妈,她妈也扎过一根长长的辫子。在文家的墙头上还挂着文芳她妈的一幅照片,笑眯眯的,眼睛像是要说话,铁石一样的文老汉经常看着照片也会落泪。

我们院子的人都喜欢文芳,她特别勤快,爱帮助人,那些大妈们就经常在她家门前喊:芳妹子,麻烦下班给我买棵大白菜……小芳,记着顺便捎几根大葱回来……她们都挺信任文芳的,好像在使唤自己的女儿,但文芳一点也不嫌麻烦,每次都会热情帮人家办事,所以有人就说,要是文芳以后当了谁家的媳妇那才是福气。

文三姐对我们这帮小孩也好,她送过我不少邮票,每次有人给她写信,她总是会把邮票撕下来送我。那时我已经集了快半本了,但铃铛的邮票仍然比我多,他老爸在邮局里工作,每天骑着辆绿色的自行车去送信。所以铃铛经常吹牛,好像他爸送的信都是他家似的,不过我相信这小子没少撕别人信封上的邮票,这一点让我很是嫉妒,要是我的胆子再大点,可能我都会去检举他,人民群众的眼睛是雪亮的。

有一次,文三姐问我到底集了多少邮票了。我便把邮票簿抱去给她看,她小心地翻着邮票簿,又问了一些邮票的事情,看得出她很高兴。我告诉她里面很多是她送的,文三姐就更高兴了。她说,没想到都集了这么多了,以后我有新的邮票就送你。

当时,我就问了她一句,"三姐,你经常写信吗?"

"是呀。"

"都给谁写呀?"

她的脸一下就红了,说:"给很多很多朋友。"

这天,哥又拉上一帮孩子准备玩打仗了。

在打仗前,军娃子升为了"营长",而王小东则降为了"连长",主要原因是上次偷橘子的事情不卖力。而这天,牛钢没有出现,他父亲的事情已经让他一家闭门不出。

这天的游戏是在木锯场后面的一大片堆放的木头中捉迷藏。木锯场在河边,那些木头是从山上砍伐后顺着岷江漂流而下,再打捞上岸成片堆在那里的。巨大的木头在湍急的水里像头莽撞的野牛,但到了岸上就成了我们天然的屏障和阵地。

队伍分成捉和藏两组。哥喊,开始!孩子们马上分头行动起来。又过了会儿,就听见藏的一组的人喊了声"开始",然后就把头缩了下去,跑得无影无踪。

一般的情况是藏的一方先找个隐蔽的地方躲起来,等捉的一方去找。要在木头堆里找人是困难的,缝隙和通道太多,随处都可以藏身。孩子们满头大汗地在层层叠叠的木头堆里穿梭,木头有股被河水泡过的味道,飘浮着些只有原始森林里才会有的气息。

这一天,王小东先成了俘虏,军娃子押着他到我哥那里报功；铃铛被逮住的时候是在个很深的木缝里，几根木头把他遮得无影无踪。这家伙居然找了个地方呼呼睡起了大觉，当他被逮出来的时候，屁股上被哥踢了一脚。当然，他的屁股主要就是用来被人踢的。

接下来是轮到我们去藏，其他伙伴来捉。哥很狡猾，他是不可能被轻易捉住的，所以对方找了半天也没有见他的身影，那帮捉的人到后来都有些跑不动了，他们散坐在木头上有些泄气。过了好久，哥才从远远的一个木头下钻出脑袋来，喊道："笨蛋，我在这里！"

铃铛说："我刚才到那里找过，怎么就没有发现呢？"

这时，哥已经走了过来，得意地说："今天我们赢了！"

"哼，我还想跟司令在一组呢。"王小东咕哝了一句，有些不服。

"不干了，我要跟军娃子换！"铃铛脸色也有些气急败坏。

"好啊，就看你们的表现了。"哥说，"对了，谁的家里有火柴？弄几根出来。"

一听这话便都不说话了，面面相觑。哥要用火柴做火药，他们都知道，但要从家里偷出来，这得冒点险，那时候家里都穷，连火柴也省着用。

哥一看有些不满。"算了，连几根火柴都弄不出来还玩啥，撤了撤了。"

所有的孩子一哄而散。

就在我们要离开的时候，我突然看见了文三姐，她一个人远远地正往这边走。她是沿着木锯场的另外一头来的。那边离河很近,前面是一片河滩地。我正想喊她,哥一下拉住了我说,"回家回家。"

过了会,快到家的时候,哥却突然说,我觉得周大哥也会去那里。

我吃惊地看着他。"他们也去捉迷藏?"

"笨蛋!"

"那我们去瞅瞅他们在干什么。"

"别看,看了肚皮要痛。"

六

发现牛反修是在第十天上。

在小城河流的下游五六里的地方,有个回水沱,他就是在那里出现的。当时牛反修漂在河面上,头朝下,背朝上,周身布满了水草,溺水而亡。

在灌口的堤坝上堆满了很多人,他们都在围观牛反修的尸体。但很多人看一眼就跑了,甚至有人在一旁呕吐了起来。那是个大热天,尸体已经发出阵阵腐臭,但法医仍然戴着口罩在那里解剖。他们用锋利的刀子将牛反修的皮带割断,因为水泡后人的身体发胀了起来,那根牛筋皮带都撑得像跟细细的绳子似的。法医剪开他的衣服和裤子,牛反修穿的劳动装上的补丁因为长久的浸泡,线头像细豆芽一样钻了出来。

四周飞着一群绿苍蝇。

法医认真检查了他身体的每个地方,他们甚至用钳子夹上棉球去检查了牛反修的鼻孔里有无血迹，还戴上手套去刨开他那像蔫茄子一样的阴茎，查看有无伤痕。法医的工作仔细而麻利，很快就完成了初步的尸检工作。

这时，就看见一个法医站了起来，他伸了伸腰说："好了，先抬回去。"

阳光下，法医的脸上是一片亮光光的汗。但正要清理现场，那个法医又埋下头来把牛反修一只脚上的皮鞋翻来看了看，皮鞋是扔在一旁的，也只剩这一只，另一只可能早被水冲走了。皮鞋被水一泡就裂开了缝，牛反修曾用这只鞋踢过他家的那条大黑狗，因为它吃了路边的屎。

车子很快就把牛反修拉走了，刚才放尸体的地方只留下一摊水。人群依然没有散，三五一群地聚在一起议论。其中一个人说，这个人会水！但会水怎么会淹死呢？有人马上反驳：不可能，我看是被杀了丢尸的吧。但也不像呀，刚才不是都看见了吗？他身上没有一点伤痕。于是就有人断定他肯定不会水。有个人叹了口气说，唉，这个灌口，每年不收几个人也叫灌口？！

其实，牛反修不仅会水，而且有把好水性，扛着袋米过河都没有问题。他曾经带过我们几个孩子去河边游过泳，当然他是为了教牛钢，我们只是沾了点光，但即便这样，我们也认为他也算是个好父亲。而我们的父母们都在为填饱肚皮奔波，谁还有心情去教孩子游泳？那时院子的孩子都是下野水偷学的，一般只会"狗刨"，牛反修教我们学会了正规的游泳方法。所以，牛反修被淹死只会是闯了鬼，是不可思议的事情。

177

我/们/的/小/城

夏天正是游泳的时候,但那一段时间,我不敢下河游泳了,一沾水,我就感到有人在拖我的腿。母亲也在耳边叮咛,说不准下河,这段时间河里尽闹鬼,前几天又淹死了个娃儿。但哥照样下河,他才不管那些呢,每天回家就偷偷把内裤晾在墙后的柴火堆上,但有次被母亲发现又挨了打。那天晚上在被盖窝里,我悄悄问哥,"你真不怕水里有鬼?"

他说,"那都是大人骗小孩的。"

"牛叔叔真是被淹死的吗?"

"鬼才信。"

"那他怎么会死呢?"

他把身体一侧,不想再理我。说,"我怎么知道,可能是他自己想死了。"

牛反修死后,他家的那条大黑狗被乡下亲戚带走了,但我们仍然不敢去他家,觉得那狗还在。牛钢不再同我们玩耍,独来独往,我看见过他经常到河边码头上发呆。一学期后,牛钢就转到了另外一个学校读书,降了一级,这以后他同院子里的孩子基本就没有来往了,只有军娃子的父亲郑大贵说这个孩子怪造孽的,想想也是,向阳院里谁家的孩子没爹呢。

关于牛反修之死也渐渐有了结论,就两个字:自杀。

牛反修下水时给自己身上捆了块大石头,是硬生生地沉下去的。他死的地方就在离我住家不远的河边,那个地方是个河湾,晚上很清静,也很少有人在那里走动,所以牛反修就是从那里下水的。但这是公安的分析,尽管破绽百出,但公安需要这样的结论。至于他为什么会自杀,这已经不是公安能知道的了,这也就成为了个谜。但他的死也算澄清了一些不实的传闻,说明他不是叛逃,也没有逃到台湾,他最少在人们的印象中仍然是个勤俭持家的好男人。

牛反修死后,秦芙蓉苍老了不少,她仍然穿着那件黑色的中式平绒上衣,头上的髻仍然盘得一丝不苟,这个女人从来不剪我妈那种劳动妇女的梭梭头,总是留着点风韵,也难怪死了男人后,风言风语也就多了起来。有人就说这个女人以前是个戏子,风骚得很,好像谁娶了她谁就要戴绿帽子似的。而牛反修之所以投水自杀,就是发现了她同电影院的经理有勾搭,但是怎么勾搭的,大人不会讲,少儿不宜。但传闻归传闻,秦芙蓉后来到我家来过一次,同我妈摆得伤伤心心的,肯定又是说起了牛反修的事,但母亲把我们两弟兄撵出了屋子,不让我们听这些事,当然,还是少儿不宜。

秦芙蓉后来又去了院子里其他女人那里,每次从别人的家里出来,她都是眼睛红红的,像是哭过。其实这就是她最大的变化,是的,自己的男人莫名其妙地自杀了,连封遗书都没有,这总得是有原因的,所以她要去挨家诉苦,不然她以后怎么做人呢。但人们仍然没有明白牛反修之死的真正原因,只是在秦芙蓉的哭诉中,好像牛反修还有个隐隐约约的男女问题。牛反修是厂里民兵连的连长,民兵连里自然也有女民兵队员,问题就在这里。她说,有次练习打靶,有个女队员老是打不准,牛反修就亲自去握着她的手教她,当然,这也是她听别人说的,并非亲眼所见,但秦芙蓉在话中表达了这层意思。

一沾到男女关系,事情就显得顺理成章了很多。但问题是有人说秦芙蓉有问题,而秦芙蓉说牛反修有问题,到底是谁有问题呢?

大概是半年后,秦芙蓉从电影院调到副食品店去当售货员了。可能是为了避嫌,据说是电影院经理主动跟组织反映了情况,对外面的传言深感不满,那个经理人家正想在仕途上有所作为,极有可能调到商业局去当副局长,所以组织在经过认真调查之后才作出了如此的决定。从此后,我见到秦阿姨的时候多了,每次母亲让我去打酱油,我就会在副食品店见到她,她围着围腰,戴着袖套,用竹提往我的瓶子里倒酱油。但有一次,她把酱油和醋弄错了,醋装在了酱油瓶里,炒的菜好酸,我妈说了好几天这醋,好像醋里有什么特别的东西。

怎么跟醋又联系到了一起呢?

七

文三姐同周大哥的事还是被人们发现了。

院子里大伯大孃们又开始议论纷纷了,说文家要出事了。文老汉听到这件事后是暴跳如雷,他是坚决不容许他们来往的,周大哥家以前是资本家,他爷爷在"三反"中被镇压了的,父亲也坐过牢,周家后代就是"黑分子"。而他文家是盐工苦出身,根正苗红,文芳是无产阶级的后代,同资本家誓不两立。所以,当听到自己的女儿同资本家的狗崽子搞上了,文老汉气得眼珠子爆裂。他想，这还了得，这不等于把他文家的祖坟给扒了，不行，坚决不行！就是让文芳去死也不能跟周家沾染任何关系。

文老汉没有文化，大字不识。但过去他最爱这个么女，从来没有打过文芳，但这回下黑手了，他把文芳吊起来，使劲挥动着竹板，那竹板是做筅管用的大斑竹，五指宽，就是七尺大汉也要打得半死。我妈后来说，这文老头也太凶了，跟牢房里动刑没两样，我妈说着就掉下了眼泪。院子里的大妈纷纷向文老汉求情，但他的怒气并没有平息，又把她抓起弄在她母亲的遗像下跪着，让她发誓以后永远不再同周大哥来往。

那时周大哥在百里外的农村下乡，他同文三姐要几个月才能见一次，这件事是他刚回农村后才发生的。文三姐爱周大哥的斯文，周大哥爱文三姐的清秀，爱的种子是从小就种下的。周大哥下乡当知青后，他们一直书信来往，正是那些频繁的书信让他们走到了一起。

那次，文三姐跪在她母亲的遗像下答应不再同周大哥来往，院子里的大妈看她点了头，才蜂拥上去把她抬了出来。但文老汉是受过苦的人，从小做苦力，这种人下手狠，把文芳打得遍体鳞伤，一周都没能下床。后来我就想，我妈打我们算个屁呀，最多身上起猪儿虫印子，不过是小菜一碟。有天上算术课的时候，蔡老师发考试卷子下来，我又看见肖红英得意洋洋的样子，我就想，看哪天让文老汉来收拾你这个小妖精。

发生那件事后，我每天上学经过文三姐上班的蔬菜门市时，都会专门去看文三姐在没在那里。

过去，文三姐一看到我就会叫我，她一般是喊"二娃，上学了？""二娃，放学了？"她不仅好看，心也好。每次考试完了，文三姐总是会问我，这次考得咋样？我把卷子给她看，其实是想让她给我想点主意。那卷子我可不敢给母亲看，看了会气翻她的气管炎。但文三姐只会对着那些成堆的错题皱皱头，然后安慰我下次努力。其实，她还真的给我出过主意，有一次她让我抱了棵大白萝卜回家，我回去骗我妈说是捡橘子皮攒的钱买的，我妈一高兴，竟然没有追究我考试的事情。

很多天后，我才看见文三姐出现在门市上，但她的面容很憔悴。那天回家我就把这事告诉了哥，哥说这事跟伙食团的黄胖子有关，说不定就是他告的密，因为只有他才看见过文三姐和周大哥在一起。第二天，哥就用弹绷悄悄打了黄胖子，黄胖子包着头去找了我妈，哥当即就被一顿暴打。但黄胖子怎么知道是哥干的呢？其实那家伙挺坏的，他估摸了一下就知道是我哥干的。确实，在这个院子里没有哪个孩子有胆子敢干这样的事情。

大概过了几个月后，有一天，我路过蔬菜门市，文三姐突然喊我。她已经好久没有喊我了。她说："二娃，过来一下。"我马上跑了过去，她悄悄地告诉我她有几张新的邮票。那时的她好像已经恢复了过去的样子。我心里好高兴，心想文三姐的伤已经好了，她又是原来的她了。

我把邮票翻来覆去地看。这时，她又贴着我的耳朵说："记住，不要告诉任何人是我送你的。"

这样一说，我突然感到有些紧张。她以前可不是这样的。

她像是在恳求我，我看到她的眼睛里好像有点什么秘密。

"三姐，是谁给你写信了？"我问。

"很多很多的朋友。"

"是周大哥吧。"

"不许乱说，乱说就不给你了。"

"我没有乱说，你看邮戳上盖的地址嘛……"

文芳一惊，本能地把手一紧。只是这一捏，邮票被捏皱了。过了会儿，文三姐又有些心痛，把邮票压了压弄好了再递给我，严肃地说："你得答应我，千万别告诉别人！"

"三姐，你放心，我向毛主席保证。"

虽然我信誓旦旦，但从文芳的表情上看，她还是有些心有余悸。

从那以后，我就知道文三姐同周大哥仍然保持着书信来往。但我感到一种忧虑，要是文老汉再发现了，文三姐会不会被打死？文老汉肯定会打死她的，我绝对相信，要是我再大一点，那死老头敢打三姐，我一定会给他点颜色看看。但每次她送我邮票的时候，我就感到有种危险在渐渐降临。

就在这一年里，我的邮票簿已经是满满的一本，当时周大哥仍在农村插队，我曾经想过，要是周大哥一直在农村里就好了，我就可以集两三本邮集了，比那个邮递员的儿子铃铛的邮票还多。但这样的想法我常常会赶紧收起来，因为这是个可耻的想法。

一切都渐渐平静下来，除了听说牛钢在学校里又打了架，并差一点用刀把人刺伤，学校要开除他以外，好像我们院子里再也没有发生过什么重大的新闻了。

但这年的一天,我们院子里出了桩离奇的盗窃案,一伙盗贼在一晚之间连续偷窃了三户人家的财物,而这里面被窃的就有文三姐家。但奇特的是,其他两家是钱财被偷,而文三姐家没有掉一分钱,被偷走的是文三姐的一个木头柜子。那个紧锁的柜子很沉,小偷以为偷到值钱的东西了,就把它一块抱走了。

其实柜子里面就只有一捆书信。人们见到那些书信是在一块河滩地上,它们像羽毛一样散落在四处。

那两个曾经办过牛反修案子的公安再度来到了我们院子里。他们把失窃人家挨个挨个地检查问询,当他们来到文家时,文三姐失踪了,到处找都没有找到。也就是说,那两个公安本来办的是偷盗案,但最后又变成了像前一次一样的失踪案。

文芳失踪了。

文芳为什么会失踪呢?她可能怕把那些信中的秘密暴露了。

在找寻文芳的过程,同当年找寻牛反修的方式是基本一样的。人们都感到纳闷,难道我们院子里的两起失踪案都是一样的?但可以肯定的是,文三姐是为了殉情而失踪的,她同周大哥的信证明了一切,因为信的曝光让文芳感到了巨大的恐惧,她怯于父亲的暴力,文老汉一定会把她活活打死的。

人们都相信她已经死了,像牛反修一样,跳水死了。

但新的线索很快否定了这点。公安发现,文芳失踪前带走了蔬菜门市当天营业的一些钱,可能是顺手抓了一大把,总共是一百多块。文芳并没有死,她不是失踪了,而且是拿了公家的钱跑了，这就是意味着失踪案变成了贪污犯罪案。人们就想，多好的孩子呀，文芳要是死了也倒好，而这样她最终的命运甚至不如牛反修。

文老汉在得知这一消息后，人就瘫了，他在瘫之前只说了一句：老子要把你杀了！他瘫在床上，院子里的人都去看他，像是去探看一个垂死的人。每个去看文老汉的人在离开时都会仰头去看看墙头的那张相片，哦，简直就跟文芳一模一样，眼睛笑眯眯的，文芳不应该是个坏孩子，但……唉，每个人都为文芳叹息。那天，我看见秦阿姨也去了文家，她仍然穿着那件黑色的平绒中式上衣，出来的时候，我看见她用手绢轻轻地擦了擦眼角。

那几天，我最怕的是公安再来到我们院子里，来讲文芳被抓住的事，但我感到这样的事情迟早会发生。我想，要是文三姐做的事就像我做错了算术题一样的就好了，错了可以改正，可以用橡皮擦把卷面擦得干干净净。但是，这不是做错了题，这样的错误擦不掉。

如果她被公安逮住，她得坐上五年的牢！这是我妈告诉我的。

有天晚上，我同哥又谈起了这件事情。我说要是真有孙悟空就好了，让他把文三姐藏到水帘洞去，那里有蟠桃吃，有泉水喝，再也没有人间烦恼。那些天我正好看了《西游记》的连环画。但哥在一旁嘲笑我，他说除非人做梦，待在梦里一直不出来，当然，水帘洞其实就是一个梦。我又说上次不是就有人说牛反修跑到台湾那边去了吗，说明这事并非没有可能，文三姐也可以到台湾去呀。哥说抓回来的人要遭枪毙，就算抓不回来，隔了那么大的海,游三天三夜也游不过去。想了半天我也没有想出个好办法来,我就问哥要是他会怎么办?哥说这还不简单,要是他,他就会跑到深山老林里去躲上一辈子。这倒真是个办法。可是,文三姐绝对不行,她肯定会被饿死或者被野兽吃掉,哥可能是看多了梁山泊好汉的故事。

那天晚上,我和哥都有些失落,因为我们没有为文三姐想出一条生路来。不仅如此,哥还告诉我,要是关进监狱就完了,里面的都是些惯偷强奸杀人犯,全部要剃成光头,穿上号衣。一想到这,我就想起文三姐那根长长的辫子怎么办,到底能不能保得住?所以我希望文三姐不要被公安抓住,最好跑得远远的,跑到人们永远也找不到她的地方去。

文三姐只有永远失踪,才是她唯一的出路。

但她能够失踪吗?这是一个问题。

八

一个月后,天气已经有些凉了。

有一天,我一大早去上学。路过河边的时候,我看见文三姐在河边洗衣服。是的,她回来了,文三姐回来了!

我好激动,喊道:"文三姐。"

她好像没有听见。我又喊了一声,但她还是没有答应。

我想她是不是太专心了,是的,她出去了那么久,衣服肯定脏了,她得好好洗一洗。

我不想再打扰她,只要她回来了就好。这样一想,我就往前走了。但走过之后，我突然想起是不是喊错人了，但刚才的人其实是文三姐，虽然没有看到她的脸，但她的那根长辫子我是认识的。

沿着河边走，我突然又看到了周大哥，他坐在一块青石上，正在专心致志地看书。周大哥就是喜欢看书，文文静静的，他是个不爱说话的人，在我们院子里从来是独来独往。我从来没有喊过他，他平时有些自卑，看见人就往一边躲，他的家据说被抄过很多次，抄得家徒四壁，但现在他怎么也回来了，他难道下乡回城了吗？

正在纳闷，我就听见周大哥叫了一声我的名字，但我假装踢地上的碎石没有理他。他又叫了一声，我才抬头望着他。周大哥站了起来，伸手来拍我的肩膀，但我把身子侧了一下，他的手虚在了空中。

"二娃，上学去？"周大哥问。

我点了点头。他却没有继续问下去，只是笑了笑。

这件事情我觉得有点奇怪，周大哥从不跟人接近，但这次为什么平白无故地要招呼我呢？我走了好远，又回头去看他。这时，他已经重新坐在了那块青石上，并把头埋在了书里。河边正起雾，过了会儿，四周就越来越看不清了。但突然，我就觉得不对，有种不祥之感。是啊，我喊文三姐，她却不答应，而从来不喊我的周大哥却主动喊了我。

不对，肯定不对！

我回过身来，迅速往刚才的地方跑过去。雾越来越大，视线越来越模糊。

跑的过程中，我绊到了块石头，重重地摔了一跤。站起来的时候，我吓了一跳，石头上居然拴了根绳索，那根绳索还是湿漉漉的；绳索很长，一头拴住石头，另一头在雾那边，看不到尽头。但我好像有种下意识，感到雾里的那头一定能够看到什么东西。

于是我便跟着绳索走，不一会儿就走到了河边。雾居然有些散了。

我看到了文三姐，她仍然背对着我在洗衣服，河面上飘着水雾，时浓时淡。我喊了声："文三姐。"

喊的时候我都快哭了。

这次，文三姐站了起来，她把衣服扔在了一边，慢慢地走到我身边，然后把我的手拿起来，放了什么东西，又将我的手捏拢，轻轻地说："二娃，我送你的邮票，回去慢慢看。"

说完，她就又回到了水边，重新洗起了衣服。雾突然又大了。

这时，我的眼里出现了一片奇异的景观：河滩上撒满了信，文三姐正在洗那些信，她使劲地搓、揉，然后又将它们从水中提起，复又浸入清澈的水里……

我突然感到一种恐惧，心中想这不可能是真的，这是在梦里。是的，一定是在梦里。我迅速打开手，想证实刚才的一切都是假的。

其实，这时我的手已经摊开了，但手里没有邮票，只有一颗冰凉的纽扣。

轻　舟

一

　　七十年后，詹宁能找到包家院子，这本身就是件神奇的事情。

　　那天早上，天才蒙蒙亮，詹宁就起床了，但他从窗户往外看去，还没有出来锻炼的人。一看时间，才五点，这比他平时早了一个小时。詹宁想，怎么就早起了一个小时呢？他的睡眠一直都比较有规律，生物钟甚至比墙上的钟都准。但不可能回去再睡，他把冰箱里的牛奶拿出来，烧上水，蒸上头天买好的包子、馒头，然后坐在沙发上发愣。这时，詹宁突然觉得时间对于他这样年龄的人来说，好像还有富裕的部分，而这些莫名多出来的时间让他有些无所适从。也就在那一刻，他就想起了包家院子。准确地说，他决定去一次桥镇。

　　第二天，詹宁同老伴就坐飞机去了成都。空中两个小时，然后进了市区，再转乘大巴到桥镇。在去桥镇之前，詹宁总觉得是个复杂的事情，但上了飞机才知道非常简单，他所花的时间总共加起来也不过半天。这让他非常感慨，好像七十年时间只隔着几个小时，相当于是转了回商场，顺便再去影院看了场电影。

　　说起去桥镇其实并不难，但以前工作忙碌，总是时间不凑巧，到了退休的时候，他终于有时间了，但不知道为什么，还是

我/们/的/小/城

没有成行。人有时候真怪,你越是想做的事情越是做不成,这一拖又过了很多年。过去,詹宁夫妇的女儿并不支持他们远行,觉得他们年事已高,怕单独旅行出岔子。但这回她没有阻拦,主要是她妈告诉她说:"我们想回你爸小时候待过的地方去看看。"一听这话她就同意了。临行前,女儿又叮咛说一定得带上速效救心丸,她知道父亲的老毛病,她弟弟就大大咧咧,对父母的事从来就没有上过心。说起来还是女儿体贴入微。

从大巴上下车已临近黄昏,詹宁夫妇准备先在桥镇的一家宾馆住下来。詹先生之前跟老伴已经商量好了,先别急着去看,他们要慢慢去找过去留下的痕迹。因为詹宁知道七十年的时间早把一个地方变得面目全非了。说实话,就在他们进入桥镇的过程中,一路上的景色,让詹宁感到了巨大的变化,可以说是完全对不上号了,他就像只纪念馆玻璃罩里生锈的古董,望着外面陌生的世界。

那天,是一辆三轮车把他们拉到宾馆的。蹬车的师傅是个健壮的本地人,车跑得很快,詹宁说:"师傅,能不能慢点?"其实詹宁是想看看桥镇。这期间他们就随便交谈起来,这师傅人倒热情,带着浓厚的本地口音,让詹宁感受到一些久远的东西慢慢浮现了出来。

师傅问:"大爷,你们从哪里来?"

詹宁说:"山东,去过没有?"

"没去过。"师傅呵呵一笑。隔了会儿他又随口问道,"大爷,你们是第一次到我们这里的吧?"

"年轻人,我七十年前就到过桥镇。"

三轮师傅转过头来望了望这个老头子,转回去的时候伸了伸舌头。

詹宁说:"你就到四望关附近吧。对了,还有四望关这个地名吗?"

"有啊,我老婆每天都在那里摆摊卖水果。"

过去,四望关是桥镇最有名的地方,但詹宁怕老地名都被改了,解放后很多地名都改了,实在是不足为奇。这个地名居然还在,他心里一阵兴奋。

师傅很快就把他们拉到了附近的一个宾馆里。

宾馆外面的灯箱闪闪烁烁,人力三轮车穿梭其间,虽然是黄昏,但行人还不少,马路对面有群大妈在跳广场舞,宋祖英唱的《好日子》穿过街道飘进了宾馆大厅。办好住宿手续,天已经麻麻黑了,他们随便在旁边的小餐馆里吃了点东西便回到了房间。老伴在收拾东西,詹宁打开电视,他有看《新闻联播》的习惯,但显然时间已经错过了,他拿着遥控板搜到了地方台,正好在播《桥镇新闻》,内容是县上召开什么会议,然后是领导检查工作之类。主持人也像中央电视台主播的样子正襟危坐。电视里间隔着也播些广告,房地产、商品促销之类,然后是电视连续剧。美女英雄、明眸皓齿、衣裙飘飘,但下面滚动着专治胃病、肛肠、风湿和性病的字幕……

看了一阵儿就感到无聊,老伴说:"今天也累了,早点睡吧。"她进去洗澡的时候发现水笼头有些漏,一开下面就冒水,淌了一地。叫服务员来,说是修理工不在,只有明天来修了。老伴说:"那就给我们换个房间吧。"服务员回答:"对不起,房间已经住满了。"詹宁有些无奈:"算了算了,一晚上不洗能凑合。"但他们心里多少有些不爽。

临睡前,詹宁夫妇的女儿又打来了电话,这是一天中她打来的第三个电话。她问他们情况怎么样,路途是否顺利,宾馆条件如何,她总是这样,好像父母倒成了小孩。幸好她打来电话,同她妈呱啦呱啦说了一阵,老伴的心情好了不少。

也就在这个时候,詹宁突然产生了种虚幻感,突然就来到了桥镇,这多少让他有些不适应,好像一件想了很久的东西,突然就到了手里,多少都有些不真实的感觉。

这一夜詹宁有些失眠。

其实,那一晚他也断断续续地做了几个梦。

那是在1938年初冬的一天,船舱里却有些闷热。詹昌炽对他的儿子说:"阿宁,没事做吧,你背首诗给我听听。"

从重庆坐船到桥镇要四天时间,可能是坐船坐得太久了,船上所有人都觉得很无聊,这时詹昌炽就突然想起了让儿子背唐诗。当时,詹宁站在詹昌炽的面前,吸了吸鼻子,开始背诗:"……朝辞白帝彩云间,千里江陵一日还,两岸猿声啼不住,轻舟已过……"这时,就听见大通铺里有人笑了起来:"宁娃子,你把诗都背到下游去了!"

船舱里的气氛瞬间舒缓了不少。

当年，詹昌炽是盐务局的职员，他这一辈子都跟盐打交道，直到退休。他一生几乎都跟着盐务机构辗转奔波，这从他的几个孩子的名字中就能看得出来。

大女儿詹桐，是在安徽桐城生的，那是詹昌炽当年考入桐城盐务稽核所工作的地方。后来，袁世凯的借款到期，洋人不再把持盐税的征收，各地的盐务稽核所解散，詹昌炽又进了南京的盐务总局，他的儿子就是在南京生的，取名叫詹宁。抗战败退，盐务局被迫迁到重庆，詹宁的弟弟是在辗转去重庆的路上生的，取名詹渝。后来日本人炸得厉害，盐务局只好再迁，这一次，它直接迁到了川西的桥镇。当时詹昌炽的太太李凤妹已经有七个月的身孕，他们一到桥镇不久，就生了个女儿，取名叫詹桥，小名叫乔乔。

那一年，在詹宁的记忆中，他们是在船上摇了三天三夜才到了桥镇。詹宁和在重庆小学里的那些伙伴们都来不及告别就分开了，因为是暑假，学生们都回了家。但詹宁说过要送他们烟盒纸的，那些漂亮的烟盒纸是从盐局的竹篓里捡来的，他捡了好多。但这一切都不存在了，詹宁茫然地望着江水，酱黄色的水里漂着小漩涡，倏忽而过，很快就无影无踪了。

但跟其他人不一样，詹昌炽意外地有些喜悦，见着人就打招呼，好像他们将要去的是一个世外桃源。他在栏杆旁站了很长时间，不时同人抽烟、说话，烟雾里仿佛都沾了喜气。李凤妹受不了长途坐船，一坐船就要晕天呕地，詹昌炽就安慰她说："我同王处长已经说好了，到了桥镇，小桐就有事情做了，每月能挣二十

我/们/的/小/城

块呢！"

詹昌炽是戊等职员，每月的薪酬稀薄，但一家人靠他吃饭。如果不到桥镇，继续留在重庆，虽然可以拿到一笔遣散费，可以后一家人保不住就得流落街头。所以詹昌炽选择了去桥镇，他知道老婆怀着孩子一路折腾很辛苦，但这是没有办法的事情。其实，詹昌炽是舍不得离开盐务这个饭碗，当年他父亲也是个老盐务，曾在珲春县盐务局当差，据说挣了一些钱财后回老家添置房产。詹昌炽一生都觉得干盐务是个可靠的职业。

詹昌炽对去桥镇是充满期待的。虽然那个满满当当载着盐局职员家眷的大船上没有几个人是高兴的，大家焦眉愁眼，深感前途未卜，但这并不影响他的心情。船在熄了灯后，詹昌炽的脸上还挂着点不易被看出的笑，甚至詹宁在半夜里还听见了他父亲说了句断断续续的梦话，那梦话吓了詹宁一大跳：

"轻舟……已过……万重山……"

詹昌炽一家到了桥镇后，租住在包家院子里。

包家院子在半山坡上，就独独一家，上街要走一条窄窄的山路。院子的主人是当地的一个熬盐的灶户，院子不算大，前后两个院子，前院是熬盐的烧房，后院才住人。当然，堂屋和正房是包家自己住，两边的厢房后来都租给了外来人家。詹昌炽一家就住在东厢房靠着包家的一间里。屋子隔成了两间，大人住在里间，孩子住外间，詹宁和弟弟詹渝睡一铺，姐姐詹桐单独用竹篾笆搭了个床。

包家院子的四周是茂密的山林，院子的背后有条小溪，哗哗地流着。如果在山下，从树林中就能隐隐约约地看到包家大院旁边的那个高高耸立的井架。通往包家院子的山路上行人很少，一般的情形是只有几个挑盐的挑夫慢慢搬运，或者是在歇脚，他们挑的都是包家的盐，去江边上船。

院子的门口有个高高的石坎。詹宁数过，一共三十七梯。这个数字詹宁记得特别清楚，因为从那以后，詹宁每天都得从这个数字上走下来、爬上去，不管是晴天丽日还是刮风下雨。不仅如此，每一块石梯子的样子他都记得清清楚楚，哪块缺了角、哪块凹得更深、哪块纹路要花些……

石梯子上面有挑运时漏下的盐渣子，扫也扫不干净，像地上打了层薄霜一样，而石坎上却常常坐着一个冒着烟雾的人，那就是颜伯。

颜伯头上包了块白帕，是个很和蔼的中年人。歇息时他一般是在石坎上裹叶子烟，然后翘着根烟杆吧嗒吧嗒地吸，叶子烟味辣巴辣巴的，吸几口他就流口水。詹宁刚开始很讨厌他脏兮兮的动作，但以后却慢慢喜欢看他这个样子，嘴里总是糊着口水线线，就像想找吃的狗嘴一样。

颜伯没有老婆，是个鳏夫。他喜欢小孩，詹宁一经过他身边，他就喊到："宁娃子，送你个东西！"他送的东西都是当地叫做"油啄母""嗯啊子""丁丁猫"之类的虫子，也不知道他是哪里捉来的。每次他都把虫子放在口袋里，然后蒙在手里让詹宁猜是什么东西，要是猜不出来，他会笑得很开心，觉得自己胜利了一样。他笑的时候，就会露出那脏兮兮的烟熏牙齿来，詹宁就常常有个奇怪的想法，他想用磨石好好给颜伯磨回牙齿，磨得白白净净的，跟米饭一样白净。

在包家院子安顿下来后，詹宁很快去了当地的一个小学插班念书。

上学的第一天，詹宁起得很早。姐姐詹桐去灶房里蒸了粑，然后塞了块在他的手里，但这好像也没能暖开他心中的失落。每一次转学都让詹宁不愉快，他很厌倦转学，他已经转过很多次学了，每转一次都让他像得了回重感冒一样。学校是个过去的破庙子，经过整修后正好用来办学，不过这比詹宁在重庆读的学校要简陋很多，刚进去时他的心情坏到了极点，只是进了校长办公室时，这种情绪才有了好转，因为他看见玻璃窗外面挤满了小脑袋，在偷偷地望他，那些小脑袋们看起来很兴奋。

那天到了课间，有个高大的男生主动把詹宁拉到吊铜钟的大槐树旁，问他是从哪里来的，然后自我介绍说他叫大海。大海，山沟里还有叫大海的名字？这名字让詹宁有些惊奇，大海分明是没有见过大海，他的父母见过大海没有也难说，但那个男生真的就叫大海。大海比詹宁大好几岁，高出他一大截，他读书晚，这个班上的学生都是大大小小的，年龄相差很大。虽然比詹宁大，但大海是个朴实的孩子，他第一次见到詹宁就从口袋里摸出个橘子给詹宁吃。后来，大海经常会拿橘子给他吃，詹宁想他家里一定有棵大橘子树，橘子们密密匝匝地吊在树枝上。

没过多久，詹宁就对一切熟悉了起来。因为见多识广，詹宁成了他们的小先生，连老师抽问的时候都会点着他说："詹宁，你来回答这个问题。"下课的时候，同学总会围着詹宁问这问那。于是詹宁就开始讲了，他得讲点他们没有见过的，比如，日本人的飞机轰炸是怎么回事，美国大兵什么样，防空洞是啥样，跑警报是怎么回事……只要詹宁一讲，他们准听得津津有味儿。其实詹宁讲的都是真的事情。他还说盐务总局在重庆两路口的时候，修了个豪华的防空洞，洞体很宽敞，里面还安了灯，灯一亮，四壁雪白。

但这时大海就会问："防空洞真有这么漂亮吗？"

"是的。"

"比你家都漂亮吗？"

"对呀！"

大海惊讶地张大了嘴巴，他真的是想象不出那防空洞是什么模样。这时，铃声突然就响了，他们又回到了座位上，但詹宁还没有讲完呢。本来詹宁还要讲盐局在重庆的那个防空洞里不仅安装了电灯，还有长排椅子，夏天时里面还有电风扇呢……

二

桥镇的早晨清凉潮湿。早上起来，老伴已经悄悄出去晨走了一圈回来了。但詹宁这天一点也没有察觉，可能是临到下半夜才入睡的原因，她不愿打扰他，倒是街上的吵闹声把他惊醒了。老伴一回来就说："老头子，你经常给我说的叶儿粑外面就有卖。"

我/们/的/小/城

詹宁很惊喜:"真的?快去买几个!"她笑眯眯地从背后把一个塑料袋提了出来说:"我已经买来了,趁热尝尝吧!"

在詹宁的记忆中,叶儿粑的馅是用芽菜同碎肉炒焦后包在粽叶里面,咬一口,油就顺着嘴角流了出来,那种香一辈子都记得。当他撕开粽叶咬了一口时,觉得还是七十年前的味道。这个早晨又回到了七十年前,就像普鲁斯特在《追忆似水年华》中写到的童年的一块甜饼,那是一块文学的甜饼。其实詹宁并不懂文学,搞了一辈子地质研究,跟文学一点都不沾边,这都是他女儿告诉他的。女儿在山东一所大学里教书,教的是西方文学。有次她说人的记忆是很奇特的,也就说到了那个叫普鲁斯特的人通过一块甜饼引发了回忆。这个叶儿粑就有点像那块甜饼。当然,这是詹宁自己私下想的,要是他给老伴说起这件事,她一定认为他是老得有些迷糊了。

出了宾馆,詹宁夫妇沿着马路往河边走,他给老伴说好了先别去问路,他们得慢慢去找。其实詹宁是想看看他对桥镇的记忆还有多少还留在现实中。很快他就看到了河,它有个很美的名字:茫溪。詹宁对茫溪太熟悉了,哪里有湾哪里是拐他都记得一清二楚。当年他曾同童年的伙伴赵文熙一起划着木筏游过这条江,他们边划边看,既惊奇又有些害怕,对河里的情况一无所知,落下去可能就会要命。詹宁还清楚地记得,赵文熙吓得打哆嗦,根本不敢站着,只好蹲在摇晃的木筏上,样子有些可怜。

那是一次奇特的经历。当时不知谁拴了条木筏在岸边,他们正好路过那里,看四下无人,便悄悄爬上了木筏。赵文熙是旱鸭子，见水就慌，但经不住詹宁游说也上了木筏。其实詹宁过去只凫过两次水，那是在嘉陵江边，扑腾了半天，先浮起的还是屁股。大人说头不能先出水，否则就不算会凫水。当时不知道詹宁从哪里冒出的勇气来，要是只有他一个人，他可能根本就不敢这样做，可能是他看见赵文熙惊恐万状的样子，突然就不害怕了，身上生出种英雄气概。

那次在茫溪里撑木筏，他们先是摇摇晃晃地撑出了好几百米，后来就不怕了，也敢欣赏周边的景色了。但就在放松的过程中，一条盐船驶了过来，那是条半头船，船身有二十多米长。他们看到庞然大物一下就慌了，脚忙手乱，连杆也不会撑了。这时船已经开了过来，而他们的木筏却不听使唤了，往大船那边快速梭去。就在木筏要撞到大船的时候，有个声音传了过来："狗日怎么在划?!"他们抬头一看，上面站着个赤裸着上身的大汉。詹宁想，木筏肯定要被撞得粉身碎骨了，但这个声音之后，木筏却没有撞到大船上。怎么回事？不待他想，声音又传了过来："死娃子，撞死你!"这时，大船已经过去了。幸好没有撞到，就差一毫厘，当然要是撞到了，可能就没有今天了。詹宁每当想起这件事不免有些自豪，因为那是他一生中最难忘的经历之一，他甚至在回忆后来人生中的一些经历时，都会联想到这件事。

河上没有船。

这不是过去茫溪的景象——是记忆出了问题，还是视觉有问题？

詹宁站在岸边慢慢地搜寻，后来他终于明白，这条河的变化

我/们/的/小/城

实在是太大了。首先是沿岸的建筑变了，当年岸边的吊脚楼不是被拆了，就是修成了钢筋水泥的高大房子，而建筑朝向河的那一面大多被刷上了大幅广告，巨大的广告字倒映在水中。那么，过去是什么样的呢？水中倒映的是高高的井架和大榕树，有种隐约和激滟的美；吊脚楼整个是木质的，悬在半空中的柱子是结实的粗壮木头，洪水来了都冲不垮；河中有很多船，盐船、米船、粪船，来来往往，穿梭不息，一派繁忙景象；岸边有捣衣汲水的，有淘米洗菜的，有垂钓撒网的。从某种意义上讲，桥镇的生活其实就是水的生活，但现在居然看不到船，河边也见不到人。那些船到哪里去了？岸边的人又到哪里去了呢？

真正的变化是河里的水。詹宁到岸边去掬了捧水，要在过去，这水能直接喝下去，且绝对不会闹肚子痛，但现在他简直不敢看它，水实在太脏了！詹宁一眼望去，河面飘浮着一层灰蒙蒙的东西，准确说是灰中带着绿，那种颜色很可怕，让人心紧，敢说连画家都调不出那样的颜色来。除了这，河面上还漂着些枯叶、烂菜叶、塑料袋、玻璃瓶和认不出的脏物。细细看还会发现小猫小狗的尸体，也不知是谁扔到水里的，它们在水中一动不动，河水也跟着它们死了一样。

那天早上，詹宁差点把吃到肚子里的东西吐了出来。

川南的冬天阴冷潮湿，过了白露，院子四周的树枝都掉成了光杈。这天，包老爷子双手拱着个炭炉子，在前院巡看他的盐灶，却突然撞进来了两个人。

那天詹宁正趴在窗户下的小桌子上做作业，突然就听到外面闹嚷嚷的。

詹宁趁父亲不在，跑到门缝里往外看，只见天井的中间站着两个光鲜的男女，旁边堆着几只大皮箱。那男的三十多岁，比较清瘦，戴着眼镜，梳着大背头，打了亮光光的发油；女的只有二十来岁模样，穿着合身的旗袍，外面套了件貂皮大衣，虽然是冬季，但她仍然穿着高跟鞋，跟季节的寒意多少有些格格不入。

包老爷子见到了佃家，满脸堆笑。但那两人好像并不太满意，眼光挑剔。

"这里住了些什么人？"男的问。

包老爷子尽力介绍了一番。

男的扶了扶眼镜："房子有大间的吗？"

"有，有，西厢房的那间朝阳，一直空着。"

男的先跨了进去看了阵儿，出来后便开始讨价还价。包老爷子显然是想促成这笔交易的，不断解释、赔笑。但两方说了一阵儿，就有些说不拢。男的最后是站在了天井里，弯身去提手提箱，起身欲走。

此时，太阳正落在了天井里，几缕阳光像银丝一般亮晃晃地飘在空中，阳光的那头是几朵白云。男的斜着脸望去，居然有些出神。他就放下了手提箱。

男的叫薛鉴之，是盐务局的医生。他们一来，人一多，院子里也热闹了不少。

川南的冬天很少见到太阳天，人缩在屋子里准会起冬瓜灰，

我/们/的/小/城

一到出太阳的日子，天井里便晾满了衣服。詹家的人多，自然晾的衣服也多，但破破烂烂没几件像样的。薛鉴之一家却特别讲究，晒的都是高档布料的衣服，这无形中就形成了个贫富对比的景观。詹昌炽同李凤妹就悄悄议论对门的薛家，猜测对方的家境和来历。后来才知道，薛家在南京是大户人家，据说有半条街都是他家的，家里有戏台，薛鉴之的夫人秋姨过去人家是唱戏的，去唱了几回，就嫁给了薛鉴之。

平日里，薛鉴之两口子跟院子里的其他人有些挨不上边。詹昌炽虽然与薛鉴之同在盐局工作，但他们之间并没有什么来往，见面只是点头而已。秋姨是那种养尊处优的女人，来了不久就请了个丫头，每天帮着洗衣服和做饭菜，她自己总是抱着手在一旁监督，不时要责备几句。薛氏夫妇是苏气人，不久就在门前种了几盆花草，又在屋檐下弄了个火炉子，砂锅里总是炖着鸡鸭鱼肉，那些混合着黄豆和红枣的气味在院子里飘散，惹得猫狗都在炉子边转。说来也怪，后来一些农夫就主动上门卖他们的蔬菜，什么新鲜的竹笋、耳子、蘑菇都会先挑这里让他们先选，连渔夫也寻到了这里，他们只要打到了甲鱼、河鲟之类的鲜物就会直接送上门来。那情景是秋姨一边收货，一边伸出白皙的手臂，用拇指和食指拈着银元，然后丁丁地落下去。

对于薛氏夫妇，詹昌炽好像没有什么好印象。一是秋姨经常要咿咿呀呀地唱几段，间或要停下来清清嗓子，搅得人心神不定；二是薛鉴之每次走过前厅的时候闻不惯盐卤浓烈的气味，总是用手帕蒙着鼻子。这些都让詹昌炽不满，所以每次秋姨从外面回来，詹昌炽一看见就会低声对他老婆李凤妹说："你看，高跟鞋走得叮叮响，就不怕崴了脚？"詹昌炽也不是没有一点心气儿，当年在税务学堂，他是见过各色洋人的，中国人也就不算什么了。

这天，颜伯又坐在石坎上抽叶子烟。

詹宁正放学回来，他一看到詹宁就说："宁娃子，快过来，送你个东西。"颜伯这人脸色红润，成天笑嘻嘻的，像个笑脸罗汉。

这时，颜伯从衣服里抓出个虫子来，那个虫子的一只腿上被插了根细细的竹签，只要一摇竹签，虫子就呜呜地飞转起来。

"给我，给我。"詹宁伸手去拿。

"我再扇扇，我还没有凉快呢。"颜伯故意逗詹宁，他用拿叶子烟杆的那只手把詹宁挡住，另一只手仍然在摇那虫子。呜呜呜……虫子贴着他的脸，一副很凉爽的样子。

"哼，不要了！"詹宁就生气了。

"好嘛，不要就算了，省得我自己慢慢享用。"

"吝啬鬼！"詹宁转身就走。

"狗屁虫，给你！"他一把拉住詹宁，哈哈大笑起来。

当地人把这种虫子叫笋子虫，是竹林里生的，黑褐色的壳，长着根长长的坚硬的鼻子，据说专门吃竹子，把鼻子钻进去吃。詹宁接过虫子，使劲摇，虫子就使劲地飞。它一停他就摇，翅膀扑地打开，呜呜呜，小电吹风似的。

"颜伯，还有没有？"詹宁盯着颜伯的口袋。

"你娃安逸得很呢，那么容易逮吗？要碰巧了才逮得到呢。"

他吧嗒了两口烟,吐出烟雾的时候又说,"给哪个嘛?"

"我弟弟。"

"他?他不是傻子吗……"

"胡说!他不是傻子,你才是!"

詹宁一下就跟他急了起来。他弟弟詹渝只是不说话,但他不是傻子,詹宁敢向老天保证。他把虫子扔给了颜伯,转身就往里面的天井跑去。

这时,就听见了颜伯气急败坏的声音:"嘿,回来!老子专门给你逮的,不要了是不是?龟儿的……"

自从这件事后,詹宁就有些不喜欢颜伯了,每次看见颜伯坐在石坎上抽烟,詹宁就故意绕过去不理他。有一次,颜伯还是坐在那里,手里有只小麻雀,詹宁走过他身边的时候,他故意咳了一声,但詹宁还是没有理他。后来他编了个竹笼,把鸟放在里面,然后挂在屋檐下,他以为这样就能吊詹宁的胃口。但詹宁不吃他那一套,偷偷用石子去打那个鸟笼,把鸟笼打得翻来荡去,鸟在笼子里一阵乱扑腾,娇态尽失。

有一天,放学后詹宁回到包家大院,远远一看,颜伯没在石坎上坐着。詹宁想,这下好了,他得气气这个老头子,所以走过他经常坐的地方时,詹宁朝那里连吐了三泡口水。吐完口水,詹宁的心里有点咚咚的跳。但他正了正斜挎的书包,进入大院门,就看见热气腾腾的几口盐锅,有两三个盐工正赤身在那里忙碌。詹宁正准备往里走,突然就看见颜伯闯了出来,急匆匆的样子。詹宁以为颜伯发现他刚才的行为,要来收拾他,便想往一边躲,却听见颜伯大声喊道：

"宁娃子，还不快进去，你妈生了！"

乔乔是早产，按正产应该还有一个多月。那天早上的时候李凤妹正在缝制衣服，突然就感到下身被打湿了，她预感可能是羊水破了，这才大声叫人，但家里没有人。

乔乔是薛鉴之接的产，那天他正好休息。乔乔总算平安出生了，但薛鉴之后来说，他从来没有接过生，他是外科医生，不是妇产科医生，急了也只能当赶鸭子上架。这件事情后，詹昌炽对薛医生的看法好像有了些好转。后来他买了包杂糖和两包香烟去感谢薛鉴之，但被薛鉴之婉拒了。那天，詹昌炽就站在薛鉴之的门口，两人推来推去，结果是礼没有送成，薛鉴之也没有请人进屋坐的意思，两人僵在那里有些尴尬。詹昌炽就不明白对方为什么不收礼，后来詹昌炽把糖给了那些盐工吃，烟让詹桐给了她的顶头上司王处长。

三

赵文熙家是第三户住进包家院子的人家。

赵家只有三口人，姐姐叫赵馥，姐夫朱佩章在盐务局上班，他们是盐局第二批疏散到桥镇的人员。赵家住包家西厢房中的一间，也就是在詹家的斜对面。搬来那天，院子里的人都在一旁围观，赵馥见詹昌炽也是盐务职员，便热情地同他交谈；朱佩章倒是显得很内向，性情不温不火。赵馥是个性格外向的女人，院子里只听见她一个人咋咋呼呼。

他们一来，包家院子就热闹了起来。刚来那天，包老爷子对这一家人充满了好奇，他还上前摸了摸赵文熙身上的毛衣，口中发出啧啧的感叹："穿这么少……不冷吗？"

赵文熙摇摇头，奇怪地望着他。

"老爷子，这可是羊毛织的，比棉袄暖和多了。"赵馥在一旁说道。

"啧啧啧。"

"在上海大中华商店买的呢。"

"西洋货？"

"对的呀。"

赵馥这样一说，包老爷子就更是觉得稀罕了，他孙子穿的是当地的粗布，颜色是靛蓝染过的，一洗就会褪色，看起来白一块蓝一块的，土气得很。

赵文熙长得白白净净，有几分腼腆，要是头发长点就像是个女孩子。这时，赵馥走到詹宁面前上下打量了一下："小家伙，多大了？"

"十岁。"

"乖，把嘴巴张开，让我看看。"

詹宁把头扭在了一边，心想这女人才怪，又不是马嘴还要看牙口。

"文熙，看看人家的牙齿，你都是吃糖给吃坏的……"

赵文熙赶紧闭了嘴巴，站在原地打量着詹宁。

赵文熙也插班到了桥镇小学，詹宁多了个伙伴。他们很快就熟了，上学放学就在一起玩。有一回放学，詹宁同赵文熙走在路上，他就建议一起来打草官司。但赵文熙从来没有玩过，詹宁便教他如何找草、结草。不一会儿，他们俩便开始分头找草，后来赵文熙找到一根草，看起来很粗壮，他很兴奋，想马上摆开架势开战。一般的情况是，他们就把草根绞在指头上，只要一用劲，就会听到啪的一声脆响，断的一根算输。但詹宁刚一喊开始，还没有完全使劲，只是轻轻一扯，草就从赵文熙的手里滑了出来，只看到他那又细又白的手上迅速裂出一道口子，流血的手指头像根破了皮的红辣椒。

赵文熙哇地哭了出来，这倒把詹宁吓住了，他没有想到赵文熙那么娇气。本来这事敷点药就解决问题的，但回到包家院子，赵馥一见就生了气，开始骂赵文熙："只知道疯玩，这下好了，手都断了，看你怎么写字！"过了会儿，手指包扎好后，赵馥还在骂骂咧咧的。这时詹宁早也逃回了自己的家中，关起门来假装做作业，但赵馥的声音仍然高高低低地传了过来。他听见赵馥在说赵文熙长到这么大还没有流过一滴血，这回可好，流那么多血，吃一百个鸡蛋都补不起来！詹宁越听越生气，当时他就想，这算什么事嘛，伤个小口子，用得着这样大呼小叫的吗？何况他妈坐月子还没有吃上一百个鸡蛋呢。

这件事后，詹宁就不喜欢赵文熙了，他觉得赵文熙不但娇气，还胆小，一个人不敢走山路，每天得跟他走才行。从此，詹宁常常对赵文熙爱理不理的，走在路中，詹宁常常产生了一些恶作剧的想法。比如故意爬上一个小山坡，然后一口气从山坡上跑

我/们/的/小/城

下来，赵文熙很胆怯，怕摔跤，站在原地不敢动，这时詹宁已经跑得很远了，让赵文熙一个人傻傻地站在那里。当然，赵文熙有时也鼓起勇气学着像詹宁一样跑下山坡，但常常会被摔得人仰马翻，衣服破了，手脚也磨伤了，书包里的课本飞撒在山坡上……

大概是上世纪五十年代初，詹宁曾经寻找过同在包家院子的伙伴赵文熙。

这已是离开桥镇后十多年了，他们都已经长大成人，天各一方。一个偶然的机会他见到了赵文熙在重庆时的同学林凭栏。那时詹宁已大学毕业，干的是采矿工作，工作繁忙不说，且常年在野外作业。那次是詹宁到上海去开一个会议，他坐了整整一天的火车，刚到上海，肚子开始隐隐作痛，还没有到招待所，他已经招架不住，赶紧就去了医院。一检查，阑尾炎，需马上做手术。

给他做手术的医生就是林凭栏。也就是那次手术，詹宁认识了他，他们在聊天中知道双方的经历有些相似，而且朋友中居然有交叉，比如赵文熙就是。而且，他从林凭栏口中知道赵文熙已经去了台湾，跟着他姐姐、姐夫去的。林凭栏告诉詹宁，他同赵文熙不仅是重庆青木关时的同学，后来回到南京，还一起念高中，后来天下局势已定，该走的走，该留的留，赵文熙的姐夫押送盐局档案去了台南，他也就跟着去了。当时，赵文熙的父母去世得早，从小就跟着姐姐赵馥生活，当然只能跟着姐姐、姐夫去台湾，但从此以后就音信全无。

詹宁住了三天院。出院的时候，林凭栏告诉詹宁："这两天我突然想起了一个人，可能她知道赵文熙的下落，你不妨找找她。"

原来，赵文熙还有个表姐在安徽，林凭栏估计赵文熙同她还有联系。但詹宁回到山东后就把这件事情忘记了。

其实，詹宁的心里也有些顾忌，人都去了台湾，那就是政治选择问题，所以只好作罢。詹宁后来认为还是人比较年轻，对很多事情看得轻，而工作也忙，谁还会在乎童年的一些事情。到1957年，詹宁被打成"右派"，他的生活从此发生翻天覆地的变化，他连自己都顾不过来，自然也就不会去想那段已经过去的经历了。

詹宁在农场劳动的时候曾经有一回又想起过赵文熙来，但只是想想而已。他甚至想这事有些荒唐，他还暗自庆幸没有联系上，要是联系上了，再扣一顶"里通台湾"的帽子，他可能去的不是农场，而是不知道哪个遥远的地方了。那天，是在下工之后，他刚刚把养的牛归栏，坐在山坡上歇息时，他庞大的记忆中就有一缕旁逸斜出的思绪飘了出来。是的，这个山坡太像当年包家院子前的那个山坡了。他想起了包家院子，想起了赵文熙，也顺理成章地想起了上海的那次阑尾手术……但是，这样的思绪他不敢继续。他迅速站起身，他怕在那样的思绪中沉浸下去，而此时他应该得好好想想的是晚上的学习发言，这是每天都要过关的。很快，那缕思绪就像被大风吹走了一样，消失得无影无踪。在以后的三十年中，詹宁再也没有去想过寻找赵文熙——那个后来跟他的命运截然不同的小伙伴。

我/们/的/小/城

乔乔的到来让詹家成了一锅沸水。

詹昌炽成天负重不堪的样子，过去他会把头梳得一丝不苟，皮鞋也会擦得亮光光的，夹着个公文包，走在街上也是体体面面。但现在好像什么都顾不过来了，不仅头发乱，连胡碴都来不及打理，眼里还充满了血丝。

詹桐虽然只有十六岁，但已经到盐局里去做庶务员，白天她是照顾不到妹妹了，詹昌炽嘱咐她要认真工作，毕竟这份工作来之不易。但晚上詹桐也要洗尿片、熬米糊，在竹篮边帮着摇妹妹入睡。一家人挤在窄小的屋子里，乔乔随时都会哭闹，她的声音常常会撕碎宁静的夜晚。

满月那天，詹昌炽的朋友方履冰先生来了，他给乔乔送了把银锁，詹昌炽就留他在家里喝酒。方履冰与詹昌炽既是同乡也是同事，来到桥镇自然多了些照应。像詹昌炽这样的人平时就没有几个朋友，能够谈上知心话的更是寥寥无几。

方履冰个子高，看起来很清瘦，穿大布衫，说话带着浓重的浙江腔。那天，他同詹昌炽多喝了两杯，脸红彤彤的，就对詹宁说："宁娃子，哪天带你钓鱼吃，我做鱼的手艺可好着呢，红烧鳜鱼……可惜这里见不到鳜鱼，不过鲫鱼也行呀。"

方履冰的家人没有到桥镇来，他们仍然留在浙江老家，只他一人在这里，也不知道兵荒马乱他是否放心得下。过了会儿，方履冰问詹昌炽："听说盐局办了托儿园，把哑巴子送去了没有？"他说的哑巴子就是詹渝，大家都这样叫他。詹渝跟一般的孩子不一样,从小就不说话,他总是莫名其妙地做自己的事情,从不理会别人。

詹昌炽没有回答方履冰的话,只是闷着头又喝了一杯。

"我看还是送去好,孩子们一起总得有玩的,玩着玩着不就开口说话了。"方履冰说。

那天晚上,詹宁同詹渝睡在一张床上,詹宁又好奇地望着弟弟。他想,弟弟怎么一直都不说话呢?他当真能玩着玩着就开口了?詹宁有点不敢想。这时,詹渝正玩着一只黑绒布兔子,那是他奶奶缝制的,但詹宁一点都不喜欢那只兔子,他甚至觉得把它放在枕头边容易做噩梦。詹宁这样想着的时候,弟弟已经沉沉入梦了。

周日一大早,詹宁就被一阵吵闹声惊醒了。

起来一看,原来是姐姐詹桐在杀鸡。她正捏着鸡的翅窝,只见鸡的两腿在空中狂乱抓腾,吓得她把刀都扔了好远。鸡自然从她的手里跑了。詹昌炽在天井里扑来扑去地抓,嘴里还不停地埋怨:"连只鸡都逮不住,连只鸡都逮不住……"

詹宁在一旁笑弯了腰。他想,姐姐怎么可能去杀鸡呢?那锋利的刀要生生地切开鸡的喉管,一股血飞溅而出,非吓得她半死不可。

一会儿,詹宁也加入到了抓鸡的行列中。这时,院子里的人都被吵醒了,包老爷子也把门打开了,半披着件薄衫,丧着脸,花白胡子蹙成了一团。倒是他的孙子很兴奋,冲出来帮着撵鸡。

那鸡很瘦，瘦得像鸟一样在院子里飞来飞去。最后的结果可想而知，战场一片狼藉，连准备接血的碗都被踩烂了。

詹昌炽提着鸡，有些尴尬地对包老爷苦笑："哎，对不起，扰到大家了……"

"詹先生，坐月子是要喝鸡汤的，等会儿去灶房里拿点盐巴。"包老爷子尽管有些心烦，但也不便说什么，这才把那半披着的衣服理了个正。

詹昌炽杀鸡很麻利，一刀下去，血就哗哗流进了碗里，然后才把鸡脖子反绞在翅膀下面扔在了地上，鸡扑腾了几下咽了气。这时，詹桐把滚烫的开水倒进木盆里，鸡又动了一下，吓得她惊叫了一声。詹昌炽回过头，凶了她一眼。拔毛的时候，包老爷子的孙子也帮着扯，他好像对这样的事情很好奇。这孩子爱逗猫狗，詹宁就看见过他没事的时候去扯猫的胡子，那猫本来在阳光下睡觉，结果被扯得哇哇乱叫。

这时，鸡已经被拔得个精光，詹昌炽把鸡屁股后面翘着的几根毛放在一边，说要给孩子们做个鸡毛毽子。有了鸡毛毽子，院子里的孩子又多了一个乐趣。

很快就入了春，乔乔长大了一些。

天气很好，李凤妹把乔乔的摇篮放在天井里，乔乔嚼着指头自顾自地玩耍。

这天，秋姨突然走了过来，她逗了逗乔乔，好像喜欢得不得了。不一会儿她又回到房里端了碗樱桃来，说是树上刚摘下的。

那樱桃红得玲珑剔透,让人垂涎欲滴。她们就边吃边聊起了天。这天乔乔也出奇的乖,不闹也不哭,对她拍拍手,她还笑个不停。

两个女人居然摆得很尽兴,秋姨甚至还向李凤妹讨教泡菜的做法,凤妹也很热情认真地介绍了一番,告诉她到河里去捡几块鹅卵石放在缸底,这样泡出的泡菜才够凉脆。秋姨居然照着她的方法办了,那卵石是渔夫给她捡来的,据说泡出的泡菜果然不错。那日吃晚饭的时候,李凤妹便颇为得意地把这件事情告诉了詹昌炽,她甚至有些感叹:"这小秋真是有福气,那双手哦真是白净、富态得很呢!"

说完,她便伸出自己的手看了一番。

过了两天,秋姨又出现在了詹家的门口,她端了碗鸡汤来。她站在詹家门口,翘着纤纤细指,两只手端碗的姿势根本不像是在端碗,而是端着什么玉器。可能是事情太过隆重了,反倒让詹昌炽一家人僵在了那里。秋姨把碗放到了桌上,转身就出去了。李凤妹追出门道:"小秋,你坐会儿!"等她跟着快到薛家门口时,秋姨才说,"不了,不了,先生在家呢。"她这句话的意思很明了,就是让李凤妹不要进去。这时李凤妹斜着眼望了一眼,就看见薛鉴之正躺在躺椅上抽烟,她赶紧止了步。

薛鉴之留过洋,回来后在南京的一家医院里当过医生,后来才到了盐务局的医务所。詹宁对薛鉴之的印象有些怪怪的,他从不主动接近孩子,但他又接生了妹妹,对他们詹家算是有恩。可詹宁对薛鉴之没有亲近感,看见他就躲得远远的。

有一次詹宁发烧,又去找薛鉴之,李凤妹也只有带他去他那里去看病。当时薛医生穿着白大褂,蒙着口罩,摸了摸他的头说,"小问题,在屁股上打一针,回去睡一觉就会好。"

那是詹宁一生中第一次打针,打的时候他紧张到了极点。看到薛医生把药剂瓶用金属钳轻轻地打碎,然后把药剂吸进了针管里,在将空气推出的时候,针尖头上挤了几滴液体出来,詹宁就感到大腿开始抽筋。薛医生说:"不用怕,蚂蚁咬一口会痛吗?"这时,他已经用碘酒在詹宁的屁股上抹了个圈,凉凉的,詹宁赶紧闭上了眼睛。还没有感受到蚂蚁咬,薛医生就说:"可以把裤子拉起来了。"其实,对于这次看病,詹宁并没有特别的记忆,但他觉得薛医生与薛鉴之完全是两个人。

四

到桥镇,詹宁的最终目的是寻找包家院子。

那天简单收拾后,詹宁夫妇出了宾馆,踏上了去寻找包家院子的路。找到包家院子并不容易。詹宁在路上的时候,就很怀疑包家院子是否还存在,七十年的岁月完全可以把它全部抹去,如果不好好保存,一个破旧的老房子实在很难在当今大拆大建的形势下独善其身。

实际上詹宁开始在桥镇寻找它的时候,桥镇的巨大变化已经让他感到震惊,用天翻地覆来形容一点都不为过,因为过去的桥镇几乎不存在了。在他眼前,八十年代起修建的房屋几乎已经遍布整个城市,要找到过去的老东西可不容易,所以詹宁夫妇转了几圈后居然失去了方向。他们感到茫然,决定向当地的相关部门求助。

他们去了桥镇政府,但刚想进去,就被门卫拦住了。詹宁说明了来因,那个门卫就说,"最好是到旅游局问问吧,这里面的人都是管大事的,才不管这些。"詹宁想苦笑,但却笑不出来,不过想想也是,人家怎么也是一级政府,谁会理你那些鸡毛蒜皮的事,所以他们便又找到了旅游局。但旅游局办公室里空空荡荡,人都出去了,只有一位年轻姑娘,是个普通办事人员。她说:"我们只知道景点,普通民居就搞不清楚了,你们不如去问问街道办。"她说完就迅速把头转向了电脑屏幕。

他们又去了街道办,接待他们的是一个中年妇女,她还算耐心,仔细听了他们的描述,但她好像是一头雾水,根本就没有听说过这个地方。是呀,包家院子在什么位置上?哪个街道?有无门牌号?但詹宁告诉他们,七十年前那里还是山林,四周没有任何可参照的东西,哪有什么街道、门牌,只知道那座山叫云峰山,其余的就不清楚了。那个中年男子说,那么大座山,哪里去找一个七十年前的老宅子?何况如今的云峰山不仅修了多条道路,还陆续修建了不下千间房屋,没有准确的方位,连找新修的房子都难。

一无所获。

詹宁夫妇从街道办出来,感到很迷茫,他们不知道去哪里。正要走的时候,街道办的那个中年妇女突然从屋子出来,追上他们说:"老同志,要找过去的历史,去县志办问问,说不定他们知道得多一些。"

方履冰的个头高,坐在窗户下一眼就看得到,这天他背对着窗户坐,就看得见他有些微秃的头顶。

方履冰到詹家一般不会打空手,这也是詹宁喜欢他的原因。这回他带了半包姜糖来,放在桌子上,詹宁趁母亲没有看到,抓了把藏到了裤兜里。詹昌炽在屋檐下请方履冰喝酒,一碟花生米和几根泡菜下酒。喝到后来,方履冰好像有些醉意。他回去的时候对詹昌炽说:"老詹,明天咱们去河边,不是我吹牛,当年我在秦淮河里没少钓过鱼呢。"又转过身来对詹宁、詹渝说:"宁娃子跟我去钓鱼,我给你们做鱼吃!"

詹渝根本没有理会他的话,自个儿玩着一把木头枪,那是詹宁给他削的。只喝了半瓶酒,方履冰就有些醉了。可能是他有心事,有心事就容易醉,他在同詹昌炽喝酒的时候提起了他的孩子,詹宁隐隐约约听他说有三个月没有收到家里的信了。

第二天是礼拜日,学校放假,詹宁想睡懒觉,詹昌炽早早就把他给叫醒了,原来他们真的要到方履冰那里会合。詹昌炽不知道从哪里弄来了鱼竿和鱼篓。当然,詹昌炽让詹宁去,主要是让他提鱼篓,这样的事情詹昌炽总会叫他。詹宁背着鱼篓兴高采烈地走在前面,詹昌炽戴了顶草帽,他在想着如果能钓到哪怕三两条小窜窜鱼,也可以给小女儿乔乔补给下营养。

很快就到了河边。方履冰已经等在那里了,那天的日头很大,太阳亮晃晃地照在水面,他们钓了大半天也没有什么收获。詹宁看到他父亲拿着竿都打瞌睡了。最后钓到黄昏也只钓了几根细细的白条和河虾,看起来瘦巴巴的,方履冰就说:"运气不好,下次要去挖些蚯蚓来钓才行。"

分手的时候有些尴尬,方履冰摸了摸詹宁的头,他可能是觉得自己在孩子面前说了大话。

那天詹宁提着空落落的鱼篓,父子俩一路回了包家院子。路上,詹昌炽告诉詹宁一件事,说方履冰有个女儿跟他差不多大,曾经说起过两家打娃娃亲,但他婉言谢绝了。詹昌炽一讲,詹宁就在想他父亲为什么要说起这件事,但他在想,方伯伯那个在沦陷区的女儿到底长得啥样。

白天里,包家院子的天井里也会听得见山后树叶哗哗翻动的声音。只要外面的熬盐作坊不拉卤,男人们都外出了,小孩去上学,院子里才有些清静。李凤妹同秋姨熟络以后,乔乔在摇篮里睡着的时候,两个女人就经常在屋檐下晒太阳、聊天。

这件事情詹宁一直很纳闷,母亲同秋姨俩好像是完全不搭界的人,突然却粘到了一起。事实上秋姨也闲得无事可做,偶尔会去找人说说话,帮帮李凤妹,逗逗乔乔。而李凤妹开始教她打打毛线。那时已经到了夏天,她们的友谊好像更进了一步,来往也更频繁。李凤妹便把冬天的旧毛衣拆了又织,织了又拆,秋姨也跟着李凤妹打起了毛线。据说女人一旦爱上打毛线,就可以什么都不要了。院子里就常常看见她们在绕线圈、裹线团,她们边打边聊天,好像里面有无尽的乐趣。打毛线的时候可能是太投入,也会出现异常情况,一会儿乔乔睡醒哭了,一会儿炉子上的粥煳了,秋姨也会上去帮忙,只是她总是弄不好带孩子这样的事情。

也怪,乔乔一让她抱上就哭得更厉害。李凤妹赶紧把乔乔抱回来说:"还是我来吧。"有回乔乔真把一泡尿尿到了秋姨的身上,弄得她好狼狈。

后来有一次,李凤妹突然对秋姨说:"秋妹子,你也生个嘛,我们一块带。"

"我倒想,但老薛这人最怕麻烦。"一提这事,秋姨也有些哀怨,"哎,他家有五六个弟兄,传宗接代的事轮不到他。他是闲散惯了,什么事情都上不了心。"

"带孩子是很麻烦,但哪家的孩子不是拖大的?女人还是早点要好,趁现在精力好,我看这事你得好好跟薛医生讲讲。"李凤妹说得语重心长。

过了几天,秋姨同李凤妹又在天井里聊天,突然,秋姨带着喜色对李凤妹说:"喂,嫂子,告诉你个好消息。"

"有了?"李凤妹快人快语。

"什么有了没了。"

"嗨,到底是啥事?"李凤妹满脸迷惑。

"今天大礼堂有戏,你陪我去看……"

大礼堂是盐务局开会、聚会、演出的地方。晚上的大礼堂里经常唱戏。盐务局里有不少票友,有个票友社,一到傍晚,那里就聚集了很多人在吹拉弹唱,好不热闹。詹桐高兴的时候,就会悄悄把嘴巴凑在詹宁的耳朵边上说:"告诉你,今天晚上要演戏呢!"这消息对詹宁来说比什么都来劲。詹宁趁他父亲不在,经常偷偷去看戏,当然也挨过几次打,但他一点都不怕,可能是看戏的吸引力太大了。

票友社有个老头子，吹得一把好笛子，每次他都在，稳稳地坐在中间，仿佛只有他在，才像宴席中摆好了筷子和酒杯一样。人们都喊他魏公，都是毕恭毕敬的。魏公吹笛子的时候，眼睛是微闭着的，花白的胡子显得有几分飘逸。票友社很热闹，盐务局的职员只要是喜欢戏的都来了，就连那些平时高高在上的官员也乐意参加进去，他们带着太太小姐一起来，有时也唱上两段。都说桥镇没有什么娱乐，要打发那些孤寂的夜晚还真得找件事情来做，所以票友社里其乐融融，有人甚至说在南京也难见这番景象。

盐务局有个人事处长叫王景生，这个人个头不高，面皮光光的，眉目间透着和气，隔三差五都会来票友社捧场。王处长在南京的时候那可是戏院、高档馆子的常客，据说巴结他的人多了去了，所以他一来众人马上就迎了上去。但他外表和蔼谦逊，跟他伴乐、配戏的人也客客气气。他一到首先会主动热情打招呼："魏公，是我，小王。"魏公则轻轻颔首："哦，是景生呀。"

这天，王景生是带着他的夫人来的，夫人刻意化了妆，穿着蓝色凤纹旗袍，头发是新烫的大波浪，散发出浓浓的发膏味。他一来，钹鼓正式开打，魏公便说："景生，你来起个头。"王景生也不推，"承魏公抬举，我就先抛砖引玉了。"

他还真有几下，唱老生，《捉放曹》一段，众人鼓掌。他唱完，又介绍他夫人唱，也唱老生，《秦琼卖马》，还没唱完下面的人就纷纷叫好，魏公也有些吃惊："景生，夫人的唱腔完全是正宗的谭派嘛……"

我/们/的/小/城

王景生不无得意，嘴上却在谦虚："丽娟她就是闹着玩的，请魏公多多指点！"

魏公捋了捋胡须："景生，我觉得你和秋小姐两人不妨合作唱一段试试，她唱得不错，你们俩说不定是珠联璧合呢。"

秋姨正坐在下面不远处听他们唱戏，经魏公一指，王景生就朝她打量过去。这一看，不免让王处长有些心旌荡漾，没想到盐局里居然还藏着这样的美人儿。但王景生的脸上掠过一丝尴尬，说道："好啊，谢谢魏公的美意，下次一定请秋小姐赏光。"

那一段时间，詹宁突然好像迷上了看戏。只要詹桐一下班回家，詹宁就会缠着她问："大礼堂里可有演出？"有一天，詹宁正在同姐姐一起踢鸡毛毽，毽子就是上次詹昌炽用鸡毛做的。詹桐对踢鸡毛毽兴致很高，能踢一百多个，但詹宁老是踢不好，也就越踢越懒心无肠。

那天，姐弟俩又在一起踢，赵馥把赵文熙也叫了过来，天井里一阵热闹。但赵文熙也踢不好，三两个就踢飞了，常常是站在一边看，只有詹桐越踢兴趣越高，毽子就像粘住了一般，头上的汗水都出来了。詹宁在一旁帮姐姐数数，数着数着的时候，就冒出了一句话来："姐，今天有没有戏看？"殊不知他刚一说，就被他父亲听到了，詹昌炽从窗子里伸出头来斥道："做功课要像看戏一样来劲就好了！"

詹宁赶紧捂住了嘴巴，等着詹昌炽出来叱骂一番，意外的是，詹昌炽只是叹了口气。詹宁用眼睛去瞄他父亲，詹昌炽突然说道："今天放你个假，把弟弟一块带去看吧。"

"真的?"詹宁有些大喜过望。

"上面来了头头，大礼堂要演好戏呢。"姐姐在一旁说。

詹昌炽又叮嘱道："看完就回家，一定要把弟弟带好！"

为了接待这位大人物，票友社也是在精心准备，演员都是认真化妆上台，要求演出的水平自然跟平时不一样。看戏也要有氛围，大礼堂外面只贴了张小小的戏目预告，就涌来了不少的人，詹宁跟弟弟只好挤在窗边看。那天也怪，那个大人物迟迟不来，过去一般演戏是魏公说话算数，但今天轮不到他，老是看不到人来，礼堂内便有些乌烟瘴气，抽烟的、吐痰的、招呼的搅在一起。又过了好久，突然门口急匆匆地进了几个人，中间的那个是个大背头，穿黑色中山装，衣襟扣得严严的。场子里马上清静了下来，大家意识到是那个人到了，他们径直就坐在了台下最醒目的位置上。

魏公说想请那人讲几句应景的话，但那人双手抱拳，只说了一句，"久等了，开吧！"台上幕布自然拉开，戏便开始了。

刚一开场，就闹了个笑话。

事情是这样的，戏是《李陵碑》，先是杨老令公出场，前面是四个老军打着刀出场开道。开戏前，这几个跑龙套的人分别化了妆在后台候场，可能是等得太久了，有的把胡须挂在下巴上，露出嘴巴抽烟，等前台通知上场了，几个人把香烟一扔，扛着大刀就去了，完全不知胡须仍然挂在下巴上，样子非常滑稽。而演杨老令公的演员被吓了一跳，愣在台上不知所措。

这一幕太突然，众人哄堂大笑。

尴尬的是魏公,他排练了不少时间,却出了这么大的笑话。戏很快就恢复了正常,人们也慢慢沉浸在了戏里,詹宁也仿佛忘了周围的一切,专心致志地看戏。

但过了不知多久,詹宁发现弟弟不见了,大惊。他想自己是一直牵着弟弟的,什么时候手就放开了呢?他吓了身冷汗,赶紧四处找詹渝,但在人群里找了半天都没有找到。弟弟会不会跑到外面去了?詹宁知道他对戏一点兴趣都没有,他在看戏的时候他还一直不停地玩着那把木头手枪。但现在弟弟丢了,詹宁急得心都快飞出胸口,迅速冲出了大礼堂。

外面一片漆黑。

"詹渝……"

詹宁大声喊,焦急万分,但没有任何回应。

"詹渝,你在哪儿……"

声音消融在空旷的四周,他都急得快哭了。

礼堂里仍然锣鼓喧天,一片热闹,叫好的声音不时传来。詹宁感到害怕,弟弟会到哪里去呢?这么黑的天到哪里找他去?就在这时,詹宁突然有了个奇怪的想法:地上找不到他,他会不会爬到树上去了?弟弟跟一般孩子不一样,他喜欢树,常常对着树喃喃自语。詹宁想,弟弟一定是找他的朋友树去了。

四下里树木影影绰绰,那些直直的树干高高地伸向黑暗之中。詹宁想,不远处正有棵大黄葛树,几个人都合抱不过来,但沿着根茎却很容易爬上去,他会不会爬到那棵树上去了呢?

詹宁站在了树下大声喊道:"詹渝,詹渝……"

"呜，呜，呜……"

詹宁听见了一个奇怪的声音。

"弟弟，是你吗？"

"呜，呜，呜……"

一定是弟弟的声音。他会发出奇怪的别人听不懂的声音。

詹宁迅速爬上树，发现弟弟紧紧地抱着个大树杈一动不动，一直在自言自语。

树上有一只猫头鹰，扑地飞到了另一个枝头上，把詹宁吓了一跳。

下树的时候很费了些劲，詹渝不想下树，使劲地抱着树干。

詹渝的行为异于常人，他为什么要爬到树上来？或者说是什么东西诱惑他上树？詹宁根本无法想通。但这件事情让詹宁感到后怕，万一弟弟从树上掉下来了怎么办？他父亲不把他打死才怪。

那天晚上，詹渝睡着后紧紧地抱着詹宁的腰，就像在树上抱着那根树杈一样，那只黑绒布兔子被他扔在了一边。

乔乔是早产儿，母奶没有吃到一个月就没有了，只有靠熬米糊来补给，所以她长得很不好，经常爱生病。也因为这，詹昌炽只要有时间就会到河边去钓鱼，如果有些收获，他便把鱼熬汤来给乔乔增加点营养。

方履冰也会去钓鱼，但钓的鱼自己不吃，都是拿到詹家去，他对这件事好像有些乐此不疲。但每次人没有进屋就会扯着嗓子喊："宁娃子，拿盆来装鱼啰！"其实有时他的笆篓里就几条小得

我/们/的/小/城

可怜的白条,但被他这样一喊,好像把鱼香都喊出来了。

那天,方履冰仍然穿着大布衫,肩上扛着一杆鱼竿,站在门外。

李凤妹热情地招呼:"老方呀,进来进来!"

方履冰不肯进去:"哎,今天运气不好,没有钓到什么东西。"

正是吃饭的时候,照例要多摆上双筷子,詹宁便把他父亲的两个小酒杯拿出来。

詹昌炽说:"正好还有两个咸鸭蛋,切上端来。"

这两个蛋够他们下酒摆上一阵子的了。有时他们尽兴了,詹昌炽又到酸菜坛子里捞几根泡菜起来下酒,碰巧还有一碟炒干豌豆,那就太丰盛了,他们就会在屋檐下漫无目的地聊天。如果正好是月牙如钩,又有些细风吹来,两人就不免有些沉湎,酒也很快见了底。或许这时,薛鉴之的家里就传来了几句京剧唱腔,间或薛鉴之同秋姨的说笑声也飘了出来。

这天,方履冰好像有不少话,他凑近詹昌炽的耳朵说了句什么,詹昌炽的眼睛也就望着对面的那扇浸着红光的窗子,两人嘀嘀咕咕议论一番。詹宁清清楚楚地听到了方伯伯的一句话:"那个王处长,知道吧,我看是个花花公子……"

这句话让詹宁惊了一跳。他的耳朵尖了起来,接下来他又听到他们的几句话:

"不会吧,我女儿的工作都是他帮忙找的……"詹昌炽说。

"那可得注意点。"

"老方,这种事最好别乱传。"

"这可不是我在造谣,都是票友社内部的人讲的,其实呀,若要人不知,除非己莫为嘛……"

"那是。这薛鉴之吧,说来也是有能耐的人,你说他就一点都没有耳闻?"

"谁知道呀……"

"不过,人家的事我们也管不了,大家都是在苟全性命,老方,你说是不是?"

詹宁那一夜老是梦到王处长,面皮光光的,他提着一盒礼来到家里,父亲对他很不屑,两人随即发生了争吵,父亲愤怒地把他的那盒礼扔到了外面。詹宁想去看那盒礼中到底装了些什么东西,但却看到薛鉴之的手里抱着它,这是怎么回事呢?这时,他就听到姐姐在叫他,原来他该起床上学了。

五

詹宁夫妇找到桥镇县志办的时候,办公室的门大开,却没有看到人,四周静悄悄的。

他们想,既然门是开的,说明有人,可能是外出办事去了,等会儿就会回来,他们干脆在办公室里的长椅上坐了下来。

这一等就是一个小时,詹宁有些坐不住了,他们正要走,却看到一个人闯了进来。

"你们找谁?"对方问。进来的是个四十来岁的男子,他边说边把一袋蔬菜放在门边。

"我们找县志办的同志。"詹宁老伴说。

我/们/的/小/城

"哦,我就是。"他打量了詹宁夫妇一番,"县志办就我一人,我姓余。二老请坐,你们叫我小余吧。"

詹宁夫妇重又坐了下来。他们把来的目的告诉了小余,但这次詹宁没有说找包家院子,他说找当年盐务局的旧址。他想包家院子只是个民居,没有多少人知道,像小余这个年龄的人更不知道。盐务局毕竟是一个庞大的机构,县志办的人应该是知道这段历史的。

"您说的盐务局,不就是现在的盐厂新村吗?"小余说。

"它还在?"

"在啊。"

对方的话让詹宁感到兴奋。原来小余的父母就是桥镇盐厂的工人,他的家过去就在盐厂新村里面。

"里面有个唱戏的地方,现在还在吗?"詹宁有几分兴奋。

"唱戏的地方?这个我就不清楚了。"

这一说,小余才隐约感觉到面前的两个老人原来是来寻旧的,而他作为县志办的工作人员是不能敷衍这份特殊情感的,便说:"这样,我带你们去看看,给你们当个向导。"

一路上,小余就给詹宁夫妇不停地介绍解放后的一些情况。桥镇盐厂是国营单位,是解放后上百家井灶公私合营的结果,它的总部其实就设在当年盐务总局的旧址上。那些西式建筑大都是当年盐务总局时期修的,唯一的变化就是那些房子被分给了很多人家,被隔成了很多小间,往往是每家人又利用边角余料搭了些棚子和砖墙出来,年头一久,那些建筑就显得破落不堪。

小余就是那些被隔成了很多小间的房子里长大的孩子。当年他上学的时候老师就曾经对他们说,你们没有见过资本家,但你们住的就是资本家的房子。在小余的记忆中,桥镇只有一家大单位,那就是桥镇盐厂,占了半壁江山。也可以说盐厂就是桥镇,桥镇就是盐厂。

当年,小余的父亲是盐厂的检修工,就是专门修笕管的。笕管是用粗竹筒拼接而成的。把竹子剖开,将中间的节打通,然后再合拢,竹子就成了一个通的管道,这样就可以输送盐卤。修笕管是个古老的工艺,小余的父亲从小就进了井灶,一辈子都干这么一件事,直到退休。

他们说说停停,时间很快就过去了。这时他们走到了一个建筑的面前,詹宁停了下来。这是一幢大房子,房子现在做成了幼儿园。这时,詹宁突然说道:"这就是过去大礼堂,对,就是这里!"

"就是你经常说的唱戏的地方?"詹宁老伴在一旁问。

"就是这个地方,没错,肯定没错!"詹宁突然有些激动。

"这里唱过戏?"小余好奇地问。

"唱过好多戏啊!"

"詹老师,您给我讲讲这里面的故事。目前我们正在到处收集历史资料,明年就要重新编撰县志,说不定对我们的工作有很大的帮助呢。"

"呵呵,小余同志,我经历的那些故事可上不了你们的县志。"

"詹老师,说实在的,咱们桥镇的这段历史简直就是个空白。

我/们/的/小/城

我们现在正在努力收集整理补充史实。"

"我那时还是个小孩子,只记得自己经历过的一些事情,可能对你们的工作帮助不大。"话说到这里,詹宁突然一转,"小余,包家院子你知道吗?"

"包家院子?好像没听说过……"

其实,詹宁已经找到了方位。他知道,从他们站的地方出去,过去有条小路就是通往包家院子的。

七十年前的一天,天色阴暗,云层低低的。

詹宁仍像往日一样放学回家,突然间,就听见山道上有吹吹打打的声音。这样的声音他还是第一次听到,清幽的山路上传来这样的声音显得那样不协调,空气中顿时有种不祥的气息。

声音越来越近,很快,一队人马出现在了詹宁的面前,原来是在送丧。只见几个人抬着口小黑漆棺材,后面跟着一群哭哭啼啼的人,棺材上站着只大红鸡公。回到包家院子,熬盐的工匠正在议论,说死的是个小男孩,是在河里淹死的,要埋在后面的棺山上。

这天晚上詹宁就做起了噩梦,几次从梦中吓醒。其中一次就是他跟赵文熙在茫溪中撑木筏,撑着撑着赵文熙突然就掉进了水里,他马上跳进了江中去救他。两人都不识水性,在江中扑腾,眼看就要落到水底。这时,岸上有人迅速跳进了水里,不一会儿他们被救上了岸,詹宁呛了几口水,但终于苏醒了过来,但他看见旁边早已围了一大群人,赵馥在那里哭天抢地,原来赵文熙被水淹死了。后来的情景就是人们给赵文熙做了口小棺材,棺材上站着只大红鸡公,人们吹吹打打正在去棺山的途中……

从那以后,梦里的事情一直在詹宁的心里有个阴影,他一想到那口小小的棺材就感到恐惧。他也不再欺负赵文熙了,而两人搭伴一同上学心里要踏实不少。当然,詹宁也希望每天都能看到颜伯了,远远地望见颜伯在石坎上坐着,抽着他的叶子烟,烟雾袅袅中有种温暖。

有一回,颜伯坐在石梯上抽叶子烟。詹宁问他:"颜伯,您一个人坐在这里不害怕吗?"颜伯哈哈大笑:"我怕什么?"

"这山里有鬼吗?"詹宁又问。

"有啊。"

"在哪里?"

"在棺山那边。"

"颜伯,您怕不怕鬼?"

"不怕。"

"您遇到过鬼吗?"

"这个呀,我想想……"

"说呀,到底遇见过没有嘛?"

"嗯,遇到过。"

"真的?长什么样?"

"红鼻子,绿眼睛,还有长倒钩的舌头……"

"是什么鬼?"

"哈哈,就是你这个小鬼。"

我/们/的/小/城

　　詹宁知道颜伯在故意逗他，就气咻咻地往院子里走。颜伯在后面喊："宁娃子，怕鬼了吧？信不信，我去摘根草来就能把鬼拴住！"
　　这句话还真灵，詹宁居然相信了草能拴鬼。
　　后来颜伯真的带詹宁去摘草，颜伯说他年轻的时候会打猎，跑得跟风一样快，他知道野兔最喜欢吃什么草，草丛里那些一闪而过的兔子逃不过他的眼睛。不仅如此，乔乔有回闹痢疾，什么药都治不好，颜伯到山上抓了把马齿苋给她熬水，乔乔一喝病就神奇地好了。从此以后，詹宁觉得草是世界上最神奇的东西，只要一放学詹宁就埋进了草里，他一直在琢磨草能拴鬼这件事情。他甚至想，弟弟就是因为着了鬼魔才不跟人说话，只要用草把他心里的鬼拴住，弟弟就会好转。所以，有几天晚上，詹宁悄悄把詹渝的手上拴了根草，看着弟弟身上是不是发生了什么变化。

　　快入夏的时候，包家院子里又来了户人家。
　　这户人家姓王，家里只有两个男人，说是堂兄弟俩。王氏兄弟是山里做竹子生意的山客，专门收购竹子。一般来说，砍竹、放竹都有季节，在山里出入，租房子都是在夏天来临前。薛鉴之好像很看不起那些小生意人，每日劳碌奔命，还经常带着一群陌生人到院子里来，闹闹嚷嚷的，让他非常不爽。
　　王家年龄小的兄弟叫王英明，是个二十出头的小伙子，人很热情，看起来比较精明能干，而他的堂哥则很老成稳重，不苟言笑。那天，王英明在天井里磨砍刀，磨了整整一下午的刀。

王英明磨刀的时候，秋姨正在吊嗓子，可能是尖厉的磨刀声打断了几次秋姨绵绵悠悠的唱腔，就听见薛鉴之走出来又走进去，想上前去打招呼，但可能又碍于面子，只得把门关得砰砰响，骂了声"什么事"。

詹昌炽本来也有点烦躁的，但一看这种情况就对李凤妹说："小秋这段时间也不来陪你织毛线了？"

"人家要演出，得抓紧练练，你不是听到了吗？"

"哦。"詹昌炽若有所思，隔了会儿又说，"那个王处长好像也爱唱戏，据说是每次必到，他们两人好像爱在一起唱，有人说他们是台上的鸳鸯。"

"咦，怎么听起来酸溜溜的。"

"你还没听明白吗？"

"这事可别瞎说，要是人家薛医生听见了怎么想？"

这时，詹宁和赵文熙正守在王英明的旁边看他磨刀，他们好像一点都没有厌倦这件事情。

这一天王英明磨了好几把刀，直到把那些刀磨得闪闪发亮。

后来王英明也磨得有些累了，站起来伸了个懒腰，说："你们两个还没有看够？也来试试？"詹宁便自告奋勇地磨起了一把刀，而赵文熙则说了声肚子痛就跑开了。王英明就有些喜欢詹宁了。磨了一阵儿，詹宁浑身开始出汗，但刀渐渐光亮起来。王英明把詹宁磨的刀用手指拭了拭，又把刀高高地举过头顶，在阳光下照了照，然后满意地笑了。王英明对詹宁说："河里快涨水了，哪天我带你去山上砍竹子，可好玩了。"

每年的农历七月中旬是砍竹子的季节,砍了好放滩,都要抢着这个时候。要是水枯了,竹子运不出去。

詹宁想的可不是这些,他只关心好玩的事情,就问:"王大哥,林子里竹子虫多不多?"

王英明当时就拍了拍詹宁的肩膀说:"多,竹子一长,虫子就出来,伸手都能捉到。"

詹宁就想,颜伯每次逮一两个虫子就得意得不得了,原来那么简单。到时他要去多捉一些,用竹签插在它们的腿上,让它们全部打开小翅膀,使劲地吹呀吹,把夏天的热气全吹走。

王英明没有忘记他对詹宁说过的话。

过了大概一个多月,有一天王英明突然对詹宁说:"宁娃子,敢不敢跟我上山?"其实他在说这句话的时候是在埋头扎一根绳子。詹宁正站在一边看他忙活,连想都没想就回答:"敢!"

这时王英明才慢慢抬起头来说道:"山上有鬼呢。"

"我才不怕,我可以用草把鬼拴起来!"詹宁挺了挺胸。

王英明嘿嘿笑了起来:"真的敢?"

"真的。"

"好,明天一早跟我上山!"

其实,王英明只不过是逗着玩的,他想一觉起来,詹宁早已把这事忘了。

詹宁得到这个喜讯后,整晚上兴奋得睡不着觉。其实,他也很忐忑,这件事到底告不告诉他父母呢?要是告诉了,肯定去不成；要是不告诉，他父亲一定很生气，但最多挨几个巴掌，没什么了不起的，他看戏也挨过打呢。詹宁想了很久，他也得精心策划一下，最后他给自己做好了安排，一早起来给姐姐詹桐说这件事，姐姐一定会同意的，而且这样父母也不会很担心。但这样一想，他就有些失眠。到半夜的时候，他听见父亲起床撒尿，木桶里发出唰唰唰的声音，詹宁突然感到口渴，他想喝水。

下半夜他一直在想着喝水，想着想着就睡着了。

第二天一早，王英明兄弟俩就动身走了。等詹宁起来已是大天亮，他穿上衣服去敲王家的门，里面没有一点声音，才知道人早已经走了。詹宁使劲擂王家的门，他觉得王英明骗了他，便冲出院子，站在那个高高的石坎上哭了起来。

这时候，颜伯出现在了詹宁的面前，他坐在石坎上吧嗒着叶子烟，然后慢慢从口袋里摸出个东西来："宁娃子，吃吧。"原来是颜伯在滚烫的卤水里煮熟的鸡蛋。他剥开鸡蛋，又看了看颜伯的牙齿。等吃完鸡蛋，詹宁想那蛋黄会不会把自己的牙齿染成颜伯那样。这样一想，他又有些开心了。

詹宁再见到王英明是在一个月后。

那天，詹宁在学校里听校长说这几天桥镇不太平，军警到处抓人，要学生务必注意安全。但到底发生了什么，校长也不知道。下课的时候，一些同学在议论山里的土匪打死了人，也有人说是盐场商会的人内讧干了起来，还有人说是地下党在桥镇活动频繁。众人在说这些的时候，唯有大海一个人很落寞，他既不想说话，也不想搭理人。

快放学的时候，大海叫住了詹宁，他说有件事情要告诉他。他们到了吊铜钟的大槐树下，那是他们经常玩的地方。大海讲的事让詹宁很震惊，大海不准备读书了，因为家里不让他读了。詹宁问大海以后怎么办，大海回答只有一辈子种地了。大海还告诉詹宁，说他家里给他说了一门亲事，过两年就得成亲，现在他就得学会做一个能养家糊口的人，读书对他而言没有什么用处。詹宁心里很难过，他望着头顶上的那个铜钟，想大海以后可能再也听不到打钟的声音了。

回到家里，詹宁把这件事情告诉了父母。詹昌炽沉默寡言，只是李凤妹在一旁唠叨，不住地告诫詹宁要珍惜读书的机会。第二天起来，詹昌炽把一本书递给詹宁，让他送给大海。那本书是詹昌炽平时没事就拿来翻的《三国演义》，他说："既然不上学堂念书了，在家里读读《三国》也好。"

也就在那天，王英明回到了包家院子。

他给詹宁和赵文熙逮回了穿脚的竹子虫，两人拿着竹子虫玩得欢天喜地。看着他们高兴的样子，王英明又说这虫子可以烤来吃，那味道真香。詹宁一听就想试试，他在天井里点起了一堆火，结果把一只虫子烧得太焦，根本无法吃。詹宁看到没有成功，就对赵文熙说，"你也烤一个。"赵文熙不敢杀生，说要是把它们烤了，就没有风了。

王英明变黑了不少，他一回来，詹宁就感到院子里热闹了。这天，包老爷子也同王英明聊天，他问王英明今年的竹子销售如何，王英明就说井灶都不景气，竹子买卖难做，竹厂收的货大不如往年。当时包老爷子就很感慨："是啊，盐卖不出价，桥镇上不少盐商都快歇灶了！"王英明也说："这买卖做下去，明年恐怕只有转行了。"

王家兄弟租住在包家院子，把这里当成一个驿站，竹子从山上砍下后先要运到桥镇，堆得像座山，再从桥镇运到外面。王英明回到包家院子后应该更忙了，不管是装船还是扎筏，都得赶到冬天枯水前运走。但过了好几天，包老爷子却发现王英明这个山客有些奇怪，天天在院子里深居简出，偶尔也有人来找他，但很快就去了，显得有些神神秘秘。

詹宁也发现，王英明的堂哥没有同他一起回来。

六

入秋后，天气渐渐凉了下来。

詹家搬到包家院子已有一年多时间，乔乔已牙牙学语。詹渝仍然不会说话，状况不仅没有一点好转，而且越来越麻烦。李凤妹同詹昌炽商量过几次，他们认为孩子是着了魔，想去找当地的巫师给跳一回大神，但詹昌炽是相信赛先生的，终究说不服自己，这事情也就不了了之。

秋雨也跟着来了，这些天桥镇连续下雨，人的心情也不见爽朗。这也是包家院子的多事之秋，阴云仿佛笼罩着包家院子，不好的消息一桩接着一桩，而这些事最先是从赵文熙生病开始的。

有天深夜，包家院子里一阵喧闹，原来是赵文熙突然打起了摆子，又吐又泻，弄得赵馥去敲薛医生的门，把邻居们都惊醒了。薛鉴之一摸赵文熙的头，烫得跟热水壶似的，连忙让赵馥两口子背着他下山去打针。一路上道路湿滑难行，照明又暗，薛鉴之不小心摔了一跤，把眼镜都摔碎了。第二天，詹宁看见薛医生一瘸一拐的，脸上还挂着伤痕。

那一阵，桥镇上正闹一种奇怪的病，得病的人浑身发软，手脚无力，又吐又泻，已经死了好几个人了。人们担心赵文熙得的就是这种病，要是他真得了这个病，那包家院子的人难免也会被传染，任何人惹上了瘟疫那都得完蛋。但经过薛医生的认真诊断后，排除了赵文熙得那种病的可能，他的病还是感冒引起的。包家院子的人虚惊一场，人们在庆幸中还得感谢平日里那个心气甚高的薛鉴之，是他的医术稳住了慌乱的人心。

赵文熙那几天没有去上学，詹宁独自一个人来回。

有天放学刚走出学校，就看见了大海。大海远远地招呼他。原来大海是专门在那里等詹宁的。大海黑了不少，他跟着一个年老的男人扛着根粗木头去集市上卖，但不知为什么没有卖掉，所以还得扛回去。这时，大海从衣服兜里摸出个橘子来递给詹宁说："给你的。"

"你不吃？"詹宁问。

"我吃过了。"

"大海，你现在咋样？"

"还好，今天顺便来看看你们。"

"干活累不累？"

"什么累不累呀。"

"那么重的活。"

"不累。没有读书累。"

"对了,那本《三国》看了没有?"

"看了几页,这段时间农忙,还顾不上看。"

"哦……"

"甜不甜?"大海望着詹宁吃橘子。

"甜。"

大海就笑了。

这时,詹宁突然问道:"大海,你家是不是有棵大橘子树?"

大海摇了摇头,然后就跟着那个男人扛着木头走了。

那天詹宁回到包家院子,远远地就听到院子那边有声音。他停下了脚步,耳朵里传来的声音更大了。詹宁想,一定是发生了什么事情。当他走近包家院子时,就看到外面的一棵槐树上绑了一个人,有不少过路的人正在围观。

颜伯仍然是坐在石坎上抽叶子烟,詹宁赶紧上去问他到底发生了什么事情。颜伯开玩笑说:"这家伙差点把你的裤衩都偷走了。"詹宁当然不相信他的话,要偷也会偷包老爷子的钱财,怎么也轮不到他。但事情确实是颜伯他们逮住了这个小偷。

小偷挨了打,绑在树上奄奄一息的样子。

詹宁问颜伯:"什么时候才放他?"

颜伯回答:"放?想得安逸。"颜伯吐了口烟,烟在空中慢慢地散开。

其实,詹宁看到那个人的样子,就有点可怜他,詹宁想的是既然已经打成这样,给他十个胆子也不敢再偷了。

"宁娃子,不学好,就是这种下场!"颜伯仍愤愤然,又补充了一句。

詹宁回到家里,看到方履冰正在屋子里。方履冰一见到詹宁就高兴地说:"宁娃子,今天钓了大鱼,可以好好打回牙祭!"这一天,方履冰像遇到了什么喜事,鱼倒没有几条,只有一条稍微大点,但他同父亲喝了不少酒,大声地在谈论天下大事。

方履冰的嘴就一直没有停过,他们的声音穿过了窗户,在天井里飘散。詹宁在一边听他们高谈阔论,居然也有几分兴趣,方履冰说日本人已是强弩之末,到时美国人肯定会出手打日本,中国就可以收复失地,他也就可以还乡了。不知怎么就说起了他那个小女儿,詹宁就有些不好意思,连忙跑到一边去了。是的,方履冰之前跟詹昌炽提起过很多次打亲家的事情,他看得起詹昌炽,两人的交情好。其实,这天是方履冰收到了家里的来信,他已经有断了好几个月的老婆孩子的消息了。

就在两个大人喝酒的时候,詹宁突然想起院子外的那个小偷。

他悄悄地出门去看,天已是薄暮,那人还绑在树上,在低低地呻吟。围观的人早已散去,这时,詹宁突然想上去把他身上的绳子给松了。他坐在了颜伯爱坐的那个石坎上,远处有狗的叫声,整个山谷正在巨大的空洞中等待着黑暗的来临。被绑的小偷离詹宁只有二十米的距离,詹宁有些怕那个人,他不敢正面看那个人的脸相。但詹宁又很同情他，小偷已经得到了惩罚，剩下的只有可怜。正在犹豫之际，詹宁听见赵文熙的声音："宁娃子，宁娃子……"原来是赵文熙在找他玩游戏。天一黑，赵文熙就会找他拍纸烟盒，他们在比谁的烟盒多。

方履冰不知是什么时候走的，第二天一早醒来，詹宁就听见院子外闹哄哄的。他出去一看，才知道昨天的那个小偷死了，用一床篾席盖着。

那天走在上学的路上，詹宁沮丧到了极点。他想要是昨夜把这个人放了，说不定他就会活下来，但他没有这样做，所以小偷死了。那天课堂上讲的，詹宁都一点也听不进去，他还在想那个小偷的事情，在他的脑袋里一直有个问题在纠缠着他：小偷是被埋进棺山，还是被扔在荒地上让野狗吃了？

这件事影响了詹宁一生，甚至后来他去寻找赵文熙，从某种意义上都是因为这件事还一直缠绕在他的心底。詹宁曾经想，要是当时赵文熙不喊他，他说不定就真的把那个小偷给放了，但赵文熙恰恰在那个时候喊了他，不早不晚，这就是命运。

詹宁再次去寻找赵文熙是在九十年代初。

那时詹宁已经退休，他日常要做的事就是写写毛笔字、打打太极拳、带带孙子。事情说来也怪，有一天詹宁在家里看电视，居然看到了林凭栏，也就是那个在上海的医院里工作、曾经给他做过阑尾手术的医生，现在的他已是全国医学界的权威，是带博士生的教授。当时林凭栏正在接受记者的采访，电视的字幕里写

我/们/的/小/城

着他所在单位的名字,也就是这一刻,詹宁想到了赵文熙。是的,他想通过林凭栏去找到赵文熙。

詹宁很快就找到了林凭栏,找一个名人一点不难,只是查询了电话号码,很快就联系上了。在电话那端,林凭栏告诉詹宁,赵文熙去了台湾后,六十年代又去了美国。1979年时他曾经回过一次国,到上海同几个老同学见了面。但后来又有十年时间没有联系,如果要找赵文熙可以先跟他在安徽的表姐联系,他表姐的联系方式能找得到。

不久,詹宁给赵文熙表姐去了一封信,目的就是想同赵文熙联系上。信去了后就杳无音讯,詹宁没有得到任何回复。

过了大概半年后,詹宁差不多把这件事忘掉的时候,他突然收到了一封来自安徽的信,是赵文熙表姐写来的,说她因为病重住了大半年院,等出院后才看到了詹宁的信。这一联系上,空白的那段历史就给补写了起来,原来赵文熙是到台湾后读的高中,大学毕业后做了多年的土木工程师,六十年代初才去了美国。长大后的赵文熙热衷于政治,曾参加过在美的中国统一运动,办刊物、串联、播放大陆电影等等,搞得风风火火。改革开放初期,赵文熙被邀请到北京参加了新中国成立三十周年大庆。但赵文熙的表姐回忆说那是1979年秋天的事了,如今又隔了十多年,各人忙着自己的事情,联络很少。

读完信,詹宁不免有些感慨,他想不到这个从小有些胆小羸弱的小伙伴变化这么大,长大后居然投身到了政治热潮当中。后来按照赵文熙表姐提供的地址,他给美国去了一封信。詹宁想,赵文熙收到信后一定会非常意外和惊喜。但信寄出后就石沉大海，半年过去也没有回音，这多少让詹宁有些失望。他想，都是八十高龄的人了，赵文熙还在不在人世都难说。

桥镇的秋雨一直在下。

颜伯曾对詹宁说："峨山现，秋雨不断线。"桥镇的人都相信这一灵验的民谚，说只要看见了峨山，秋雨就会下个不断。其实谁也没有注意过是否看见了峨山，但那座山横亘在桥镇的正南方，只要天气好，站在包家院子的石坎上就能望到。而这时，颜伯一定是坐在石坎上，抽着他的叶子烟。

小偷死后几天，包家院子又出了事。

那天，平时一向清静的山道上突然来了很多人，他们荷枪实弹要抓人，而围捕的对象是王家兄弟，结果是王英明的堂哥被当场抓捕，而王英明却逃走了。

包老爷子被军警叫去训了一番，唉声叹气了半天。原来王家兄弟的身份是地下党，他们根本就不是真正的两兄弟，全是化名，以做竹子买卖做幌子，其实是在给共产党从事秘密联络工作。

这件事让詹宁感到震惊之外，还有件事情一直没有想清楚，那就是王英明的堂哥已经很久没有看到了，但一出现就被逮捕，而王英明一直在包家院子里，却侥幸逃脱，这里面肯定有什么机巧。詹宁想，唯一的可能是院子房屋的背后有条很窄的缝隙，包家堆了柴火，从那里可以爬上山后的林子里，进了林子就难抓到人了。这个不被外人所知的通道其实是他跟赵文熙捉迷藏时发现的，王英明应该就是从这里逃走的，但他是怎么知道的这个秘密，詹宁一直都没有想明白。

颜伯对这件事有些沉默寡言，整天吧嗒着烟不说话。包老爷子在找他的孙子出气，拿着鸡毛掸子打人，把天井里搞得鸡飞狗跳。赵馥把赵文熙关在屋子里，跟他神神秘秘地讲了一席话，连包家院子里都暗藏了地下党，这让赵家更加感到不安。而詹昌炽让詹宁把王英明送给他的那把弹绷赶紧扔了，免得节外生枝，但詹宁嘴上答应，却舍不得扔它，把它悄悄藏了起来。

也就在那么一天，附近一个县城被炸的消息传到了桥镇。

那个县城离桥镇不过二十里地，它被炸出乎所有人的意料，因为它离重庆有好几百里远，也没有任何被炸的理由。盐务局迁到这里就是考虑了地理条件上的偏僻，他们想的是日本人不大可能到这么远的地方来骚扰。但临近的小县城确确实实被炸了，有人说日本人的飞机还是从桥镇的头顶上飞过的呢。

那天方履冰又来到了詹家，他打着把破伞，大布衫都被雨淋湿了。

詹昌炽给方履冰倒了半碗酒，为的是消除他身上的寒气，但两人神色凝重。他们说的也是日机轰炸邻县的事。方履冰说："听说盐局也有人被炸死，是去办事的途中。"

"那太惨了！"

"老婆孩子才惨！"

"唉……"

"老詹，如果形势这样下去，盐局说不定还得迁。"

詹昌炽眉头紧皱："还能往哪里迁？"

"只能再往大山里了。"

"大山？"

"是呀，你看看地图，还能往哪里迁？"

他们喝酒的时候，外面一直下着雨，断断续续地传来了秋姨的几句唱腔。詹昌炽突然努了下嘴问："老方，你倒说说，他们心里怎么想的？"

"他们？"方履冰望了眼薛家的门说，"我看人家是该唱戏就唱戏，不是吗？日本人的飞机都炸到门口了，人家照样唱。"

"是呀，盐局里的人天天打麻将、唱戏，醉生梦死，他们只相信现时的哲学，才不管明天会发生什么。"

"哈哈，我把老婆孩子押在了沦陷区，现在看来是对了。"方履冰惨淡一笑。

"我们是不是都在苟且偷生？"

半碗酒就下了肚，两人的心情也越来越沉重。外面的雨仍在淅淅沥沥地下，方履冰还想喝，但詹昌炽望了望天色说："不早了，不喝了。"

"还有没有？再来点。"

"老方，天黑路滑，回吧。"

"哎，酒也没了。"方履冰有些伤感。

沿着盐务局旧址，詹宁夫妇终于找到了去包家院子的道路。

我/们/的/小/城

虽然这个距离也不过里多路，但这个过程仍然很曲折，沿途又问了不少人，好在他们很快就找到了包家院子。

让詹宁惊讶的是，院子周边的环境已经全变了。过去的包家院子在半山腰上，林木掩映，四周幽深，只有一条窄窄的山路同外界联系。而如今的包家院子在一条喧闹的大马路旁，山坡被削平了，树木不见了，那条山路更是不知在什么年代已经葬身在了推土机下。因为公路横贯而过，院子只留下了半个，前面的一半已经不存在了，当然，当年颜伯常坐的石坎也不见了。在公路的两旁已经建起了一些民房，如果稍不注意，连这半个院子都根本认不出来。当时詹宁就想，如果公路再修宽点，哪怕五米，包家院子就全完蛋了。但就是那点留下的建筑，让詹宁找到了童年记忆里的坐标。

剩下的是后院的天井和房屋。如今住在院子里的是一对老年夫妻，他们是从乡下搬到这里来的。这座残破的院子是他们的儿女买下的，儿女都在外面打工，目的就是让父母在城里过日子。这种老房子不值钱，买得很划算，总共也才花了三万块钱，而这对老夫妻挺节约的，还把多余的房间租给了一些小商贩。詹宁走进院子的时候看见天井被打上了水泥，一边的屋檐下堆着收来的塑料瓶，已经成捆地打好，准备运走。而另一个角落里则是堆得满满当当的竹器，一个篾匠正坐在地上很娴熟地编着竹椅。

那天，詹宁围着院子转了好几圈，每一个细节他都看得很仔细。他望着那残留的房屋、窗格、门柱，以及顶上依然高高翘起的屋檐和灰色的瓦，突然感到物是人非，过去和现在竟然已经模糊得无法进行对接。他感到了一种更深的失落，因为面前的事物是那样黯淡和冷漠。

就在詹宁夫妇准备离开的时候，那个现在的房东老头好像想起了什么，突然对詹宁说："老同志，请等等！"说完他就返身进了屋子，出来的时候手里拿着个小本子，翻了一阵说："对了，前几年这个房子的原主人曾留了个电话，好像是跟政府在闹产权问题，您不妨打打看，也许能联系上包家的人。"

詹宁便按着电话号码拨了过去，居然是通的。

接电话的是个中年人，他的确是包家的后代，但具体是什么关系不是很清楚，关键是包家人终于找到了。这中间有个小插曲，当时对方显然没有搞清他们的身份，不是很乐意。但詹宁坚持说："你把地址告诉我，我等会儿就过去拜访你。"

对方的家址在桥镇的城边上，那是在低矮的一幢楼房里，房屋是那种七八十年代用预制板盖的，现在看来已经很落后陈旧了。詹宁夫妇坚持去了那里，并努力爬上了楼，一进房间就闻到股很呛人的煤气味，屋子里黑洞洞的。接电话的人是个下岗的中年人，他以前是铁器厂的工人，但如今铁器厂早就垮了，失业在家，没有老婆，家里就他和他父亲。

一说起包家院子，中年男子就愤愤不平。包家院子在解放后成为了公房，后来包家的人为了要回私有产权去找过很多次政府，但都没有任何回音。这个男子说："房子是我祖上的房子，凭什么政府来卖掉它？而我们一分钱都没有得到！"詹宁夫妇有些尴尬，他们知道解放后这样的事情并不只是他一家，那是个特殊的年代，是一堆陈谷子烂芝麻。但中年男子越说越起劲，说得脸红筋胀。

　　房子还有个里屋，里面很黑，没有一丝声息，床上躺着一个人。那个人好像什么也听不清楚，人显得很衰弱。屋子里有股更难闻的味道，药味和屎尿的臭味搅和在一起，这种味道让人一刻也待不下去，詹宁夫妇把一兜刚买的橘子放在了他的床头，悻悻离去。不得不承认，这是一次糟糕的拜访，只是詹宁在想，那个人会不会就是当年包老爷子的孙儿？当时他比詹宁小几岁，爱玩狗，爱扯猫的胡子，还帮着詹家撵过鸡呢。

　　从包家院子里出来，詹宁夫妇有些失望。回去的路上，女儿又给他们打来电话，她问父亲的情况，詹宁的老伴接过电话说："别担心，一切都挺顺利的，这次旅行收获大着呢。"

　　走在路上的时候，詹宁对老伴说："我有点后悔来桥镇。"

七

　　说来也怪，平日里听惯了秋姨在院子里哼哼唱唱，连续几日没有听到她的声音，就有点不习惯，好像缺了点什么。包家院子里已好几天没有见到秋姨的身影，她到哪里去了呢？

　　那天晚上，詹宁听见他父母在床上低声说话，声音断断续续。大意是李凤妹担忧秋姨几天不见是不是出了什么事，按说秋姨也会告诉她的。"关心人家的老婆干啥？像秋姨这样的女人，真离了男人能活得下去？"詹昌炽打着哈欠说，"睡吧睡吧，明天还要起早。"

詹宁照常去上学，走在路上的时候，他看到路旁盛开的野蔷薇。他想，秋姨经常会摘一大把野蔷薇插在瓶子里，那瓶子就放在窗台上。

那天国文课教的是诗经里的《桃夭》，放学的时候，老师要求把这篇课文抄写三遍，并要完整背诵。回到包家院子，院子里静悄悄的，日光洒落在天井的花台上，花台上睡着一只猫。詹宁把板凳和小桌子搬到天井里做作业，然后开始大声背诵："桃之夭夭，灼灼其华。之子于归，宜其室家……"正背了一半，就听见薛医生家的门"吱嘎"一声开了，门槛里先伸出一只秀腿来。詹宁盯着那扇门有些恍惚。

秋姨又出现在了包家院子。

其实，秋姨只是去成都参加了一个京剧演出，同去的还有票友社的一大帮人。秋姨回来后，下了半月的雨居然停了，天气有些暖意，云朵也变得洁白而透明。那天，院子里的人都外出了，上班的上班、上学的上学，院子里静悄悄的，秋姨又同李凤妹在一起聊天，顺带就说她这次外出演出的事情。秋姨讲起那场面还有些乐不自禁，她说魏公大展笛技，真是连树上的鸟儿都差点落到了他的肩膀上。又说杨某某演的《四郎探母》堪称一绝，就像隔壁住了个梅兰芳一样。后来再说起汪某某反串的旦角，那扮相呀才叫美，当地的商人争相留他，银元都堆了一桌子……

"王处长也去了吧？"李凤妹突然插了句。

"他？"秋姨愣了一下。

"他不也喜欢唱戏吗？"

我/们/的/小/城

"是呀，去了好多人。"

"王处长唱的是啥呢？"

这时，秋姨立起了身子，突然对着屋子里的小丫鬟喊道："芳妹子，老爷快回家了，看看罐里的汤炖好了没有……"

很快就到了初冬。

这个时节，商家得赶着在腊月来临之前把过冬需要的菜盐和肉盐备足，准备卖个好价钱，按照往常的经验，井灶正是忙碌的时候。但今年的情况却有些变化，从包家院子挑盐的情况就知道生意不景气，从那石坎上上上下下的人数和次数都大大不如往年。

盐场一萧条，灶主就要辞工。不久，同颜伯一起的盐工走了两人，包老爷子给他们算了工钱，就把他们打发了，说是等井灶需要人手时再通知回来。颜伯在石坎上抽烟的时候更多了，只是他显得更加落寞。

包家院子变得有些冷冷清清。

也就在那么一天，包家院子突然热闹了起来。

原来王景生的老婆找上了门来，同秋姨大吵大闹，说秋姨勾引她的男人。这事还得从上次去成都演出说起，实际上两人眉来眼去的事早就在传，只是没有证据，而去外地演出则有了单独相处的时间和地点，捕风捉影便有了现实的温床。

两个女人一见，就像火柴碰了擦皮似的，一碰就着了火。奇怪的是，院子里却突然静了下来，每家人的大门都是关着的，其他的声响都停了下来，所有的人都尖着耳朵在听，他们都在等待着一场好戏开场。

两个女人最先是破口大骂，你一句我一句，声音越来越大，随后便听见砸东西的声音，然后两个女人就抓扯了起来。当时薛鉴之并不在家，王景生的老婆可能是故意选准这个时间上门闹事的。一抓扯起来，就完全乱了章法，李凤妹看情况不妙，先冲了出去劝架，然后所有的屋门都打开了，院子里的人都陆陆续续钻了出来。人们拉的拉，劝的劝，过了半晌才停了下来，但骂声仍然没有断，什么婊子、娼妇、烂货之类的污言秽语在包家院子的上空乱飞。两个平时温文尔雅的女人已经完全撕破了面皮，像两只刁横的斗鸡。

詹宁偷偷站在大人的背后，不知道这场闹剧是为了什么。詹昌炽发现他在一旁，马上训道："关你啥事？回去回去！"

吵架的事情发生后不久，包家大院就发生了变化。薛鉴之很快辞去盐务局医生的工作，也退了在包家的租房，同秋姨一起去了昆明，然后从西贡转道香港，后来就没有人知道他们的下落了。

在临走的前一天，秋姨把她在桥镇置办的锅碗瓢盆全部送给了詹家，特别是那只泡菜坛子，也留给了李凤妹，那是李凤妹教给她的手艺，里面泡了海椒、生姜、大蒜一大坛，是地道的四川做法。秋姨对李凤妹说了句她不太懂的话："除了这味道，其他的都可以忘了。"李凤妹看到秋姨白皙的脸上还留有抓痕，抹的粉也没能遮住。

那天正是周日，薛鉴之两口子把装好的皮箱放在天井里，等待人来搬运。太阳正在慢慢升起，几缕阳光像银丝一般亮晃晃地飘在空中，阳光的那头依然是几朵白云。这个情景跟他们刚刚来

我/们/的/小/城

到包家院子的情景居然一模一样，薛鉴之肯定也感觉到了这一点，他斜着脸望去，有些出神。

春节来的时候，包家院子里只剩下三家人。

詹宁记得去年的春节是那样热闹，一到年关，耍龙灯、舞狮子的就上了门。包老爷子会事先搭好供桌，摆上香炉和祭品，等那些人来热闹一番，顺带放几饼鞭炮，而他也会慷慨地打发那些人一些赏钱。在闹春的人当中，詹宁最喜欢的是蚌灯。蚌精是个美女，随着蚌壳一张一合，老渔翁摇着蒲葵扇，扭来扭去，做着各种可爱的动作……但今年包老爷子是没有了这份心思，把大门关得紧紧的。

詹宁知道，过完这个春节他就得离开这里了。他们已经得到消息，盐务局将再度迁往重庆。看来方履冰曾经说会迁到大山里的推断是错了，盐业是战时经济的核心，要抗战就不能躲在后方，但这让西迁桥镇的那段时光多少有些恍惚感。

大年三十这天，包家院子的三家人要合在一起过个年。

那天，方履冰来了，颜伯无处可去也留在了包家院子，所有人聚在一起共有十五六个。包家院子的大门上贴了春联，屋檐下挂了两只纸糊的灯笼，也有几分喜庆气氛。其实大家都知道，这顿饭与其说是团圆饭，不如说是散伙饭，在这个院子里相处了一段时间，所有人还是有份感情在，临到这时才感到颇值得珍惜。

当日，天井里摆上了两桌，大伙忙活了半天，切肉的切肉、烧菜的烧菜、包饺子的包饺子，桌上摆的很丰盛。这年夜饭确实

250

应该和和气气、热热闹闹，为了助兴，有人就建议大家来唱几句。詹桐先开了个头，她唱的是《采槟榔》。接着是平时不爱说话的朱佩章唱，他是安徽人，唱了段安徽小调。方履冰也自告奋勇要表现一番，他唱的是浙江民歌《马灯调》。这时，大家的情绪都来了，就有人悄悄议论，说要是秋姨在，一定会来段昆曲为大家助兴。

詹昌炽一听，就想起了詹宁和赵文熙两个孩子，他说："你俩也看了不少戏，应该也会唱两句吧？"刚开始两人还有些扭扭捏捏，后经众人的一番鼓励才答应演一出《四郎探母》。其实，詹宁和赵文熙平时也经常在一起演戏玩，那是跟着人家票友社的人学的，虽然只唱得几段，但他们学得煞有介事。这天，他们把进门的布帘子当成大幕，将屋檐当成舞台，演的人先要从布帘子里走出来，方履冰和赵馥为他们伴奏，两个孩子开始做动作，走过场，并大着胆子放声唱了起来……

詹宁夫妇在桥镇共待了两天。

他们拍了不少的照片，又在桥镇留了很多影。就在他们准备离开桥镇前，县志办的小余来到宾馆找到他们，他带来了一套书，原来是当地编撰的文史资料，詹宁居然感到这些书有种亲切感，爱不释手，说回去后一定好好拜读。当然，小余来的目的也是想让詹宁写点回忆性的文字，毕竟知道那段历史的人不多，像詹宁这样的老人越来越少。詹宁答应了小余的请求，说是支持他的工作，其实他突然想到这未尝不是个好事情，趁余年把自己一

我/们/的/小/城

生的记忆记录下来,也许能够给后人有点启迪,他想回去就着手干这件事情。

小余走后,詹宁女儿的电话就来了。

她在电话中告诉父母一件事情,说家里来了封海外的信。一听这事,詹宁马上就让女儿把信拆了念给他听。是的,这是赵文熙从美国寄给詹宁的信,这说明赵文熙还在,仍然活在人世。在信中,赵文熙告诉詹宁,他之所以这么晚回信是因为那段时间去了儿子那里,等回到自己的住处看到詹宁的信时已是大半年后了,但是他一接到詹宁的信就马上写了这封信,因为他太激动了,他称这是一甲子后的重逢。

詹宁也很激动,读完信他就在宾馆里找来了纸和笔,马上要给赵文熙回封信,讲他这趟桥镇之行。是的,那个叫包家院子的地方是他们共同生活过的地方,也是两个少年一辈子都不能忘记的地方,所以他要讲的东西很多。在写信的过程中,詹宁既兴奋也有些伤感,因为他知道这次来桥镇肯定是他最后一次来了,这样的感受不只是百感交集能够形容。

那晚,老伴已早早地睡了,在台灯下,詹宁信马由缰地写着,不知不觉他就写了满满的十页,但他的思绪还在继续。詹宁想,此时的他就是再写上百页、千页也没有任何问题,他已经分不清过去和现在,因为此时的他就是从前的他,而从前的他或许还在桥镇,还在那个永远不能忘怀的年代。

离开桥镇前,詹宁一直想去再见见大海,他其实是想到他家去看看那棵大橘子树。

　　他的家真有一棵大橘子树吗？这是詹宁的一个特殊的问题。但是，大海没有再出现，这棵橘子树也永远不可能出现了，詹宁的心里有些失落。

　　过完大年，盐务局已定好了时间，出发前他们准备了八只大船靠在茫溪岸边，第一批要走的职员和家属全部陆陆续续把该搬的家当全部搬到了船上。当天做完这一切，已到了傍晚，所有的人要在船上过夜，等待明日一早起航。

　　那天晚上，忙完一切，人们都沉沉睡去，甚至能听得见一些人的呼噜声，也有短暂的咳嗽声。到了半夜，突然天空扯起了闪电，打起了几声干雷。詹宁悄悄爬到甲板上，透过低矮的船篷望着漆黑的河面，他听见赵文熙也爬到了甲板上，两人相互望了望，没有说话。这时，河面上下起了密密的细雨，听得见小浪推船的声音，桥镇也跟着轻轻地摇晃了起来。

　　詹宁记得，在来桥镇的时候，也是在船上，父亲曾经让他背诗，背的是"轻舟已过万重山"。

内容提要

  小城是乡村与大城市的连接点,小城的生活因其杂糅了乡土性和城市性而呈现出了一种文学表达上的独特风貌。《我们的小城》是一本以小城为题材的文学作品集,以不同的叙事方式来抒写小城生活的方方面面,朴实流畅的文字展现了一幅幅生动的小城生活图景,也表现了爱、恨、荒诞、困惑、美好和离别等复杂的人生况味。本书围绕小城在时光流逝中的日常生活表象,唤起了小城变迁背后浓烈的文化乡愁,营造了一种独特的小城叙事韵味。

  龚静染,生于1967年冬,四川乐山五通桥人,现居成都。著有《桥滩记》《浮华如盐》《昨日的边城》等多部文学作品集。成都文学院签约作家。